Knaus

K

Hisako Matsubara

Karpfentanz

Roman

Albrecht Knaus

Umwelthinweis:
Dieses Buch und der Schutzumschlag wurden auf chlorfrei gebleichtem Papier gedruckt. Die Einschrumpffolie (zum Schutz vor Verschmutzung) ist aus umweltschonender und recyclingfähiger PE-Folie.

Der Albrecht Knaus Verlag
ist ein Unternehmen der Verlagsgruppe Bertelsmann

1. Auflage

Gesetzt aus Korpus Bembo
Satz: Filmsatz Schröter GmbH, München
Schutzumschlag: Vilim Vasata
Printed in Austria · Wiener Verlag
ISBN 3-8135-6084-8

I

Ryo war soeben nach Hause gekommen. Die Mutter sah ihn liebevoll von der Seite an. Sie hatte Grund zufrieden zu sein. «Ich tu' nichts ohne deine Zustimmung», hatte Ryo ihr versichert. Er war ein guter Sohn. Er würde nichts tun, ohne sie vorher zu fragen. Sie konnte sich auf ihn verlassen. Das war der Mutter wichtig, vor allem nachdem sie sich wegen Saya schon so viele Sorgen hatte machen müssen. Ryo war ein guter Sohn und auf dem besten Wege, es zu etwas zu bringen.

Zu einer Zeit, da Japan alle Kräfte anspannte, um die Wirtschaft in Schwung zu bringen, war Ryo – frisch von der Kyodai – in die Gowa-Bank eingetreten. Eine weise Entscheidung, sagte sich die Mutter und atmete tief. Eine große, Jahr um Jahr wachsende Institution wie die Gowa-Bank versprach finanzielle Sicherheit und gesellschaftliches Prestige.

Der Krieg lag nun schon mehr als zwei Jahrzehnte zurück, und die Kargheit der ersten Nachkriegsjahre war fast aus dem Bewußtsein verschwunden. Die Zukunft war vielversprechend. Allerdings brauchte man Kapital, um die Industrie aufblühen zu lassen – gewaltige Mengen Kapital. Amerika war bereit, das Kapital zu leihen. Aber Auslandsschulden sind gefährlich. Japan hat davon schon viel zu viel. Man weiß nie, was hinterher kommt. Besser ist es, sie zu vermeiden, wenn man sie vermeiden kann.

Deshalb wurden überall in Japan Stimmen laut, die sich gegen eine weitergehende Auslandsverschuldung aussprachen. Besser sei es, so konnte man in respektablen Zeitungen lesen, das Geld im eigenen Land aufzubringen.

Nach dem verlorenen Großen Krieg wünschten sich die Japaner nichts sehnlicher als einen Beitrag zum Frieden zu leisten. Die Japaner wollten wieder aufgenommen werden in die Völkerfamilie – jene Familie, aus der sie ausgestoßen worden waren, nachdem sie, wie die Deutschen, den unseligen Krieg vom Zaun gebrochen hatten. Von nun an sollten sie, das sagten auch die Amerikaner, ihre nationale Energie darauf konzentrieren, nützliche Dinge zu schaffen, die das Leben der Menschen verschönern.

Export, so hörte man, sei der Schlüssel zum Frieden. Frieden – darüber sprachen die Experten im Fernsehen. Darüber sprachen die Menschen in ihren vier Wänden zu Hause und über einer Schale Sakewein in den Teehäusern. Darüber sprachen die Leute auf der Straße und in der Straßenbahn, in Büros und in dem blau-weißen Hikari, dem mit zweihundertundfünfzig Stundenkilometern zwischen Tokyo und Osaka dahingleitenden Zug, den noch immer der Glanz der Neuheit umgab. Alle zehn Minuten ein Zug mit zweihundertundfünfzig Stundenkilometern. Kyoto – die einzige von den Bomben des Krieges unversehrt gebliebene Großstadt, anderthalb Millionen Einwohner stark, die tausendjährige Kaiserstadt mit ihrer reichen Tradition –, Kyoto lag an der Hikari-Strecke. So war die Stadt eingebunden in die neue Zeit, und die Menschen, die sie erlebten, fühlten sich in besonderer Weise der Vergangenheit und der Zukunft verpflichtet.

Die Regierung in Tokyo hatte die Banken des Landes aufgerufen, alles daranzusetzen, den Kapitalhunger der expandierenden Wirtschaft zu stillen. Sie hatte sie aufgerufen, das Kapital zusammenzutragen, ohne das so stolze Firmen wie Toyota, Sony, Hitachi, Mitsubishi ... und wie sie sonst alle hießen, ihren für den Export und somit für den Weltfrieden unerläßlichen Beitrag nicht leisten konnten.

Aber Kapital war knapp, und die einzige noch unerschlossene Quelle war das breite Volk. Das Volk mußte davon überzeugt werden, daß es eine nationale Aufgabe sei, jeden Yen, den man auf die Seite legen konnte, zur Bank zu bringen. Die Banken würden Zinsen zahlen – mäßige Zinsen, gerade genug, um den Sparwillen im Volk am Leben zu erhalten. Aber die Kapitalbeschaffung im Volk würde viel, sehr viel Schuhsohlenleder kosten. «Der einzelne ist nur ein Sandkorn», so lautete die Devise in bankinternen Ausbildungskursen, «aber aus Millionen Sandkörnern wächst ein hoher Berg.»

Hunderte und Tausende von Milliarden Yen waren das Ziel, und Ryo war ein kleines Rad im großen Getriebe. Er redete nicht viel über das, was er jeden Tag in der Bank tat, aber das wenige, was er davon erzählte, wenn er abends spät nach Hause kam, erfüllte die Mutter mit Genugtuung. Sie hatte Grund, stolz auf ihren Sohn zu sein. Immerhin war er schon nach drei Jahren seiner Tätigkeit in der Sembon-Filiale zur wesentlich größeren und wichtigeren Hauptfiliale in der Karasuma Avenue versetzt worden. Eine Auszeichnung, ein Schritt in die richtige Richtung, sagte sich die Mutter. Sie lächelte selbstzufrieden, denn sie hatte im stillen ein wenig mitgeholfen.

Ryo arbeitete im Außendienst. Seine Aufgabe bestand darin, täglich eine vorgeschriebene Zahl Kunden zu besuchen und sie dazu zu bewegen, ihr Geld der Gowa-Bank anzuvertrauen. Ryo hatte sich schon zweimal seine Schuhe nachsohlen lassen müssen, so hart war er bei der Sache – zwölf Stunden am Tag oder mehr, von Montag bis Samstag. Wenn er während der Woche sein Soll nicht schaffte, nahm er den Sonntag hinzu.

Alle, die im Außendienst standen, wurden von der Bank ständig überwacht, und ihre Leistungen wurden in Punkten bemessen. Die Punkte wurden Tag für Tag auf einer großen Tafel eingetragen, die in einem Hinterraum der Hauptfiliale für jeden sichtbar an der Wand hing. Woche für Woche wurden die Punkte mit einem Strich verbunden, so daß sich ein graphisch einprägsames Bild von der Leistungsfähigkeit und dem Einsatzwillen aller Außendienstler ergab. Ito, der gedrungen gewachsene Filialleiter, klopfte denjenigen, die die höchsten Noten erreichten, jovial auf die Schulter. Denjenigen, die weniger, aber immerhin noch zufriedenstellende Noten erzielt hatten, schenkte er ein wohlwollendes Grunzen. Aber wer sein vorgeschriebenes Soll nicht erreichte, der tat gut daran, in sich zu gehen und in der eigenen Seele nach den Gründen für sein schlechtes Abschneiden zu suchen.

Die Mädchen hatten es besser. Sie arbeiteten im Innendienst und brauchten sich nicht so verbissen abzurackern, auch wenn ihre Tage im Büro oft genug zu zehn Stunden gerieten. Sie wurden ohnehin von der Bank nur für ein paar Jahre angestellt und dann in den Dienst als Hausfrau und Mutter entlassen. Deswegen konnten sie freier atmen und den Ablauf ihrer Tätigkeiten durch Lachen, manchmal sogar ein kleines Schwätzchen unterbrechen. Selbst Filialleiter Ito hatte nichts dagegen, wenn sich die Mädchen manchmal ein wenig unernst benahmen. Er betonte, wie wichtig eine gelockerte Arbeitsatmosphäre für das Erreichen der erhabenen Ziele der Bank sei.

Doch von den Männern verlangte er alles, was sie hergeben konnten. Er stachelte sie untereinander zum Konkurrenzkampf an. Alle wußten, ihr Aufstieg hing nicht nur von ihren objektiv meßbaren Leistungen, sondern auch von dem unmeßbaren Wohlwollen des Filialleiters ab. Sie fanden selten Zeit zum Lachen, außer spät abends, wenn sie nach der Arbeit in den Bars nach Entspannung suchten und die Hostessen ihnen schon das zweite oder dritte Glas Bier randvoll eingeschenkt hatten. Aber selbst dann klang ihr Lachen noch kontrolliert, denn sie mußten sich auch im Halbrausch noch bewußt sein, daß die Kollegen, die mit ihnen an der Theke saßen, ihre ärgsten Konkurrenten waren.

Ryo war diesem atemlosen Konkurrenzkampf eigentlich nicht gewachsen. Er war schon als Junge scheu und unsicher gewesen. Jedesmal, wenn jemand ihn ansprach, zuckte er zusammen, und seine Augen begannen zu flackern. Er wich dem Blick der anderen aus. Seine Antworten tropften ihm wie Leim von den Lippen. Worte waren nie seine Stärke gewesen. Er wirkte immer ziemlich unbeholfen und stotterte in der Schule, wenn die Lehrer ihn etwas fragten. Nur wenn er vorher alle Antworten auswendig gelernt hatte, kamen seine Worte etwas flüssiger.

Überhaupt war Ryo ein Sorgenkind gewesen. Als kleiner Junge wollte er am liebsten die ganze Zeit in einem Nest verbringen, das er sich hoch in einem Baum aus alten Brettern und einem zerrissenen Segeltuch zusammengebaut hatte. Dort versteckte er sich stundenlang. Die Mutter rief ihn immer wieder herunter.

«Laß ihn allein mit sich selbst sein», hatte ihr Mann oft gesagt, «Ryo braucht Zeit zum Träumen.»

Aber für die Mutter war Träumen nicht die richtige Art. «Mit Träumen kommt man im Leben nicht voran», hatte sie ihren Mann scharf zurechtgewiesen, «Ryo soll es zu etwas bringen.»

Deswegen hatte sie jedes Jahr am fünften Mai, wenn vor allen Häusern, die Söhne haben, die Karpfenfahnen flattern, draußen vor ihrem Haus einen besonders hohen Mast errichtet. Sie kaufte immer die größte Karpfenfahne, die sie finden konnte – Symbol des Aufstiegs und Erfolgs. Sie hißte sie schon am frühen Morgen und betete um viel Wind.

Sie hatte Ryo in einen Kindergarten geschickt, in dem er mit Kindern aus den besten Kyotoer Familien spielen konnte. Wer weiß, wie ihm das später nützlich sein kann, sagte sie sich, da man doch oft hört, daß alte Kindergartenbeziehungen noch nach Jahrzehnten Früchte tragen können. Sie wollte Ryo von Anfang an auf den richtigen Weg setzen.

Deswegen hatte sie dafür gesorgt, daß er in der Grundschule nützliche Freundschaften schloß – nicht solche mit Söhnen aus einfachen Verhältnissen. Die Mutter besuchte den Rektor seiner Schule und gewann sein Wohlwollen mit ausgewählten Geschenken. Das war keine besonders originelle Idee, denn sie war nicht die einzige Mutter, die das tat. Aber sie war die geschickteste und erreichte durch ihre Ausdauer und den Wert ihrer Geschenke, daß Ryos Weg durch die Schule so glatt wurde wie die Holzdielen in einem alten Tempel, immer poliert und gewachst.

Als die Zeit kam, für Ryo ein Gymnasium auszusuchen, hatte sie wieder eine wichtige Entscheidung zu fällen. Ihr Mann wollte Ryo im öffentlichen Gymnasium anmelden, aber ihr war das nicht gut genug. Sie bestand darauf, ihn in eine Privatschule zu schicken – in die beste, von wo aus er mit erhöhter Sicherheit den Sprung in eine der Elite-Universitäten würde schaffen können. Bei der Suche nach der besten Privatschule war ihr Blick auf das Collegium Sainte-

Virtue gefallen, eine von französischen Patres geleitete Institution, über die man nur Gutes hörte. Sie hatte sich bei dem Schulleiter angemeldet, Hochwürden Pater Rimboulet. Als sie durch die Tür seines Büros trat und der Pater sich zur Begrüßung erhob, hatte sie sofort gewußt, daß das ein Mann war, dem sie die Erziehung ihres Sohnes anvertrauen konnte. Vollbärtig, mit wallendem Haar und einer Stimme, die Autorität versprach, hatte er bestätigt, daß er und die anderen Patres größten Wert darauf legten, den Schülern all das beizubringen, was sie für ein erfolgreiches Leben brauchten.

«Natürlich wissen wir», hatte er in einem leicht französisch klingenden, aber im übrigen fehlerfreien Japanisch erklärt, «daß der Erfolg in der japanischen Gesellschaft aufs engste mit dem Namen der Universität verknüpft ist, die ein junger Mann besucht hat. Der Name der Universität, wenn es ein guter Name ist, umgibt ihn lebenslang mit einer Aura von Prestige. Wir in Frankreich haben ja die Hautes Écoles ...» Er rollte seine Augen und die Zunge, «... deswegen verstehen wir, was eine Elite-Universität ist und was sie für junge Leute bedeutet. Wir bereiten deshalb bewußt unsere Schüler darauf vor, das Fegefeuer des Eintrittsexamens in eine Elite-Universität zu bestehen.»

«Das ist genau das, was wir uns für unseren Sohn wünschen», hatte die Mutter gesagt und wie beiläufig einfließen lassen, daß ihr Mann ein Shintopriester sei. Als Hochwürden Rimboulet dies hörte, hatte er sich interessiert nach vorn gelehnt und sich am Bart gekrault. Er hatte der Mutter versichert, es sei ihm und den anderen Patres seiner bescheidenen Institution eine Ehre, den Sohn eines Guji unter seine Obhut zu nehmen und ihm eine gute Erziehung angedeihen zu lassen.

Sechs Jahre war Ryo bei den Patres gewesen und hatte gründlich Pauken gelernt. Als die Zeit der Eintrittsexamen zur Elite-Universität näherrückte, war er auf alle Fragen gedrillt, die nach bestem menschlichen Ermessen gestellt werden würden. Er überstand das Fegefeuer. Er schaffte den Sprung in die Kyodai, die hochangesehene Universität von Kyoto. Er schaffte, wovon viele nur träumen können – Student einer der Elite-Universitäten des Landes zu sein. Einmal drin, brauchte er nicht mehr viel zu arbeiten und zu studieren, denn das System sorgt dafür, daß alle Studenten nach vier Jahren sanft, mit einem prestigebeladenen Diplom in der Hand, herausgleiten.

Und dann die Gowa-Bank ... große Banken achten sehr darauf, wen sie einstellen. Sie prüfen alles genau und lassen keinen Stein unumgewendet. Anständige Familie muß sein, nicht unbedingt reich, aber anständig. Gute Universität muß auch sein. Was man studiert hat, ist weniger wichtig. Hauptsache, zäh und biegsam wie ein Schilfhalm. Den Rest würde die bankeigene Ausbildung geradebügeln.

Außerdem hatte Ryo sich, während er an der Kyodai studierte, dem Universitäts-Ruderclub angeschlossen. Wie gut, sagte die Mutter sich, denn die Banken legen Wert auf Eigenschaften, zu denen Sport verhilft – Zähigkeit, Kampfgeist und Opferbereitschaft für die Ziele der Gruppe.

Die Mutter atmete tief auf. Sie konnte zufrieden mit sich selbst sein. Sie hatte den Nachforschungen der Gowa-Bank gelassen entgegensehen können.

Ryo war ein guter Sohn, schon sechsundzwanzig und immer noch sehr lieb. Trotz seiner Breitschultrigkeit und der Bartstoppeln, die abends, nach einem langen Tag in der Bank, sein Kinn blauschwarz färbten und ihn sehr männlich erscheinen ließen, war er der kleine Junge geblieben, den sie früher so oft an die Hand genommen und bis zum Schultor begleitet hatte. Er war immer noch ihr kleiner Ryo.

«Meinst du nicht», fragte die Mutter tastend, «du müßtest vielleicht langsam ans Heiraten denken?»

Sie wußte, daß sie Ryo, seitdem er von der Kyodai aus einmal einen Reisweinkeller in Fushimi besucht hatte, mit angegorenem Trester verwöhnen konnte. Sie hielt deshalb immer einen kleinen Vorrat in einem Winkel des Kühlschranks. Sie nahm eine Scheibe heraus, bräunte sie leicht über der offenen Flamme und streute dick Zucker darauf. Danach schnitt sie den Trester in mundgerechte Scheiben und ordnete sie auf einem ausgesucht schönen, blauglasierten Porzellanteller an.

«Hm», sagte Ryo.

«Die Bank, so habe ich gehört, bevorzugt bei der Beförderung oft jene, die schon eine Familie gegründet haben. Deshalb solltest du dir langsam überlegen, was für eine Frau du haben willst.»

Ryo ließ den Zucker auf der Zunge zergehen und sog die Luft zwischen den Zähnen ein, um das kühlende Gefühl zu genießen, das der aus dem Reisweintrester freigesetzte Alkohol im Gaumen erzeugte. «Ja, vielleicht», sagte er ohne aufzublicken. Er sog wieder die Luft zwischen den Zähnen ein.

«Natürlich kommt für dich nur eine Frau aus gutem Hause in Frage», sagte die Mutter lächelnd, «denn die Bank berücksichtigt bei allen Beförderungen auch die Ehefrau. Wer eine Frau aus gutem Hause hat, dessen Weg nach oben ist gut beleuchtet.»

«Hm.» Ryo wischte mit seinem Zeigefinger die Zuckerkrümel vom Teller und steckte sich den Finger in den Mund. Er blickte auf den Teller und schwieg, so als ob er Zeit zum Nachdenken brauchte.

«Also», fuhr die Mutter fort, «was für eine Frau willst du denn haben?»

«Weiß ich nicht . . . hab' ich mir noch nicht überlegt.»

«Natürlich nicht», stimmte die Mutter eifrig zu, «bei deiner Arbeitsüberlastung . . . natürlich kannst du dich nicht mit einer so zeitraubenden Angelegenheit beschäftigen. Aber ich werde für dich suchen . . .»

«Hm», brummte Ryo wieder und gähnte. «Du wirst schon die Richtige finden.»

Die Mutter spürte ein inniges Gefühl in sich aufsteigen. Ryo war ein guter Sohn. Er vertraute ihr. Er gab ihr sogar den Auftrag, eine Frau für ihn zu finden. Sie lächelte ihn an. Er würde ihr keine Sorgen bereiten. Er war ein guter Sohn. Sie war entschlossen, alle notwendigen Schritte zu unternehmen, für ihn die passende Frau zu finden. Auch wenn sie bei dieser verantwortungsvollen Aufgabe auf sich allein gestellt war. Von ihrem Mann konnte sie keine Hilfe erwarten. Noch nicht einmal einen brauchbaren Rat. Er hatte nie einsehen wollen, daß die Art, wie sie sich für Ryo einsetzte und ihn auf das Leben vorbereitete, aus tiefster Mutterliebe kam. «Du tust Ryo keinen Gefallen», hatte ihr Mann schon mehrmals gesagt. Was für eine Anmaßung, solche Worte einer Mutter zu sagen, der nichts näher am Herzen liegt als der Erfolg ihres Sohnes. «Du hinderst Ryo daran, sich so zu entwickeln, wie es seiner Natur entspricht», hatte ihr Mann gesagt, «Ryo muß seinen eigenen Weg suchen.»

Seinen eigenen Weg suchen. Unsinn. Ryo weiß doch noch nicht, wo es die Straße entlanggeht. Er braucht meine Liebe, er braucht meine helfende Hand. Alle Mütter, die wollen, daß ihre Söhne es zu etwas bringen, haben nichts anderes im Sinn, als ihnen den richtigen Weg zu weisen. Und es gab doch nur einen Weg – den Weg nach oben.

Die Mutter strich sich mit den Fingern über die Stirn, die Falten zu glätten, die sich ihr über die Jahre hinweg immer tiefer eingegraben hatten. Was für eine Zumutung, von Ryo zu erwarten, er solle seinen eigenen Weg suchen.

Sie dachte daran, wie oft sie mit ihrem Mann wegen Ryo gestritten hatte. Er war von Anfang an dagegen gewesen, wie sie ihn erzog. «Laß Ryo in Ruhe», hatte er gesagt, «der Junge muß Zeit haben zum Träumen. Er muß sich selbst finden.»

Träumen... die Mutter stieß verächtlich die Luft zwischen eng zusammengepreßten Lippen hervor, ein Junge hat doch keine Zeit für so etwas... sich selbst finden... Unsinn. Ryo muß sich um seinen Aufstieg kümmern.

Sie hielt nicht viel von dem, was ihr Mann sagte. Wenn er auch als Guji hochgeschätzt und von manchen sogar verehrt wurde, als Vater hatte er in ihren Augen versagt. Von Anfang an. Gerade weil er die Meinung vertrat, Ryo solle sich selbst finden, hatte sie ihre Anstrengungen verdoppelt, ihm zu zeigen, wo der Weg entlangging. Von klein auf.

Sie verstand, wie so viele japanische Mütter, jene tiefere Schicht in der Seele eines Sohnes anzurühren, wo der Wunsch nach Liebe und Anerkennung schlummert. Sie gab Ryo Liebe und Anerkennung im Übermaß, wenn er ihr folgte. Sie lobte ihn mit Worten und mit Blicken. Sie verwöhnte ihn mit dem, was er gern aß. Wenn sie aber sah, daß er Anzeichen von Bockigkeit erkennen ließ und ihr nicht folgen wollte, bestrafte sie ihn unnachsichtig – allerdings nicht mit Zurechtweisung oder sogar Schlägen.

Die Mutter kannte die Macht der weichen Härte. Sie bestrafte Ryo auf weiche Art, indem sie ihm ihre Liebe entzog. Sie konnte sich in Schweigen hüllen, stundenlang, tagelang unzugänglich und verschlossen bleiben. Sie ließ dann tiefe Sorgenfalten in den Mundwinkeln kriechen. Sie gab ihren Augen einen wäßrigen Schein. Sie tupfte sich in seiner Gegenwart die Tränen ab.

Wie jedes Kind wollte auch Ryo von der Mutter geliebt werden. Er wollte ihre anerkennenden Blicke auf sich spüren. Er wollte sie fröhlich und zufrieden sehen. Statt dessen aber sah er die Mutter in graue Wolken der Traurigkeit gehüllt. Er hörte sie seufzen, sah sie weinen und gab sich in kindlicher Einfalt selber die Schuld an ihrer Traurigkeit. Er mußte sich schuldig fühlen, denn die Mutter sagte ihm, er sei der Grund.

Durch dieses Gefühl der Schuldhaftigkeit, das die Mutter in Ryo pflanzte, gelang es ihr, ihn zu steuern und zu lenken. Sie hatte ihn fest in der Hand.

Mit Saya war das ganz anders gewesen. Sie war schon als Kind aufgeweckt, voller sprudelnder Lebhaftigkeit, und hatte nie Probleme in der Schule. Sie brachte so viele gute Noten nach Hause, daß es der Mutter erspart blieb, das Wohlwollen der Lehrer durch kleine Aufmerksamkeiten gewinnen zu müssen. Im Gegenteil, Saya war in der Schule so beliebt, daß die Mutter, wenn sie zu ihren Lehrern ging, den Rücken geradehalten konnte und ihren Kopf nur so weit zu neigen brauchte, wie es ihrem Stand nach angemessen war.

Dies erfüllte die Mutter zwar mit besonderem Stolz, aber Saya entwickelte im Laufe der Jahre auch Eigenschaften, die man nicht von Herzen gutheißen konnte. Insbesondere gab sie zu Hause immer häufiger Widerworte, manchmal sogar in einer Weise, wie es sich für ein Mädchen nicht ziemt.

«Laß sie», hatte auch in ihrem Fall der Vater gesagt, «laß Saya in Ruhe. Sie wächst innerlich und braucht die Reibungen, die sie selber erzeugt. Sie wird daran reifen.»

«Daran reifen?» Die Mutter stützte ihr Gesicht in die Hände, so wie sie es immer tat, wenn ein Schwall von Unzufriedenheit über sie kam. «Wie kann ein Mädchen reifen, wenn Widerspenstigkeit ihr zur zweiten Natur wird? Eine reife Ähre beugt ihren Kopf besonders tief – das ist eine alte Weisheit, die Saya hoffentlich lernt, bevor es zu spät ist.»

Ihr Mann sah die Weisheit dieses alten Volksspruchs nicht ein. Im Gegenteil. Er wollte Saya ihren Willen lassen, selbst als sie mit der verrückten Idee kam, im Ausland zu studieren. Wo das schließlich hinführen mußte, war klar. Man kann doch ein Mädchen nicht allein ins Ausland gehen lassen. Aber ihr Mann sah das anders. Für ihn war es eine geistige Herausforderung, die Saya, wie er sagte, guttun würde. Geistige Herausforderung – was für hochtrabende Worte.

Ein Mädchen allein ins Ausland gehen zu lassen ... so etwas bringt doch nur Probleme.

Die Mutter wischte sich über die Stirn und glättete wieder die Falten, die sich dort eingenistet hatten. Jetzt war keine Zeit, an Saya zu denken. Sie mußte sich auf Ryo konzentrieren. Er trug ihre Hoffnungen, und sie war entschlossen, ihm den Weg in die Zukunft zu ebnen.

«Ich laß dich nicht im Stich», sagte sie, als Ryo den letzten Happen Reisweintrester im Mund zergehen ließ. «Ich laß dich nicht im Stich.» Sie legte ihre Hand auf seine Schulter. «Ich werde für dich auch eine gute Frau finden.»

«Hm ...», antwortete er und gähnte wieder.

«Dafür bin ich doch da.»

«Hm ...»

Die Mutter dachte an die vielversprechenden Schritte, die sie schon unternommen hatte, und lächelte vor sich hin.

2

Im Mai bot Kyoto viele Gelegenheiten, sich an blühenden Azaleen zu erfreuen. Es gab Tempelgärten und Parkanlagen, in denen große Flächen nur mit Azaleen bepflanzt waren. Zur Blütezeit ein atemberaubender Anblick, besonders wenn man sie wie in manchen Tempelgärten am Hang der Östlichen Berge vor dem Hintergrund einer Pagode betrachten konnte. Über die schönsten Azaleenanlagen wurde in den Zeitungen geschrieben und im lokalen Fernsehen berichtet. Und sie zogen zahllose Besucher an, die die Farbenpracht bewunderten. Viele brachten Rolldecken aus Binsengeflecht mit und besetzten mit Kind und Kegel die wenigen freien Plätze. Sie packten Sachen zum Essen und zum Trinken aus und erfüllten die Luft mit ihrem Treiben und ihrem meist überlauten Lärm.

Als Meisterin der Blumensteckkunst wußte die Mutter, daß wahre Schönheit sich nur dann wahrhaft verstehen läßt, wenn man sie ungestört betrachten kann. Sie und ihre Freundinnen fanden, es werde immer schwieriger, die Pracht der Azaleen in Ruhe zu genießen. Wo sie am schönsten blühten, fand sich das gemeine Volk zusammen und störte die Atmosphäre. Ungestörtheit – das gab es immer seltener. Überall zu viele Menschen. Überall zuviel Lärm. Deshalb hatte die Mutter beschlossen, sich einen eigenen Azaleengarten anlegen zu lassen unmittelbar bei ihrem Haus, hoch auf dem Hügel, nicht weit von dem Shintoschrein entfernt, dem ihr Mann als Guji vorstand. Sie hatte niemandem von ihren Plänen erzählt, selbst ihren besten Freundinnen nicht. Sie wollte alle überraschen.

Endlich war der Tag gekommen. Sie konnte ihren gesamten Freundinnenkreis – mehr als dreißig Frauen und alle aus den gehobenen Schichten – zum Azaleenfest zu sich einladen. Die meisten waren etwa ihres Alters, und manche hatten Töchter im heiratsfähigen Alter.

Zur Vorbereitung des Treffens hatte die Mutter das große Empfangszimmer mit besonderer Sorgfalt hergerichtet. Um die feinen Tatamimatten, mit denen das Empfangszimmer von Wand zu Wand ausgelegt war, zur Geltung zu bringen, hatte sie Frau Kuni Anweisungen gegeben, den Raum völlig leerzuräumen, aber die Shoji-Türen noch dicht geschlossen zu halten. So blieb der Blick auf den frisch angelegten Azaleengarten zunächst versperrt. In der Tokonomanische des Empfangszimmers hatte sie eigenhändig in mehr als dreistündiger Arbeit ein sorgsam komponiertes Ikebana aufgebaut. Als Meisterin der Blumensteckkunst konnte sie es sich nicht leisten, ein Blumengebinde zu präsentieren, das nicht den höchsten ästhetischen Anforderungen entsprach.

Wenn sie den Eindruck der blühenden Azaleen nicht vorwegnehmen wollte, mußte sie in ihrer Komposition auf Blumen verzichten. Sie wählte daher mehrere diagonal verlaufende Bambustriebe, deren stumpfgrüne, lanzettförmige Blätter das leise Rascheln im Wind an einem warmen Maientag symbolisierten. Elegant kombinierte sie die nach oben strebenden Bambustriebe mit einem schweren, breit ausladenden dunkelgrünen Kiefernzweig, an dem noch die Zapfen vom Vorjahr hingen.

Die Mutter wartete, bis alle ihre Freundinnen eingetroffen

waren. Ausnahmslos waren sie in seidene Kimonos gekleidet und gaben wortgewandt ihrer Befriedigung Ausdruck, daß die Mutter sie zu ihrem Haus auf dem Hügel eingeladen habe. Sie bedankte sich für die freundlichen Worte und gab allen Gelegenheit, die kunstvolle Komposition in der Tokonomanische zu bewundern, während sie den ausgesucht guten grünen Tee aus zarten weißen Porzellanschalen servieren ließ. Dann gab sie Frau Kuni einen Wink, die lange Reihe der Shoji-Türen auf beiden Seiten des Empfangszimmers zu öffnen und so den Zutritt zur umlaufenden Veranda freizugeben. Die Mutter forderte nun ihre Freundinnen auf, die Augen fest zu schließen und gemeinsam mit ihr auf die Veranda zu treten. Es kam zu einigem Geschubse und Gekicher, aber als alle auf der Veranda standen und die Mutter das erlösende Wort sprach, die Augen wieder zu öffnen, war die Überraschung um so größer.

«Traumhaft schön», rief Michiko als erste aus, nachdem ihre Augen sich mit dem Anblick der Azaleen gefüllt hatten, «wirklich traumhaft schön. Welch eine Überraschung!»

Auch Hanako, die Frau des Professors für Wirtschaftswissenschaften an der Kyodai, stimmte in die allgemeinen Bewunderungsbezeugungen ein und sagte, sie erinnere sich nicht, jemals eine so harmonisch ausgeglichene Komposition verschiedenster Azaleenfarben gesehen zu haben.

«Nicht nur die Farben», warf eine andere bereitwillig ein, Gattin eines Filialleiters der Fuji-Bank, «auch die Anordnung der Azaleenbüsche auf dem felsigen Untergrund legt Zeugnis von meisterhafter Beherrschung der Balance ab.» Da die Fuji-Bank in direkter Konkurrenz zur Gowa-Bank stand und mit ihr im Wettkampf um den siebten Platz lag, war der Mutter die Bemerkung dieser Freundin besonders wertvoll.

«Das gleiche läßt sich von der Form und Größe der einzelnen Azaleenbüsche sagen», fügte Michiko hinzu, der als Gattin eines Obersten Richters eine meinungsbildende Rolle zufiel, «schauen Sie mal, wie geschickt jeder Busch gestutzt ist, und wie köstlich sich die Farben mischen.»

Bei so viel Lob mußte die Mutter bescheiden ihre Augen senken. Sie winkte abwehrend mit der Hand, aber im Herzen triumphierte sie. Alles lief nach Plan. Besonders vermerkte sie mit Genugtuung, daß Michiko und Hanako sich von der Schönheit des Azaleengartens angetan zeigten, da beide eine Tochter im heiratsfähigen Alter hatten. Die offene Zurschaustellung ihrer Begeisterung für den Azaleengarten deutete an, daß sie eine Verbindung ihrer jeweiligen Tochter mit Ryo durchaus begrüßen könnten.

Die Mutter wollte sich der Überlegung nicht verschließen, es wäre, wie man so sagt, für zukünftige Eheverhandlungen immer von Vorteil, wenn mehrere Familien Interesse an einer Verbindung erkennen ließen. Sie erinnerte sich noch, wie eine der Freundinnen bei einem früheren Treffen berichtet hatte, für ihren Sohn stünden so viele Ehekandidatinnen zur Wahl, daß sie ihn zwei Monate lang Sonntag für Sonntag von einem Vorstellungstreffen zum andern schleppen mußte.

«Der arme Junge», hatte die Freundin gesagt, «am Ende des zweiten Monats wußte er gar nicht mehr, welches Mädchen er denn nun nehmen sollte.» Alle hatten zustimmend genickt und einige sogar etwas neidisch gelächelt. Die Freundin ließ in ihrem Mienenspiel erkennen, wie stolz sie war, einen Sohn zu haben, dem die Heiratskandidatinnen fast zur Plage wurden.

«Und dazu dieser großartige Blick über die Stadt», ließ sich nun Michiko vernehmen, «wirklich dramatisch.» Um ihrer Begeisterung zusätzlichen Ausdruck zu verleihen, nickte sie allen zu.

«In der Tat», fielen die anderen ein. Sie folgten Michikos Beispiel, indem sie ihre Augen mit der Hand beschatteten, um in der gleißenden Nachmittagssonne über die Baumkronen hinweg auf die Stadt blicken zu können.

«Die Natur», sagte die Mutter, «die Natur hat mitgeholfen. Der große Taifun vor zwei Jahren . . . Erinnern Sie sich noch?»

«Ja, stimmt, vor zwei Jahren . . .» Alle hatten den Schaden, den der Sturm an vielen Stellen in der Stadt verursacht hatte, lebhaft in Erinnerung.

«Bei uns deckte er einen Teil des Dachs ab.»

«Bei uns war ein Sturmladen nicht ganz dicht, und der Taifun griff durch die Ritzen und zerfetzte unsere Shoji-Türen.»

«So ist es», sagte die Mutter, «und bei uns hier auf dem Hügel hat er zahlreiche Bäume gefällt und darunter glücklicherweise einen, durch den nun unser Blick auf die Stadt geöffnet ist.» Sie deutete auf die breite Lücke in der dichten Wand der Bäume, die den Hügel umschlossen, und alle nickten.

«Stürme haben manchmal auch ihr Gutes», bemerkte Michiko, deren Worte von allen versammelten Damen mit warmer Aufmerksamkeit zur Kenntnis genommen wurden, obwohl ihre Stimme recht leise war. Vielleicht redete sie aber auch nur so leise, weil sie sich als Frau eines Obersten Richters darauf verlassen konnte, daß ihr alle Aufmerksamkeit zufloß, sobald sie nur ihre Stimme erhob.

Die Mutter nahm sich vor, Michiko etwas später, sobald sich die Gelegenheit bot, zu einem Rundgang durch den Azaleengarten einzuladen. Dabei würde sie, ohne daß Hanako oder die anderen es hörten, erfühlen können, welche Vorstellungen sich Michiko vom zukünftigen Mann ihrer Tochter machte.

Hanako, die im Gegensatz zu Michiko von ziemlich lauter Stimme war, erzählte stolz von dem Klavierkonzert, das ihre Tochter kürzlich gegeben habe.

«Oh, ich wußte gar nicht», sagte eine der Freundinnen, die nicht so eng mit all den anderen verbunden war, «Ihre verehrte Tochter ist Konzertpianistin?»

«Nein, nein», winkte Hanako ab, «nur ein kleines Konzert im engeren Kreis, das die Klavierpädagogin veranstaltete. Hier, zufällig habe ich ein paar Photos dabei.»

Die Mutter mußte lächeln. Offenbar lag Hanako sehr daran, ihre Tochter im Bild vorzustellen, um dadurch allen anderen hier, die Söhne im heiratsfähigen Alter besaßen, anzudeuten, wie vielversprechend gerade ihre Tochter war. Als die Bilder vom Konzert die Runde machten, richtete sich allerdings die Aufmerksamkeit weniger auf Hanakos Tochter als auf ein blondes Mädchen, das neben ihr stand. Einige Photos zeigten die beiden, wie sie Arm in Arm in die Kamera hineinlachten.

«Oh», kam eine Äußerung, «das ist aber beachtlich, daß Ihre Tochter eine Ausländerin kennt.»

«Ja, Ingrid und meine Tochter sind ein Herz und eine Seele», erwiderte Hanako eifrig nickend. Mit diesen Worten gelang es ihr, sich für die nächste Stunde in den Mittelpunkt des Gesprächs zu rücken, während der die Azaleenpracht im Garten unbeachtet blieb. Hanako sprach von dem blonden Gaijin-Mädchen, als sei es ein Teil der Familie, obwohl man beim genauen Zuhören schnell herausfand, daß sie nur die Tochter eines Gastprofessors war.

«Ein Kollege meines Mannes», fügte Hanako mit schlecht

verstecktem Stolz hinzu, «direkt aus Stockholm. Leider wird er bald nach Schweden zurückkehren. Die Trennung von Ingrid wird meiner Tochter sehr schwerfallen.» Alle spürten, wie selbstbewußt Hanako war.

Die Mutter hätte gern gewußt, ob Hanakos Mann vielleicht im Gegenzug schon bald für ein Jahr nach Stockholm eingeladen würde. Dies erschien ihr von einigem Interesse, es könnte ja bedeuten, daß Hanako ihre Tochter für ein Jahr nach Schweden mitnehmen würde. Vielleicht spielte sie aber auch mit dem Gedanken, sie vorher zu verheiraten. Immerhin war ihre Tochter schon zweiundzwanzig, und es wurde höchste Zeit, einen Mann für sie zu finden. Die Verbindung mit der Tochter eines Kyodai-Professors wäre auch nicht übel, hatte sich die Mutter gesagt, vor allem wenn er ein so weitbekannter Wirtschaftsexperte ist wie Hanakos Mann. Er war häufig im Fernsehen und hatte schon an zahlreichen internationalen Konferenzen teilgenommen. Auch in Bankkreisen, so hörte man, war er hoch geschätzt, und seine Prognosen genossen den Ruf, wissenschaftlich fundiert zu sein. Als sein Schwiegersohn würde Ryo etwas von dem Glanz seiner akademischen Aura abbekommen.

Hanako hatte der Mutter vor noch gar nicht langer Zeit im Vertrauen erzählt, sie habe die Verbindung zu einem Ehevermittler aufgenommen. «Ein hochangesehener Herr», hatte sie hinzugesetzt, «der uns schon bei der Verheiratung unseres Sohnes wertvolle Dienste geleistet hat. Mein Mann und ich haben uns allerdings noch nicht entscheiden können, welchen Kandidaten wir für unsere Tochter in nähere Betrachtung ziehen wollen. Die Kandidaten, deren Unterlagen uns unser Vermittler bisher zugesandt hat, erfüllen nämlich unsere Erwartungen noch nicht so recht – zumindest nicht in Hinsicht auf den jeweiligen Familienhintergrund.»

Verständlicherweise konnte die Mutter in diesem Augenblick nicht von Ryo sprechen, mußte man doch, wenn es um die Anbahnung einer Ehe ging, im Interesse der guten Form die Dienste eines unbeteiligten Dritten in Anspruch nehmen. Da die Mutter in Hanako eine gute Freundin sah und die enge Beziehung zu ihr nicht belasten wollte, galt es vorsichtig zu sein. Falls sie ihre Gedanken zu weitgehend bloßlegte und hinterher das damit schon begonnene Heiratsgespräch nicht zum Erfolg führte, könnte dies den Bruch ihrer langjährigen Freundschaft bedeuten. Nur ein unbeteiligter Dritter konnte durch sein geschicktes Mitwirken die Peinlichkeit der Situation mindern, die sich im Falle einer Absage einstellen würde. Gute Ehevermittler verstanden es, an den verborgenen Riffen und steilen Klippen der Eheverhandlungen unversehrt vorbeizusegeln, selbst wenn die Parteien miteinander befreundet waren. Die Mutter nahm sich vor, Hanako um den Namen des von ihr bestellten Vermittlers zu bitten – das Äußerste, was sie wagen konnte, ohne die Form zu verletzen.

Während die Mutter ihren Gedanken nachhing, ging das Gespräch auf der Veranda um die Vorzüge internationaler Beziehungen, insbesondere um die geistige Bereicherung, die sich daraus ableiten ließe. Jede hatte irgendwelche Gaijin-Bekannte oder sogar Freunde, und wer keine hatte, erfand sie eben schnell.

«Bei meinem Mann in der Firma arbeitet ein Ingenieur aus Holland», sagte Frau Nishiyama, die eigens aus Osaka zu dem Azaleenfest gekommen war, «ein fähiger Mann. Er versteht was von Transistoren und solchem modernen Zeug. Deshalb hat die Firma meines Mannes auch keine Kosten gescheut, ihn und seine Frau, die übrigens platinblonde Haare hat – sehr eindrucksvoll –, in bester Wohnlage unterzubringen. Die Firma hat für sie ein großes Haus gemietet, denn Gaijin sind ja, so hört man doch immer wieder, an große Häuser gewöhnt. Natürlich bezahlt die Firma auch den Koch und zwei Dienstmädchen.»

«Einen japanischen Koch?» fragte eine andere, und Zweifel klang aus ihrer Stimme.

«Manche Gaijin lieben Fisch», erwiderte Frau Nishiyama mit sich überschlagender Stimme, «der Holländer und seine Frau zum Beispiel. Sie sind einfach sprachlos, welch einen Reichtum an Fisch es in Japan gibt ... viele Sorten, die man in Holland überhaupt nicht kennt.»

«Liegt daran, daß das Meer bei den verehrten Holländern kalt ist ... ganz anders als bei uns.»

«Weniger Sonne ...»

«Aber dafür die weiße Haut. Beneidenswert ... Gaijin sind einfach schöne Menschen.»

«Ja, wirklich beneidenswert», stimmte Frau Nishiyama zu, «bei der Frau unseres Holländers sind die Ohren so weiß wie der Hals. Sie braucht sich gar nicht zu pudern.»

«Pudern? Gaijin-Frauen pudern sich doch nicht. Sie haben's nicht nötig. Sie sehen auch ohne Puder edel aus.»

«Sehen nur so aus?» warf Hanako ein, «nein, sie sind es auch. Sie sind edle Menschen, und so kultiviert. Die schwedische Freundin meiner Tochter zum Beispiel ...» Sie zog das Photo wieder hervor, «... Ingrid spricht schon drei Sprachen, und dabei ist sie erst siebzehn.»

«Erst siebzehn?»

Alle wollten noch einmal die Photos betrachten.

«Sieht aber älter als siebzehn aus», sagte eine Dame und deutete mit dem Finger auf das blonde Mädchen, «mit viel stärker entwickeltem Busen als bei unseren Mädchen.»

«Das ist bei allen Gaijin so.»

«Das ist eben die Rasse.»

«Oh nein, ich glaube, es liegt daran, daß sie soviel Fleisch essen.»

«Fleisch essen macht frühreif», warf Michiko ein, «mein Mann hat kürzlich mit einem Richterkollegen aus Amerika gesprochen, der sich mit dem Problem der Frühreife beschäftigt hat – vom kriminologischen Standpunkt her. Er hat Beweise dafür, daß Fleischessen das sexuelle Verhalten der jungen Leute verändert. Deshalb sind die jungen Gaijin viel früher sexuell aktiv, zum Teil schon in der Schule, bestimmt aber spätestens auf der Universität.»

Für eine Sekunde herrschte betretenes Schweigen. Als Frau eines Obersten Richters sprach aus Michiko Autorität.

«Übrigens, wie geht es denn Saya?» wurde die Mutter nun gefragt, «sie ist doch jetzt schon fast zwei Jahre lang in Europa. An einer Universität, wenn ich mich recht erinnere?»

«Ja, an einer sehr berühmten Universität.»

«Hoffentlich ...» die Freundin suchte nach den richtigen Worten, «hoffentlich gerät sie im Ausland nicht zu sehr unter den Einfluß der Gaijin.»

«Natürlich nicht.» Die Mutter versuchte, ihrer Stimme einen sicheren Ton zu geben, obwohl die Briefe, die Saya in letzter Zeit geschrieben hatte, ihr Anlaß zu großer Sorge gaben. Es war kein gutes Omen, daß sie immer wieder von ein und demselben Gaijin schrieb und davon, wie großartig sie sich mit ihm verstehe. Sie hatte sogar schon ein Photo geschickt, auf dem sie neben einem hochgewachsenen Gaijin zu sehen war. Das ist Peer, hatte sie an den Rand geschrieben.

Unwürdig, sich so photographieren zu lassen.

«Wieso unwürdig?» hatte ihr Mann gefragt.

«Sie stehen zu dicht nebeneinander. Das gefällt mir nicht.»

Die Nachmittagssonne war inzwischen tiefer gesunken, und wenige Lichtstrahlen durchdrangen das dichte Laubwerk der nahe stehenden Bäume. Sie brachten nur noch kleine Ausschnitte des Azaleengartens zum Aufglühen. So wurde der Kontrast der leuchtenden Farben und der schattigen Teile des Gartens verstärkt. Die Freundinnen standen noch auf der Veranda und stießen immer neue Rufe des Entzückens aus.

«Eigentlich ist es ja eine bemerkenswerte Bereicherung für ein junges Mädchen wie Saya, im Ausland sein zu können», tönte Hanakos laute Stimme, «und außerdem sehr ehrenhaft. Aber wenn ihr mich fragt... ich würde meine Tochter nicht allein ins Ausland lassen. Man ist nie sicher, was bei den Gaijin passiert.»

Alle hatten ihre Worte gehört, und an ihren Mundwinkeln ließen sich ablesen, daß sie im stillen nicht anders dachten. Nur hätten sie es vielleicht nicht so unvermittelt ausgesprochen. Viele Augen streiften die Mutter von der Seite, aber sie lächelte. Sie hatte ihr Gesicht unter Kontrolle. Mit fester Stimme versicherte sie, Saya werde nach Abschluß ihres Studiums zurückkommen – heil und unversehrt.

Michiko spürte offensichtlich die Peinlichkeit, die sich aus Hanakos vorlauter Bemerkung für die Mutter ergab. Sie kam ihr zu Hilfe und lenkte die allgemeine Aufmerksamkeit geschickt in eine andere Richtung, indem sie, wie vorher schon einmal, ihre Augen mit der flachen Hand beschattete und über die Baumkronen hinweg auf die Stadt hinunterblickte. «Heute ist die Luft besonders klar», sagte sie, «ich kann auf der anderen Seite sogar die Pagoden erkennen, wie ich sie von meinem Haus aus jeden Tag sehe.»

«Wo? Wo?» fragten die anderen.

«Dort drüben. Am Hang der Östlichen Berge.» Danach plätscherte die Unterhaltung wieder locker dahin, und alle waren damit beschäftigt, irgendwelche markanten Stellen in der Stadt ausfindig zu machen, mit denen sich eine kleine Geschichte verbinden ließ.

Die Mutter nahm Michiko zur Seite und lud sie zu einem Rundgang durch den Azaleengarten ein. Sie konnte nicht länger an sich halten, die Sprache auf Michikos Tochter zu bringen und vorzufühlen, inwieweit sie als Heiratskandidatin für Ryo in Frage käme. Auch eine Verbindung mit der Tochter eines Obersten Richters wäre für Ryo nicht schlecht. Als Oberster Richter genoß Michikos Mann weit über die Grenzen Kyotos hinaus Respekt und Ansehen. Sein Glanz würde auf Ryo fallen und seine Stellung in der Bank günstig beeinflussen.

«Übrigens, wie geht es Ihrer verehrten Tochter, Fräulein Ayako?» fragte die Mutter, als sie mit Michiko am Ende des Azaleengartens bei der Steinlaterne angekommen war, mit Sicherheit außerhalb der Hörweite der Freundinnen, die sich noch auf der Veranda aufhielten. «Ich hoffe, es geht ihr gut.»

Michiko dankte für das Interesse, das die Mutter dem Wohlbefinden ihrer Tochter entgegenbrachte, und berichtete freimütig, sie habe schon einen Ehevermittler beauftragt, ihr Namen und Unterlagen von Söhnen aus gutem Hause zugehen zu lassen. Sie habe auch bereits einige Angebote erhalten, die jedoch ihre Zustimmung und die ihres Mannes noch nicht fanden. Mit einem leichten Schweben in der Stimme fuhr sie fort: «Es ist nicht einfach, einen Kandidaten zu finden, der zu Ayako paßt. Wir sind der Meinung, daß wir in Ruhe einen Kandidaten mit einwandfreiem Familienhintergrund abwarten sollten.» Sie beugte sich zu den Azaleenblüten hinab, und zärtlich umschloß sie einen Zweig mit ihren Händen, «... und mit einer sicheren Karriere vor sich ... vielleicht in einem Ministerium oder auch in einer angesehenen Bank.»

Die Mutter fand, daß Michikos Stimme durchaus ermutigend klang. «Wäre es zuviel gefragt», tastete sie sich vorsichtig weiter, «wenn ich Sie bitten würde, mir den Namen Ihres verehrten Vermittlers zu nennen?»

«Keineswegs», erwiderte Michiko lächelnd. Sie hatte eine besondere Art, ihren Kopf zu neigen und seitwärts zu blikken. Aus der Bereitwilligkeit, mit der sie eine Visitenkarte aus ihrer perlenbestickten Handtasche zog, schloß die Mutter, daß Michiko den Grund ihrer Frage durchschaute. «Sie können jederzeit Verbindung mit unserem Vermittler aufnehmen», fuhr sie fort, dabei die Azaleenblüten streichelnd, «er ist ein sehr feiner Herr und selbstverständlich völlig diskret.»

Die Mutter bedankte sich und schob die Visitenkarte zwischen ihre Kimonofalten.

Ein schmales Bündel Sonnenlicht schien auch jetzt noch durch die Äste und fiel auf den Azaleenbusch neben der Steinlaterne. Seine Blüten waren teefarben mit rostrotem Schlund.

«Eine ausgesucht schöne Kombination von Licht und Schatten», bemerkte Michiko, «selbst für meine Tochter wäre es wahrscheinlich schwierig, diesen delikaten Farbübergang in einem Aquarell einzufangen.»

«Oh», sagte die Mutter, «Fräulein Ayako malt?»

«Ja, vor einem Jahr hat sie angefangen, in Aquarell zu arbeiten. Eigentlich studiert sie Anglistik, weil man das im Leben immer gebrauchen kann, aber am Malen hängt ihr Herz. Sie ist natürlich noch nicht sehr weit, hatte aber kürzlich Gelegenheit, im Forum der Universität auszustellen.»

«Das ist ja mehr als beachtlich. Da müssen Sie und Ihr verehrter Gatte aber stolz gewesen sein.»

«Als Eltern ist man immer geneigt, etwas zu stolz zu sein», erwiderte Michiko, «wenn es um die eigenen Kinder geht, nicht wahr?»

«So ist es», sagte die Mutter und lächelte dabei, «vielleicht ergibt sich einmal die Gelegenheit, Fräulein Ayako als Gast hier in meinem bescheidenen Haus begrüßen zu können. Sie könnte doch gern ihre Palette und ihre Aquarellfarben mitbringen. Hier blühen immer die schönsten Blumen.»

«Das wäre eine große Ehre», sagte Michiko und verbeugte sich leicht.

3

Gleich nach dem Azaleenfest hatte die Mutter Photos von Ryo und eine ausführliche Beschreibung seines bisherigen Lebens und seines Familienhintergrunds an die beiden Vermittler geschickt – begleitet von einem freundlichen Brief, in dem sie in wohlgesetzten Worten auf die äußeren Umstände hinwies, wie sie ihre Namen und Anschriften bekommen habe. Sie beauftragte die Vermittler, ihr bei der Suche nach einer geeigneten Frau für ihren Sohn behilflich zu sein. Anfangs schien alles gut zu laufen, und beide Vermittler waren optimistisch, daß sie binnen kurzer Zeit eine Auswahl von Kandidatinnen für den sehr verehrten Sohn würden präsentieren können.

Dann aber, aus Gründen, die der Mutter zunächst unverständlich blieben, wurde nichts aus den hochgespannten Erwartungen. Wenn sie in den Büros der beiden Vermittler nachfragte, wozu sie sich nach einigem Warten aufraffte, wurden ihr zwar freundliche, aber doch hinhaltende Antworten zuteil.

Auch Herr Saito hatte nichts Erfreuliches zu berichten. Er sagte, seine Bemühungen, mit geeigneten Familien in Verbindung zu treten, hätten sich zunehmend schwieriger gestaltet. Die anfänglichen Reaktionen derer, zu denen er Kontakt aufgenommen habe, hätten vielversprechend geklungen, aber nach Vorlage der Photos und anderen Unterlagen habe sich die jeweilige Gegenseite verdächtig lang in

Schweigen gehüllt. Wenn er sich dann nach Ablauf der durch Höflichkeit und Konvention gegebenen Frist vorsichtig erkundigte, habe er immer häufiger eine nichtssagende Antwort erhalten, und etwas später seien Ryos Photos und seine Papiere bei ihm im Rücksendeumschlag wieder eingegangen. Ohne eine andere Erklärung als die übliche Floskel, daß Ausbildung und Stellung des ehrenwerten jungen Herrn Ryo zu hoch seien.

In Herrn Saitos Stimme war eine gewisse Ratlosigkeit unüberhörbar, denn bis dahin hatte er die Lebensläufe von Kandidatinnen zurückgeschickt, welche die Mutter als nicht gut genug für Ryo abgelehnt hatte. Daß jetzt die Absagen von der Gegenseite kamen, schien seinen Stolz zu verletzen, war er doch kein berufsmäßiger Vermittler. Er hatte diese Tätigkeit nur der Mutter zuliebe übernommen, denn sie war eine Hayato und stammte wie er aus Himari. Er war in seinen jungen Jahren in jener kleinen Stadt am Meer einer der Laufburschen gewesen, die, als es noch kein Telephon gab, mit dringenden Nachrichten in der Stadt hin und her flitzten. So hatte er öfter Gelegenheit gehabt, die Hayato-Residenz zu betreten, jenes prachtvolle Samurai-Haus, etwas außerhalb der Stadt gelegen und von einem riesigen Areal umgeben, in dem die heißen Quellen überreichlich aus den vulkanischen Felsen traten und ihre Wasser sich in mehreren Kaskaden den Hang hinab in die Bucht von Himari ergossen. Einmal mußte er, so hatte Herr Saito der Mutter erzählt, einen versiegelten Brief des ehrwürdigen Hayato-Patriarchen zum Gouverneurspalast bringen, und der Gouverneur hatte ihn persönlich in sein Arbeitszimmer gerufen, in dem ein Photo des Tenno an der Wand hing. «So ein Erlebnis bleibt haften», hatte er zur Mutter gesagt. Inzwischen war er ein alter Mann, an die achtzig, aber man sah ihm sein Alter kaum an.

Sein rundes Gesicht war von rosiger Farbe, seine Haut war so glatt, als riebe er sie jeden Tag mit Bimsstein ab. Übergroße Ohren und ein kahler Schädel, der in der Sonne glänzte, gaben ihm besondere Würde.

Die Absagen, die er erhielt, machten ihn ratlos. Ryos Herkunft war unstreitig makellos, und der im Lebenslauf ausführlich dokumentierte Abschluß seines Jurastudiums an der Kyodai, zusammen mit seiner aussichtsreichen Karriere bei einer so bedeutenden Institution wie der Gowa-Bank, sollten ihn zu einem höchst begehrenswerten Heiratskandidaten machen. Hinzu kam, daß Ryo ein ebenmäßiges und markantes Gesicht besaß, wie sein Photo deutlich erkennen ließ. Sein sauber gezogener Scheitel vermittelte den Eindruck von Seriosität. Eine ausgeprägte Nase gab seinem Gesicht – trotz seiner im übrigen unverkennbar japanischen Züge – eine Beschaffenheit, wie man sie sonst eher bei Gaijin anzutreffen gewohnt war.

«Hat sich irgend etwas ergeben, was uns diese plötzliche Folge von Absagen vielleicht verstehen ließe?» Herrn Saitos sonore Stimme klang besorgt.

Die Mutter starrte in den Teich, dessen spiegelnde Oberfläche durchbrochen wurde von Dutzenden bunter Karpfen. Manche waren weiß wie Elfenbein, andere orangerot oder ockergelb, wieder andere trugen große silberne Schuppen auf schwarzem Grund. Sie alle schwammen in engen Kreisen und verschwanden ab und zu unter dem Gewölbe der Steinbrücke.

Die Mutter spürte Herrn Saitos prüfenden Blick von der Seite. Wochenlang hatte sie hin und her überlegt, wie sie ihm sagen sollte, was mit Saya passiert war. Es war zu schmerzlich. Deshalb hatte sie es von Tag zu Tag vor sich hergeschoben. Sie wußte, daß sie es Herrn und Frau Saito irgendwann würde sagen müssen, da sie als Ehevermittler Anspruch darauf hatten, in alles eingeweiht zu werden, was in Ryos Familie vor sich ging und Ryos Status als Heiratskandidat beeinflussen könnte. Und doch hatte die Mutter die Sache mit Saya noch geheimgehalten. Außer ihrem Mann und Ryo wußte niemand davon.

«Hat sich für den jungen Herrn Ryo vielleicht bei der Gowa-Bank eine ungünstige Situation eingestellt, von der ich noch nichts weiß?» hörte die Mutter Herrn Saito fragen.

«Nein», antwortete sie mit leiser Stimme, «er ist ja schon vor einiger Zeit zur Hauptfiliale versetzt worden und arbeitet jetzt im Außendienst.»

«Im Außendienst – eine höchst verantwortliche Tätigkeit», bestätigte Herr Saito nickend, «aufreibend, aber sehr wichtig für das Wohlergehen der japanischen Wirtschaft. Gibt es vielleicht sonst noch irgend etwas, was ich wissen sollte?»

Die Mutter faßte sich ein Herz. Schließlich war sie zu Saitos Haus gekommen und hatte ihn gebeten, ob sie ihn unter vier Augen sprechen könnte. Anfangs kamen ihre Worte nur tröpfelnd, dann aber sprudelten sie aus ihr heraus. Sie erzählte Herrn Saito, wie schwer sie in den letzten Wochen unter der Last der Ereignisse gelitten habe, denen gegenüber sie sich so machtlos fühlte. Die Sache mit Saya hatte sich vor einiger Zeit angekündigt, als sie in ihren Briefen, die sie regelmäßig jede Woche nach Hause schickte, angefangen hatte, von einem Gaijin zu berichten, einem Gaijin, mit dem sie sich besonders gut verstehe.

«Und?» fragte Herr Saito.

Die Mutter blickte stumm in den zuckenden Karpfentanz. «Ja», sagte sie schließlich leise und mit rauher Stimme, «Saya hat angefangen, davon zu schwärmen, wie interessant und geistig anregend jener Gaijin sei.»

«Aha», erwiderte Herr Saito und lächelte schwach.

Die Mutter wagte es nicht, ihn anzusehen. Sie erzählte, daß sich Sayas Begeisterung von Woche zu Woche gesteigert habe, und schließlich sei sie sogar mit dem Wunsch gekommen, diesen Gaijin zu heiraten.

«Und sie hat ihn geheiratet?»

«Leider ja ... natürlich gegen meinen Willen.»

«Und Ihr hochverehrter Herr Gemahl ... was hat er dazu gesagt?»

Die Mutter war auf diese Frage Herrn Saitos gefaßt. Er verfügte über große Lebenserfahrung und hatte im Verlauf der enger werdenden Kontakte, die er zu der Mutter unterhielt, sicher schon bemerkt, daß die Beziehung zu ihrem Mann alles andere als harmonisch war.

«Mein Mann?» sagte sie, um Zeit zu gewinnen, «ja, mein Mann hat darüber eine etwas andere Ansicht als ich, wenn ich dies so ausdrücken darf. Anfangs dachte ich, er sei so vernünftig, daß er wie ich einsehen würde, wie falsch Sayas Wunsch ist. Es ist doch ein Wahnsinn, so einen Gaijin zu heiraten, nicht wahr? Ich war sogar damit einverstanden, daß mein Mann nach Deutschland flog, weil ich mir Hoffnungen machte, er würde Saya gut zureden und sie zur Vernunft bringen. Leider ...» Gegen Ende dieses Geständnisses war ihre Stimme immer leiser geworden und in ein fast schluchzendes Flüstern übergegangen.

Herr Saito nahm sich Zeit zu seiner Antwort. Er blickte auf das Wasser hinab, in dem seine Karpfen unaufhörlich ihre Kreise zogen. Endlich räusperte er sich und sagte nachdenklich: «Ja, ja, die Gaijin ... Sie verstehen es, einen guten Eindruck zu machen. Man muß sie gesehen haben, wie sie den Frauen die Tür aufhalten, in den Mantel helfen und ihnen im Restaurant den Stuhl hinrücken. Die Gaijin können sehr hilfsbereit sein, auch wenn sie's gar nicht so meinen. Ein Mädchen wie Saya, so unerfahren ... wenn ein Gaijin ihr einen Blumenstrauß überreicht oder die Hand küßt – wer weiß, ob sie sich dann nicht von Gefühlen hinreißen läßt ... von Gefühlen, an die ich am liebsten gar nicht denken möchte.»

«So ist es», erwiderte die Mutter, «so ist es. Saya hat sich sicher von Gefühlen hinreißen lassen und den Blick für die Wirklichkeit verloren. Sie ist richtig hingerissen von diesem jungen Gaijin.»

«Ja, ja», griff Herr Saito ihre Worte auf, «von einem Gaijin hingerissen zu sein, ist eine Sache ... ihn zu heiraten, eine andere. Das hätte sich Ihre ehrenwerte Tochter vorher überlegen sollen.»

«So ist es», bekräftigte die Mutter und tupfte sich ein paar Tränen aus den Augenwinkeln. Sie hätte das, was sie im Inneren bewegte, nicht besser ausdrücken können. Sie bewunderte Herrn Saito und seinen tiefen Einblick in die Menschenseele. Sie wünschte, ihr Mann wäre zur Stelle und hörte, wie Herr Saito über Sayas Fehltritt urteilte. Vielleicht würde dann sogar er ein wenig Einsicht zeigen und aufhören, so zu tun, als sei Sayas Heirat mit einem Gaijin kein Grund, sich darüber aufzuregen.

Wieder ließ Herr Saito einige Augenblicke verstreichen, ehe er weitersprach: «Ich persönlich habe natürlich nichts gegen die Gaijin. Im Gegenteil, ich weiß, was für großartige Menschen sie sind. Immerhin habe ich ja beruflich viel mit ihnen zu tun. Leider ist aber auch nicht von der Hand zu weisen, daß in weiten Kreisen der japanischen Gesellschaft eine gewisse ... wie soll ich sagen ... Reserve, ja sogar Aversion gegen die Gaijin besteht, sobald es ums Heiraten geht. Eine Tatsache, über die man denken kann, wie man will. Ich persönlich maße mir kein Urteil an. Ich stelle nur fest, was ist.»

«So ist das», sagte die Mutter und nickte abermals zustimmend, «ich selbst habe auch nichts gegen die Gaijin und gebe ja zu, daß sie sehr edel aussehen. Aber deshalb muß man doch nicht gleich einen heiraten.»

«Jugendliche Unvernunft», sagte Herr Saito und lächelte dabei, «jugendliche Unvernunft – aber leider gehen die Konsequenzen, die sich aus solch einem Schritt ergeben, weit über die Vorstellungskraft eines unerfahrenen Mädchens wie Saya hinaus.» Er nahm eine Handvoll Futter aus dem blauweiß gescheckten Leinenbeutel, den er in der Hand hielt, streute es in den Teich und sah zu, wie sich die Karpfen darum balgten und sich dabei so hart bedrängten, daß einige von ihnen fast zur Hälfte aus dem Wasser gehoben wurden. Ihre hastig zuschnappenden Mäuler gaben schmatzende Geräusche von sich.

«Dabei finde ich die Aversion der japanischen Gesellschaft gegenüber zu engen Verbindungen mit Gaijin gewissermaßen verständlich», ließ Herr Saito wieder seine sonore Stimme erklingen, «wir dürfen nicht vergessen, daß wir Japaner zu lange von den Gaijin als minderwertige Gelbe betrachtet worden sind. Als Reaktion daraus ist jene Welle des japanischen Nationalismus entstanden, die dann zu dem unglückseligen Krieg gegen Amerika geführt hat. In den Jahren nach dem Krieg haben die Gaijin geschickt den Hunger unserer Bevölkerung ausgenutzt, unsere Mädchen zu verführen. Leider hat es viele gegeben, zu viele, so meine ich, die auf die amerikanischen Soldaten hereingefallen sind. Mädchen aus den unteren Bevölkerungsschichten allerdings, aber deren Verhalten hat einen bleibenden Eindruck im Volk hinterlassen.»

«Ja», pflichtete die Mutter etwas zögernd bei, «damals war es schlimm ... ich sehe es noch wie heute vor mir ... wie sich die jungen Mädchen mit den Besatzungssoldaten auf der Straße zeigten, ganz unverfroren. Und wie geschminkt sie waren und wie ordinär gekleidet, in ganz grellen Farben.» Sie wollte noch sagen, wie abstoßend es auf sie gewirkt habe, daß diese Mädchen Hand in Hand mit den Amerikanern über die Straße gingen, manchmal sogar mit einem Arm schamlos um die Hüfte geschlungen. Aber sie hielt plötzlich inne. «So schlimm steht es mit Saya nicht», sagte sie mit fast bittender Stimme, «und Europa ist auch nicht Amerika.»

«Aber Gaijin bleibt Gaijin», unterbrach Herr Saito und verschränkte seine Arme über der Brust, «mindestens in den Augen der Leute ist das so – auch wenn die amerikanische Besatzungszeit inzwischen glücklicherweise längst überwunden ist.»

Die Karpfen durchpflügten das trübe Wasser, in dem der Kampf um das Futter viel Schlamm aufgewirbelt hatte. Ihre leuchtenden Körper tauchten auf und verschwanden, schemenhaft. Das Glitzern ihrer Schuppen kontrastierte angenehm zu dem satten, ruhigen Grün der Schilfhalme, die den Teich umsäumten. Zwischen den Halmen blühten gelbe Schwertlilien und blaue Iris.

«Gaijin bleibt Gaijin», wiederholte die Mutter gedankenvoll. Sie blickte zu Herrn Saito auf. «Sie haben recht, aber Saya sieht das nicht ein. Sie behauptet, man solle die Gaijin nicht nach ihrer Rasse, sondern nach ihrer Persönlichkeit beurteilen. Aber von uns aus gesehen sieht doch ein Gaijin wie der andere aus, nicht wahr?»

«Stimmt, und das wird auch in absehbarer Zeit so bleiben», nickte Herr Saito. «Die Gaijin tun übrigens das gleiche. Sie werfen alle Japaner in einen Korb und wollen nicht wahrhaben, daß es auch in unserer Gesellschaft große Unterschiede gibt.»

«Also sollte man sich doch gar nicht mit ihnen einlassen.» Die Mutter tupfte sich mit einem weichen Baumwolltuch den Schweiß von der Stirn, da die sommerliche Sonne durch die Quellwolken brach, die sich im Süden auftürmten. «Ich habe es Saya oft genug gesagt, sie müsse vorsichtig sein, aber sie hört ja nicht auf mich. Sie schwärmt nur von ihrem Gaijin und meint, er stehe ihr gefühlsmäßig so nahe, viel näher als jeder Japaner. Und darauf komme es für sie an. In ihrem letzten Brief hat sie sogar vom Wunder der Begegnung gesprochen.»

«Das hat sie sicher aus irgendeinem Roman», sagte Saito mit Bestimmtheit.

«So ist es», gab die Mutter zu, «sie hat immer gelesen und gelesen ... furchtbar viele Bücher, die nichts mit der Schule zu tun hatten. Was konnte ich dagegen tun? Ich konnte doch nicht dauernd hinter ihr her sein und ihr die Bücher wegnehmen. Bücherlesen ... ja, das hat ihr den Kopf verdreht. Sie schiebt alle Schuld auf die japanische Gesellschaft. Die Japaner seien borniert und unfähig zu verstehen, was wirkliche Liebe ist.»

«Wirkliche Liebe?» Saito lachte sarkastisch auf. «Was weiß so ein junges Mädchen schon vom Leben? Es gibt Gründe, warum Völker und Rassen getrennt sind ... gute Gründe, und sie wiegen schwerer als das, was man so gemeinhin Liebe nennt. Wir haben unsere Kultur und unsere Geschichte. Die Gaijin haben ihre Kultur und ihre Geschichte. Wir wollen nicht, daß die Gaijin bei uns hereinkommen, und die Gaijin wollen sicher auch nicht, daß wir bei ihnen hereinkommen. Wir alle haben unser eigenes Zuhause, unsere kulturelle und historische Identität. Wir alle fühlen uns wohler, wenn wir unter uns sind – nicht unter Fremden.»

Die Mutter atmete tief ein und ließ beim Ausatmen einen langgezogenen Seufzer hören. Sie fühlte sich bestätigt. Das Urteil, das Herr Saito über die Gaijin fällte, deckte sich mit ihrem eigenen. Sie bewunderte die Schärfe seiner Analyse, auch wenn Saya dabei nicht gut wegkam. Aber die Wahrheit, wie sie sie sah, mußte endlich ausgesprochen werden. Nachdem sie Herrn Saito zugehört hatte, war ihr klarer als je zuvor, daß das, was Saya in ihren Briefen aus Europa schrieb, nichts weiter als unausgegorenes Zeug war. So unreif, daß die Mutter sich fast schämte.

Herr Saito schien ihre innere Erregung nicht zu bemerken. «Rücksichtslos», sagte er mit Härte in der Stimme, «was Saya getan hat, ist rücksichtslos . . . rücksichtslos gegenüber den Gefühlen derer, die ihr am nächsten stehen.»

«Rücksichtslos gegenüber meinen Gefühlen», kam es von den trockenen Lippen der Mutter, «ein hartes Urteil, aber ein gerechtes Urteil.» Sie dankte Herrn Saito für seine Bereitschaft zu einem offenen Wort.

«Ja», nickte Herr Saito, «wenn ich unter Gaijin bin, höre ich sie immer sagen, wir Japaner seien nie bereit, ein offenes Wort zu sprechen. Wie wenig wissen die Gaijin über uns und unsere Art zu denken!»

Der Mutter tat es wohl, daß sie jemanden gefunden hatte, mit dem sie ein Gleichklang der Gefühle verband. Bis dahin hatte sie ja nur mit ihrem Mann über Saya sprechen können, aber er blieb abweisend und verharrte auf seiner starren Meinung. Er wollte noch nicht einmal einsehen, daß Sayas Verhalten rücksichtslos genannt werden mußte. Dabei war doch klar, daß Saya, indem sie diesen Gaijin heiratete, etwas tat, was man nicht so ohne weiteres hinnehmen konnte. Ihre Rücksichtslosigkeit bestand darin, daß sie nicht verstehen wollte, wie sehr sie dem Ruf der Familie schadete. Jahrhundertealtes japanisches Blut hatte durch sie seine Reinheit verloren. Unwiderruflich. Irreparabel. Keine Mutter, die etwas auf sich hielt, würde es zulassen, daß die Tochter ihr japanisches Blut beschmutzt und sich an einen Gaijin so einfach weggibt. Jeder Vater, der seine Tochter wirklich liebt, würde nichts unversucht lassen, sie vor solcher Schande zu bewahren. Aber ihr Mann war kein solcher Vater. Er hatte Saya obendrein noch in Schutz genommen und die These aufgestellt, sie habe das Recht, über ihr eigenes Leben zu entscheiden.

Natürlich hat sie das Recht, hatte die Mutter voller Zorn erwidert, aber nicht auf Kosten meiner aufopfernden Liebe. Schließlich habe ich Saya geboren. Sie schuldet mir Dankbarkeit.

«Sehen Sie», unterbrach Herr Saito diese Überlegungen der Mutter, «ich habe wirklich nichts gegen Gaijin. Im Gegenteil, ich bewundere sie und habe viele Freunde unter ihnen. Aber wenn meine Enkelin auf den dummen Gedanken käme, einen Gaijin heiraten zu wollen, ich würde Wege finden, sie vor solch einem folgenschweren Schritt zu bewahren.»

Wieviel Lebenserfahrung spricht doch aus ihm, dachte die Mutter, die Weisheit von achtzig Jahren. Sie sah Herrn Saito zu, wie er mit ruhiger Hand aus seinem Leinenbeutel wieder die Karpfen fütterte. Diesmal streute er das Futter in weitem Bogen in das Wasser und lächelte, während die Karpfen in ihrem Eifer, das Futter zu schnappen, sich gegenseitig rammten.

Kein Wunder, sagte sich die Mutter, daß er es im Leben so

weit gebracht hatte. Er war der Besitzer der einflußreichen Yoruhi-Zeitung und war, obwohl er sich längst aus aktiver Tätigkeit zurückgezogen hatte, noch immer Vorsitzender des Aufsichtsrats des Dritten Fernsehens. Außerdem galt er als einer der großen Mäzene der internationalen Kunst, indem er weltweit bekannte westliche Künstler nach Japan einlud und ihre Tourneen durch die Yoruhi Zeitung finanzieren ließ. Er war für seine Weltoffenheit berühmt. Sein Mäzenatentum sollte ihn allerdings, so munkelte man, auch persönlich reich gemacht haben. Wie weit sein Einfluß reichte, ließ sich daran ermessen, daß er bereits die Hände fast aller namhafter Künstler und Künstlerinnen des Westens geschüttelt hatte.

Ohne den Blick der Mutter zu erwidern, sagte Herr Saito: «Jetzt besteht auch kein Zweifel mehr, warum wir von den Familien, deren Töchter als Heiratskandidatinnen für den jungen Herrn Ryo in Betracht kommen, nur Absagen erhalten.» Seine Stimme klang fast ein wenig belustigt. Er schüttete den Rest des Karpfenfutters aus und klopfte den Beutel, um die letzten Krümel herauszuzwingen.

«Wir müssen unsere Strategie neu überdenken», sagte er und lachte laut. Dabei öffneten sich seine Lippen zuerst in den Mundwinkeln, so daß sein Mund wie eine liegende Acht aussah. Mit diesem Mund konnte er nachhaltig und sogar schallend lachen, ohne daß sein Gesicht an Würde verlor.

«Jetzt besteht auch kein Zweifel mehr, warum wir zuletzt nur noch Absagen bekommen haben», sagte er nochmals, «. . . nur noch Absagen.» Der Ton seiner Stimme war geschäftsmäßig kühl geworden.

Die Mutter war ratlos. Wieso habe sich die Sache mit Saya so schnell herumsprechen können, fragte sie, alles sei doch geheim, und sie habe selbstverständlich niemandem auch nur ein Wort davon erzählt.

«Geheim?» Herr Saito lachte, «nichts ist geheim.»

Die Mutter schaute unsicher zu Boden und schwieg.

«Was meinen Sie, welche Rolle der japanische Konsul in Deutschland spielt?» fuhr Herr Saito fort. «Wenn eine Japanerin im Ausland einen Nichtjapaner heiratet, dann muß sie das nun einmal dem Konsulat melden. Das Konsulat wird die Neuigkeit sicher auf dem schnellsten Weg nach Japan melden – wohin?»

«Sie meinen, die Sache mit Saya steht schon in unserem Familienbuch?»

«Wo sonst werden alle wichtigen Lebensdaten eingetragen? Ich vermute, die Absagen, die wir erhalten haben, haben dort ihre Quelle. Schließlich kann jeder gegen Zahlung einer entsprechenden Gebühr den Familienbuchauszug beim Amt abholen. Das Gesetz stammt leider noch aus dem vorigen Jahrhundert. Irgendwann, vielleicht in zehn Jahren, soll es zeitgemäßere Vorschriften für den Datenschutz geben.»

«Das ist kein Trost.»

«Nein», sagte Herr Saito und rollte mit dem Fuß einen Kieselstein über die Kante. Er sah zu, wie er im Wasser versank. «Ryos Chancen, eine gute Frau zu finden, sind ins Wasser gefallen. Alles, was uns jetzt zu tun übrigbleibt, ist, die Schwäche unserer Position zu erkennen und unsere Strategie neu zu durchdenken.»

Nach einigen Minuten, während denen die Mutter in ehrerbietiger Stille verharrte, gab er das Ergebnis seiner Analyse bekannt: «Es hat wenig Zweck, die Suche nach einer Frau für den verehrten jungen Herrn Ryo zu diesem Zeitpunkt in der gleichen Art fortzusetzen, wie wir es bisher getan haben. Wenn der Fehltritt der verehrten Saya im Familienbuch registriert ist – und daß er es ist, daran habe ich keinen Zweifel –, dann erscheint es mir äußerst fragwürdig, ob es uns gelingen wird, eine geeignete Kandidatin in jenen Kreisen zu finden, die wir bisher angesprochen haben. Wir könnten natürlich mit unseren Anforderungen heruntergehen und Familien ansprechen, die, wie soll ich sagen, eine etwas weniger vornehme Schicht der Bevölkerung vertreten.»

Die Mutter schüttelte heftig den Kopf.

«Wie ich Ihrer spontanen Reaktion entnehme, sind Sie nicht geneigt, diese Möglichkeit in Erwägung zu ziehen», fuhr Herr Saito mit der gleichen geschäftsmäßig kühlen Stimme fort. «In diesem Falle rate ich, zu warten und die Kirschbäume noch ein paarmal blühen zu lassen. Der junge Herr Ryo ist doch erst sechsundzwanzig, nicht wahr?»

Die Mutter nickte.

«Dann kann er ruhig zwei bis drei Jahre warten», schloß Herr Saito seine Worte, «bis dahin hat sich das Gerede, das zur Zeit durch alle Türritzen kriecht, einigermaßen gelegt.»

4

Morgens um Viertel nach sechs, wenn Ryo das Haus verließ und mit großen Schritten den steilen Treppenweg hinuntereilte, mehr als hundert Stufen, konnte er schon das Summen der erwachenden Stadt hören. Durch das dichte Laubwerk, das den Treppenweg umschloß, drang das Kreischen der Straßenbahnräder in den Schienen. Ryo achtete nicht auf das Plätschern der Quelle, die dort aus dem Fels trat, wo baumhohe Bambusstangen sich zu einem fast undurchdringlichen Dickicht zusammenschlossen. Am Treppenende angelangt, nahm er den kürzesten Weg, den schmalen Pfad durch den Wald, den er schon als Schuljunge jeden Tag entlanggetrampelt war.

Der Pfad führte direkt zur Yamagigasse. Hier wurde schon vor fast jedem Haus der Straßenstaub des Vortags und der Nacht zusammengefegt. Frauen in dunkelgrauen oder blauen Hauskimonos mit locker umgebundenen weißen Schutzkitteln gossen die Blumen, die in eckigen oder runden Kübeln vor den Häusern standen. Andere wischten mit einem feuchten Tuch die Ritzen und Winkel der hölzernen Gitterwerke, welche die niedrigen Häuserfronten überdeckten. Ryo hastete mit vorgeschobenem Kopf durch die Gassenenge, seine Aktentasche aus glänzend poliertem schwarzen Leder mit sicherem Griff in der Hand.

Die Straßenbahn war immer schon voll um diese Zeit, oft brechend voll, und es roch nach Schweiß, schalem Zigarettenrauch, Haarpomade und billigem Parfum. An jeder Haltestelle schoben sich noch mehr Menschen hinein, bis es immer schwieriger wurde, genügend Raum zum Atmen zu finden. Ryo war groß, überragte die meisten, die mit ihm die Enge teilten. Die von der Decke des Waggons herunterhängenden Reklameschilder brachten oft sein sorgsam gescheiteltes Haar durcheinander. Die Fensterkanten schnitten seinen Blick in Augenhöhe ab. Er sah das Gedränge von Lieferwagen, Bussen und vereinzelten Personenwagen, die sich draußen vorbeischoben. Er sah die mehr als einen Kilometer lange Steinmauer des alten Kaiserpalastes. Dahinter die mächtigen Bäume und ein Stück des Dachfirstes.

Es war eine Ehre, in der Hauptfiliale arbeiten zu dürfen. Ryo war der einzige aus der Sembon-Filiale, dem der Sprung gelungen war. Alle anderen, mit denen er vor drei Jahren angefangen hatte, waren irgend anderswohin abkommandiert worden, viele in die Provinz, nach Yamaguchi, Gifu oder sogar Niigata, wo es im Winter so kalt werden kann, daß das Meer zufriert. In Kyoto bleiben zu dürfen und sogar in die Hauptfiliale versetzt zu werden, war eine Ehre, die eigentlich nur den Besten zukam.

Ryo hatte Glück gehabt. «Ihre Mutter stammt aus Himari», hatte Omiya schon gleich am Anfang gesagt, als Ryo in der Sembon-Filiale anfing, und dabei seine Personalakte durchgeblättert, «interessant... interessant. Eine schöne Stadt am Meer, dieses Himari... ich hatte auch die Ehre, dort geboren zu sein und meine Kindheit zu verbringen. Und, wie ich sehe, ist Ihre Mutter sogar eine Hayato. Natürlich ist mir der Name Hayato ein Begriff. Die Hayatos spielten früher einmal eine bedeutende Rolle.» Bald danach hatte er Ryo als Golfbegleiter ausgewählt. Ryo durfte ihm am Wochenende die Tasche über den Golfplatz tragen.

Wenn Omiya Bankkunden zu unterhalten hatte, trug Ryo alle Golftaschen, manchmal vier oder fünf auf einmal. Bei seiner Statur und seinen breiten Schultern fiel ihm das nicht schwer.

Die Kollegen in der Sembon-Filiale machten hin und wieder Andeutungen und fragten ihn, ob er zum Gepäckträger avanciert sei, aber Ryo schwieg. Die Mutter hatte ihm gesagt, Omiya würde sicher seine nützlichen Dienste irgendwann belohnen. An manchen Sonntagen war Ryo müde und hätte gern morgens ausgeschlafen, aber die Mutter weckte ihn und servierte ihm zum Frühstück ein Omelett mit Garnelen und Pilzen. Wenn Ryo gegen Einbruch der Dunkelheit staubig und verschwitzt zurückkam, wartete auf ihn schon ein heißes Bad.

Außerdem hatte die Mutter sich schon mehrmals persönlich zu Omiyas Haus bemüht und freundliche Beziehungen zu Omiyas Frau aufgebaut. Die Himariverbindung war zu wertvoll, als daß man sie ungenutzt lassen dürfte.

Es hatte sich gelohnt. Ryo wußte, daß seine Versetzung in die Hauptfiliale nicht ohne Omiyas Zutun zustande gekommen war. Omiya hatte wohl zum Jahresende ein Gutachten an die Zentrale in Tokyo geschickt und ihn für die Beförderung in die Hauptfiliale vorgeschlagen.

Seitdem er dort angefangen hatte, war Ryo jeden Tag schon um sieben durch den schmalen grauen Seiteneingang geschlüpft. Nie später. An Regentagen trug er Gummigaloschen, um seine Schuhe vor Schlammspritzern und vor dem unvermeidbaren Trampeln der Füße in der Straßenbahn zu schützen. Vor dem Seiteneingang bückte er sich und löste die Schnallen seiner Galoschen. Er tupfte mit einem kleinen Frotteetuch, das er immer zusammengefaltet in der Manteltasche trug, alle Schmutzspuren von den Schuhen ab. Erst dann drückte er mit dem Ellbogen die Klinke der grau emaillierten Stahltür hinunter und schob sie mit der Schulter auf. Er ließ seinen Regenschirm noch draußen zusammenschnappen und stieß ihn ein paarmal auf den Betonplatten des Gehwegs auf, um möglichst viele Wassertropfen abzuschütteln.

Innen war der kahle Flur mit dem bei Nässe rutschigen Linoleumboden spärlich erleuchtet. Die Bank gab kein unnötiges Geld aus. Ryo faltete seine Galoschen. Er hängte seinen Regenmantel und den noch immer tropfenden Schirm an die Querstange seines kaum handbreiten Spinds. Sein Frotteetuch legte er dann unter die Schirmspitze, um noch die letzten Spuren von Feuchtigkeit aufzufangen. Auf solche kleinen Achtsamkeiten wurde bei den gelegentlichen, unangekündigten Inspektionen der Spinde geachtet. Umeko hatte ihn gewarnt. «Paß auf», hatte sie gesagt, «die Spinde werden häufig aufgemacht, ohne daß du etwas merkst.»

«Warum?» hatte er gefragt.

«Um zu sehen, was für eine Dienstauffassung du hast.»

Ryo nahm sich Umekos Warnung zu Herzen und tat alles, um nicht aufzufallen. Er blickte in den kleinen, runden Spiegel, den er in Augenhöhe auf die Innenseite seiner Spindtür geklebt hatte, und zog seinen Scheitel noch einmal nach. Dann bearbeitete er mit dem Kamm sein pomadisiertes Haar und achtete darauf, daß keine Strähne zu locker saß. Er überprüfte sorgfältig den Sitz seiner Krawatte, rückte sie zurecht und klopfte mit dem Handrücken ein paarmal über sein Jackenrevers, um Spuren von imaginärem Staub zu entfernen. Er achtete darauf, daß seine Hemdmanschetten genau zwei Zentimeter aus den Ärmeln herausragten, nicht mehr und nicht weniger, und daß sein

Bankabzeichen waagrecht im Knopfloch saß – ein vergoldetes Oval mit dem eingravierten Emblem der Gowa-Bank.

Einer Großbank wie dieser anzugehören, war etwas, das mit Prestige und Sicherheit verbunden war. Vor allem Prestige. Seitdem Ryo das goldene Oval im Knopfloch trug – immerhin jetzt schon im vierten Jahr –, war er überall deutlich zuvorkommender behandelt worden. In Restaurants wurde sein Essen schneller zum Tisch gebracht. In Geschäften verbeugte sich das Verkaufspersonal eine Stufe tiefer. Selbst bei den Behörden, die sonst nicht gerade für Entgegenkommen bekannt sind, flogen die Stempel schneller, und aus den Stimmen der Beamten tröpfelte Freundlichkeit.

Ryo war stolz, daß er es mit dem Abschluß seines dritten Jahres geschafft hatte, von der Sembon-Filiale in die Hauptfiliale versetzt zu werden. Umeko hatte ihm schon gesagt, was ihn dort erwarten würde. «Paß auf», hatte sie gesagt, «der Ito hat hundert Gesichter. Du wirst ihn erleben.»

Auch wenn er es sich nicht eingestehen wollte: Ryo war erfreut, daß er jetzt Umeko jeden Tag wiedersehen konnte. Sie hatte ihm in der Sembon-Filiale oft geholfen, vor allem als er am Geldzähltisch arbeiten mußte. Er war langsam im Zusammenrechnen, aber ihre Finger huschten so schnell über den Abakus, daß er ihnen mit den Augen kaum folgen konnte. Sie konnte auf ihre Zahlenkolonnen sehen und dabei ihre Finger blind über die in Einerreihen und Vierergruppen angeordneten Holzperlen fliegen lassen. Umeko verzählte sich nie. Sie rechnete unauffällig nach, was er aufgeschrieben hatte, und wenn sie einen Fehler entdeckte, was ziemlich häufig geschah, schob sie ihm einen Zettel zu, auf den sie die richtige Zahl gekritzelt hatte. Als die Zeit kam, daß auch er vorn am Schalter arbeiten mußte, wo es besonders auffällt, wenn man langsam ist, hatte sie sich den Platz neben ihm geben lassen. Wenn am Tagesende bei ihm die Kasse nicht stimmte, half sie ihm, den Fehler zu finden.

«Warum hilfst du mir soviel?» hatte er sie gefragt.

«Ja, das frag' ich mich auch», hatte sie geantwortet und ihn auf eine Art angeschaut, wie ihn noch nie ein Mädchen angeschaut hatte.

Nachdem sie ein Jahr vor ihm wegen besonderer Tüchtigkeit von der Sembon-Filiale in die Hauptfiliale gekommen war, hatte sich der Kontakt zu ihr gelöst. Ryo überlegte, ob er sie einmal anrufen sollte, verschob es aber von Tag zu Tag, bis es ihm nicht mehr so wichtig erschien. Trotzdem freute er sich, sie jetzt in der Hauptfiliale Tag für Tag wiedersehen zu können.

«Deine Geliebte ist schon da», sagte Kenzo und tippte Ryo von hinten auf die Schultern.

«Schweig», fuhr Ryo herum, «sie ist nicht meine Geliebte!»

«Sie könnte es doch sein», sagte Kenzo grinsend, «oder es werden. Keine schlechte Sache... dann hättest du auch was...» Er machte eine obszöne Bewegung mit der Hand.

Ryo wechselte schnell das Thema. «Gestern war wieder ein schlechter Tag... für mich. Hoffentlich hast du was...» Er schaute Kenzo bittend an.

«Natürlich hab' ich was. Mein Soll war schon um sechs erfüllt. Danach hab' ich nur für dich gearbeitet.»

«Wieviel?» flüsterte Ryo.

«Achtzigtausend Yen. Dieser Urata... du kennst ihn ja. Der hat gerade ziemlich viel Geld im Haus. Und nachdem ich das herausgefunden hatte, hab' ich seine Rinde richtig angeritzt, bis er wie ein saftiger Baum im Frühjahr blutete.» Kenzo zog einen braunen Papierumschlag aus seiner Tasche: «Achtzigtausend Yen... genau nachgezählt.»

«Wie machst du das nur», staunte Ryo und ließ den Umschlag in seine Aktentasche gleiten.

«Katzenkrummes Buckeln, lockende Worte, schmeichelnde Sätze», grinste Kenzo, «alles nur Übung.»

«Du kannst das . . . ich nicht. Ich werde immer rausgeworfen.»

«Vorn rausgeworfen . . . hinten wieder reingekrochen. Darfst nicht aufgeben.»

«Kann nicht», gab Ryo kleinlaut zu.

«Ich helf' dir auch weiterhin und krieg' dafür meine Belohnung. Top?»

«Top», nickte Ryo.

Sie hakten die kleinen Finger der rechten Hand ein, um ihre Wette zu besiegeln.

«Übrigens», sagte Kenzo, «ich hab' mir meine wöchentliche Belohnung schon genommen . . . und zwar gestern abend.»

«Wieso?»

«Na ja . . . hatte Lust, und für achtzigtausend Yen . . . vergiß das nicht . . . da hab' ich 'ne Belohnung verdient.»

«Hm», grunzte Ryo, «und wie war's?»

«Ziemlich wild. Zwei Stunden . . . bis nach Mitternacht.»

«Zwei Stunden?» Ryo schaute ihn unsicher an. «Das war nicht, was wir gewettet hatten: eine Stunde. Keine zwei.»

«Keine Sorge», lachte Kenzo und entblößte dabei seine gelben Zähne, «die Wette steht. Du brauchst nur eine Stunde zu zahlen. Ich hab' die zweite Stunde gratis dazugekriegt.»

«Wirklich?»

«Was denn sonst?» Kenzo machte wieder seine obszöne Bewegung mit der Hand.

Andere kamen und machten sich an ihren Spinden zu schaffen. Ryo straffte die Schultern, strich sich übers Haar und ging durch die Tür in den Hauptraum der Bank. Er steuerte, ohne sich umzublicken, auf seinen Schreibtisch zu. Vor dem Appell mußte er noch einmal seinen Bericht vom Vortag durchlesen. Es war wie verhext... er war jetzt schon im vierten Monat im Außendienst und schaffte es immer noch nicht, sein Soll zu erfüllen. Wenn Kenzo ihm nicht schon mehrmals ausgeholfen hätte, er wäre bestimmt noch tiefer gesunken.

Dabei hatte doch Tsuda, der Vorgänger auf seiner Route, ihn überall vorgestellt und bei allen Kunden eingeführt, die schon ein Konto bei der Gowa-Bank eröffnet hatten. Tsuda kannte alle mit Namen, und sie kannten ihn. Wenn er an der Tür klingelte, brauchte er noch nicht einmal seinen Namen zu sagen. Alle kannten ihn, sobald er an ihrer Tür erschien – und bei vielen war die Stimme, mit der sie ihn begrüßten, ausgesprochen freundlich: «Ach, der Herr Tsuda von der Gowa-Bank... das ist aber schön, daß Sie gerade heute vorbeischauen... kommen Sie herein...» Tsuda verstand es, die Kundinnen zu behandeln. Er erkundigte sich nach dem Wohlbefinden der Kinder oder des Mannes, oder des Onkels, der, wie er aus seiner Gemütskartei wußte, gern ein Schälchen Sake zuviel trank. Er verstand es, sich bei der alten Frau Mishima einzuschmeicheln, so daß sie auf seine Veranlassung hin mehr als die Hälfte ihres ziemlich beträchtlichen Vermögens von ihrem bisherigen Konto bei der Fuji-Bank auf ein Konto bei der Gowa-Bank übertrug.

Ryo war von Tsuda gut eingeführt worden. Ihm war das Vertrauen, das Tsuda aufgebaut hatte, zugeflossen. Er brauchte es nur zu pflegen und das, was er von Tsuda gelernt hatte, geschickt bei den neuen Kunden anwenden, die er hinzugewinnen mußte. Ryo hatte eigentlich eine sehr günstige Ausgangsposition. Das hatte sogar Ito gesagt, als er

Ryo Tsuda zuwies und ihn als seinen Nachfolger designierte. «Brauchst nur genauso erfolgreich weiterzumachen wie unser guter Tsuda hier», hatte Ito mit einer Stimme gesagt, die ausgesprochen jovial klang.

Ryo hatte sich wirklich Mühe gegeben, alles so zu machen, wie er es von Tsuda gelernt hatte. Er verbeugte sich an allen Haustüren tief, ein wenig tiefer sogar als Tsuda, weil es nie falsch sein kann, den Eindruck der Ergebenheit deutlich zu demonstrieren. Er hielt sein Gesicht unter Kontrolle und lächelte in einer Art, die ihm eigentlich die Sympathie der Kunden garantieren sollte. Er hatte seine Stimme geübt und ihr einen gefälligen Klang gegeben. Er schaute, bevor er bei einer Familie seinen Besuch machte, auf seine Karteikarte, um sich die Namen der Kinder und andere Besonderheiten einzuprägen, die er bei seinem Werbegespräch würde einfließen lassen.

Dennoch, obwohl er bereit war, an jeder Haustür seine Schuhe auszuziehen – glanzpolierte Schuhe – und sie ordentlich, so wie es sich gehört, vor die Türschwelle zu stellen, wurde er selten in den Vorraum gebeten. Selbst Kunden, mit denen Tsuda nach eigener Aussage nie Schwierigkeiten hatte, zeigten sich Ryo gegenüber reserviert. Trotz seiner makellos gekämmten Haare und geradesitzender Krawatte schauten sie ihn kühl an. Je fließender er seine Werbepassagen von sich gab, um so weniger öffneten sich ihre Gesichter – und ihre Taschen. Viele der Kunden sagten, sie hätten im Augenblick kein flüssiges Geld und bestimmt kein Geld, das sie bei der Gowa-Bank anlegen wollten. Tsuda hatte solche Kunden umstimmen können, und sei es auch nur für ein paar Hundert Yen, die er auf deren Sparkonto verbuchte.

Wie hat der Tsuda es nur fertiggebracht, grübelte Ryo, während er von Haus zu Haus lief, warum sind die Kunden so unfreundlich zu mir? Viele Hausfrauen schalteten, während Ryo an der Haustür stand und seine gut überlegten Worte sagte, noch nicht einmal den Staubsauger ab, der im Wohnzimmer auf vollen Touren lief. Von manchen Türen wurde er weggeschickt, als ob er ein Hausierer wäre.

Warum? Irgend etwas mußte es sein, was die Leute davon abhielt, zu ihm Vertrauen zu fassen, irgendeine Steifheit in seiner Verbeugung oder sein bemühtes Lächeln, das er vor dem Spiegel einstudiert hatte. Er schaffte es nicht, so gelokkert zu wirken wie Tsuda, so angenehm und liebenswert in den Augen der Kunden. Je mehr Ryo darüber nachdachte, desto nervöser wurde er und fühlte sich vor der nächsten Haustür noch unsicherer. Um sich trotzdem der Bank würdig zu zeigen, biß er die Zähne zusammen und verdoppelte seine Anstrengungen. Er lief sich bis nach zehn die Schuhsohlen ab.

Kenzo war immer schon um acht Uhr abends fertig, manchmal schon um sechs. Hätte Kenzo ihm nicht gerade gestern wieder fünf Kundenbesuche abgenommen, wer weiß, wo er heute stünde. Kenzo war ein guter Kamerad, und Ryo war froh, daß er ihm seinen wöchentlichen Besuch bei den Hostessen bezahlen konnte – nach all dem, was Kenzo für ihn tat. Zwar ging fast die Hälfte seines Monatsgehalts drauf, aber er hielt wenigstens sein Soll ein und rutschte nicht noch tiefer ab.

Ryo schaute sich unauffällig um. Alle im Großraumbüro beugten sich beflissen über ihre Schreibtische. Der Sektionschef am Ende des Raums, dessen Schreibtisch leicht erhöht stand, sprach mit dem Abteilungsleiter.

Ryo griff in seine Aktentasche und zog den braunen Umschlag heraus, den Kenzo ihm zugesteckt hatte. Er zählte das Geld noch einmal nach und trug den Betrag in sein eigenes Logbuch ein. Er paßte auf, daß die Uhrzeiten stimmten. Einmal hatte er vergessen, sie zu vergleichen, und Umeko, die für die Zusammenstellung der Liste verantwortlich war, hatte ihn gefragt, wieso er am Vorabend zur gleichen Zeit in der Kumanostraße und in der Demizugasse habe sein können.

«Du hast, laut deinen Unterlagen, bei den Inoues in der Kumanostraße um neun Uhr dreiunddreißig fünftausend Yen bekommen und zur gleichen Zeit, fast auf die Minute genau, siebentausend bei den Suzukis in der Demizugasse quittiert. Irgendwas stimmt da nicht.» Sie hatte ihn fragend angesehen und sein Stottern nicht zur Kenntnis genommen.

«Ich muß mich verschrieben haben», das war alles, was Ryo in seiner Verwirrung hatte herausbringen können.

«Das ist möglich», hatte Umeko mit einem raschen Seitenblick geantwortet, «aber du mußt vorsichtig sein . . . ich meine, das mit den Uhrzeiten. Der Ito hat seine Augen und Ohren überall. Wenn er was herausfindet, bist du dran.»

Ryo zerriß die Zettel, die Kenzos Handschrift trugen, und brachte den Umschlag zur Kasse. Als er zurückkam, blickte Umeko von der anderen Seite des Büros zu ihm herüber. Sie hob unmerklich die Hand und lächelte.

Der allmorgendliche Appell dauerte immer viel länger, als Ryo es von der Sembon-Filiale gewöhnt war. Dort hatte Omiya nie den Eindruck vermittelt, daß das eine todernste Angelegenheit sei. Vielleicht lag es daran, daß ihm mit dreiundfünfzig nur noch zwei Jahre bis zur Pensionierung fehlten und er genau wußte, über seine derzeitige Stellung würde er nicht mehr hinauskommen. Darum war er bequem geworden und folgte den Vorschriften nur so weit, wie es gerade nötig war.

Der Ito war aus ganz anderem Holz geschnitzt. Mit Mitte vierzig konnte er sich noch Aufstiegschancen ausrechnen, falls er sich auf seiner jetzigen Stelle bewährte, vielleicht eine Versetzung nach Tokyo in die Bankzentrale. Oder nach New York, nach London oder Düsseldorf, wo, wie man flüsterte, die Gowa-Bank in nicht allzu ferner Zukunft eine Filiale eröffnen würde. Wenn es ihm gelang, eine solche Beförderung zu erfahren, würde er vielleicht, statt mit fünfundfünfzig pensioniert zu werden, sogar in den Kreis der Erwählten geraten und einen Sitz im Vorstand einnehmen dürfen. Deswegen war Ito so erfolgsbesessen. Deswegen trieb er alle zu äußersten Leistungen an. Sein allmorgendlicher Appell war der Amboß, auf dem er die Seelen derer schmiedete, auf deren Schultern und Rücken er sich erheben würde, um vor der Zentrale als der beste Filialleiter im ganzen Land zu erscheinen.

«Wir können hier keine Fushidaras gebrauchen.» Das war sein stehender Ausdruck, den er fast jeden Morgen wiederholte. Für ihn war jeder, der mit schief sitzender Krawatte oder staubigen Schuhen zum Dienst erschien, ein Fushidara. Die Bankuniform der Mädchen mußte makellos gebügelt sein. «Wofür laß ich euch denn abends schon so früh nach Hause gehen?» fuhr er jedes Mädchen an, dessen Rock eine Knitterfalte zeigte, «was soll das für eine Dienstauffassung sein?»

Mit gleicher Strenge achtete er beim Abschreiten der Reihe darauf, daß die Männer das Haar sauber gescheitelt trugen, rechts oder links und glatt gekämmt.

«Wenn ich einen erwische, der hier wie ein Fushidara antritt, dann werdet ihr mich von einer anderen Seite kennenlernen.» Er rieb sich seinen fleischigen Nacken.

«Wir wollen zwar hier nicht den Eindruck erwecken, wir

wären eine Militärakademie», fügte er manchmal mit gespielter Lässigkeit hinzu, «im Gegenteil, wir sind doch eine große Familie. Was ist unsere Stärke?»

Dann mußten alle im Chor rezitieren: «Loyalität, Ehrlichkeit, Fleiß und der Wille zum Sieg.»

«Gut», sagte er dann, «der Wille zum Sieg. Das ist die Hauptstärke der Gowa-Familie. Und wie erreichen wir, daß es der Gowa-Familie immer besser geht?» Er rief einen auf, einen, den er als Fushidara verdächtigte, und ließ ihn vor die Reihe treten.

«Wir müssen die Kunden davon überzeugen, daß Sparen gut ist.»

«Nur gut?» fragte Ito mit scharfer Stimme.

«... ich meine, im eigenen Interesse ist ... ich meine, für die Leute selbst wichtig ist.»

«Wichtig wofür?»

«... für das Alter ... für Krankheitsfälle ... für Reisen ...»

«Und?»

«... für Ausbildung.»

«Ihr müßt es lernen», dozierte Ito, «je nach Kunden das richtige Argument nach vorn zu schieben. Bei Kunden, die Kinder vor dem schulpflichtigen Alter haben, müßt ihr sagen, daß Sparen wichtig ist für all die Kosten, die bald auf sie zukommen werden, wenn die Kinder in die Schule gehen. Bei solchen, deren Kinder schon in der Grundschule sind, müßt ihr herausfinden, in welche Oberschule sie sie schicken wollen. Manche Oberschulen sind teuer, und Sparen ist der beste Weg, die Zukunft der Kinder zu garantieren. Dann die Universität. Alle Universitäten kosten Geld. Sparen ist der einzige Weg, den Kindern eine gute Universitätsausbildung zu sichern. Kunden, die alte, kränkliche Eltern haben oder die selbst schon alt sind, was sagt ihr bei denen – Ryo?»

«Wir müssen ihren Sparwillen dadurch erzeugen, daß wir ihnen sagen, alt werden und krank sein ist sehr teuer. Deshalb müssen sie sparen.»

«Und?»

«Wir müssen das Vertrauen unserer Kunden gewinnen.»

«Wie?»

«Wir müssen bestens über ihre inneren und äußeren Lebensumstände und über ihre Familienverhältnisse informiert sein.»

«Und?»

«Wir müssen in ihre Herzen hineinkriechen. Dann geben uns die Kunden ihr Geld.»

Ito hatte sehr schmale Augen. Es war fast unmöglich zu sagen, wohin er gerade schaute. Dies ließ seinen Blick gefährlich erscheinen. «Und ihr bekommt höhere Gehälter», sagte er in jovialem Ton, «einen höheren Bonus, zweimal im Jahr, und vielleicht sogar eine Beförderung, falls ich euch bei der Zentrale in Tokyo zur Beförderung vorschlage.» Er lächelte dünn und machte eine Pause, damit alle, die vor ihm zum Appell angetreten waren, verstanden: Er hielt alle Macht in seinen Händen. Er war die unangefochtene Autorität. Darum konnte er es sich leisten jovial zu sein. Alle zitterten ohnehin. Zum Abschluß des Appells brachte er die Bankdevise in Erinnerung, daß auch aus Sandkörnern ein hoher Berg wachsen kann.

«Und außerdem Langzeitplanung. Das ist das Wichtigste. Langzeitplanung. Wir wollen unsere Kunden jahre-, jahrzehntelang behalten. Wir müssen sie an uns binden, emotionell binden. Das bedeutet, daß wir alle gleich behandeln, egal, wieviel Geld sie haben. Wenn ein altes, schwerhöriges

Großmütterchen einen Hundert-Yen-Schein aus ihrem Kimonoärmel zieht, müßt ihr sie mit dem gleichen Respekt behandeln wie einen Kunden, der fünf Millionen Yen einzahlen kann. Verstanden?»

«Verstanden», mußten dann alle im Chor antworten.

«Alles hängt von eurem Einsatz ab. Alles hängt von eurem Willen zum Sieg ab. Aus Millionen Sandkörnern – ein hoher Berg. Gibt es eine schönere Aufgabe?»

«Nein», hatten alle im Chor zu antworten. Dann durften sie an ihre Schreibtische oder ihre anderen Arbeitsplätze zurückkehren.

Itos Büro war vom großen Bankinnenraum durch eine verspiegelte Glasscheibe getrennt, durch die nur er sehen konnte. Deshalb konnte man nie wissen, ob Ito gerade an seinem Schreibtisch beschäftigt war oder durch die Scheibe blickte, um die Angestellten zu überwachen. Wenn er aus seinem Büro kam und durch den Raum schritt, rundeten sich die Schultern, und die Köpfe duckten sich.

Ryo schaute die Liste durch, die Umeko auf seinen Schreibtisch gelegt hatte. Er fuhr mit dem Zeigefinger die Namen entlang. Neben jedem Namen eine Karteinummer. In der Kartei waren nützliche Angaben zusammengetragen – Namen des Kunden und seiner Familienangehörigen, die Geburtstage von Frau und Kindern, die Höhe seines Jahreseinkommens, wann sein Gehalt gezahlt wurde, ob monatlich oder vierzehntägig, und wann er in den Genuß eventueller Bonuszahlungen kam. Irgendwie wußte die Bank immer, wenn ein Todesfall in der Familie eingetreten war. Dann war mit Zahlungen der Lebensversicherung oder mit einem fetten Erbe zu rechnen. In solchen Fällen trugen die Karteikarten ein rotes Fähnchen, und Ryo fand dazu einen rot umrandeten Zettel auf seinem Schreibtisch vor. Dann wußte er, daß der Besuch bei dieser Familie Vorrang hatte und daß er anstelle der üblichen wohlriechenden Seifen, Handtücher und Aluminiumfolien für die Küche ein passenderes Geschenk überreichen mußte, meist einen Kondolenzkranz mit seidener Schleife, auf welche der Name der Bank mit schwarzer Tusche gepinselt war. Der Kondolenzkranz war jeweils schon in dem Blumengeschäft bestellt, das dem Trauerhaus am nächsten lag, und Ryo brauchte ihn dort nur abzuholen.

Er blätterte den Stapel Unterlagen durch und sah, daß kein Todesfall zu bearbeiten war. Nur ein Mann namens Miyake in der Sonomagasse, ein Angestellter der Stadt, erreichte gerade das Pensionsalter und würde sicher bereit sein, eine größere Summe seiner Abfindungszahlung der Gowa-Bank anzuvertrauen. Da ist eine beträchtliche Summe drin, sagte Ryo halblaut vor sich hin und kratzte sich hinterm Ohr. Alles hing davon ab, wie erfolgreich er mit seinen Überredungskünsten war. Das letzte Mal, als er im Haus dieses Miyake vorgesprochen hatte, war er leer ausgegangen. Tsuda sagte, er habe bei Miyakes Frau immer dick absahnen können. Tsuda verstand sich aufs Absahnen. Kenzo auch.

Ryo blickte durch den Raum zu Kenzos Schreibtisch hin, aber Kenzo war schon weg. Verdammt, knurrte er. Wenn ich's heute wieder nicht schaffe . . .

Er schob die Schublade seines Schreibtisches zu und stopfte die Unterlagen in seine Aktentasche. Er ging zu Yoshiko, welche die Werbegeschenke ausgab.

«Einen besonderen Wunsch heute?» fragte Yoshiko.

«Ja, was für einen Pensionär.»

Yoshiko verschwand in dem Nebenraum, wo die Bank ihre Werbegeschenke stapelte, und kam mit einer vollen Plastiktasche zurück. Sie zeigte ihm, welches der sorgsam in

Reispapier eingeschlagenen Päckchen für den Pensionär Miyake vorgesehen war. «Viel Erfolg», sagte sie.

«Hm...», machte Ryo. Er wandte sich abrupt ab und ging mit großen Schritten zur Tür, ohne nach rechts oder links zu sehen.

5

Die Luft war würzig vom Geruch brennenden Harzes. Der Guji stand neben der Feuerstelle, eine schmale, hochgewachsene Gestalt, ganz in Weiß. Er stützte sich auf den Bambusrechen, die Schultern leicht nach vorn gebeugt, und blickte in die knisternde Glut. Ein dünner Rauch stieg in sich ständig verändernden Spiralbahnen hoch und verschwand vor dem Hintergrund des gleichförmig grauen Himmels. Wenn der Wind sich drehte, verwehten die Spiralen, und der Rauch trieb in den Wald hinaus, der den Schrein umgab. Er schwebte für kurze Zeit zwischen den Bäumen und löste sich dann in nichts auf.

Der Guji lehnte den Rechen gegen seine Schulter und streckte die Hände gegen das Feuer. Er spürte die warmen Strahlen, die seine Handinnenflächen trafen. Wie fast an jedem Tag hatte er den größten Teil des Morgens und des Nachmittags im Arbeitszimmer verbracht. Jetzt war der Strom der Besucher versiegt, und er hatte mit dem Bambusrechen ein paar alte Zweige und trockene Blätter zusammengekehrt, die während der letzten Tage gefallen waren. Er schaute zu, wie sie von den Flammen verzehrt wurden und langsam in Asche zerfielen.

Immer wieder war er in den letzten Wochen und Monaten bedrängt worden, er solle endlich eine Fahrstraße nach oben bauen lassen, um den Schrein für alle, die ihn besuchen wollten, besser zugänglich zu machen. Auf der anderen Seite der Stadt, in den Östlichen Bergen, war gerade der letzte Abschnitt der breiten Autostraße fertiggestellt worden, die sich in weiten Serpentinen bis auf die Spitze des Hiei hochschlängelte. Jetzt war es möglich, den Hiei mit dem Omnibus zu erreichen und von dort aus den Blick auf die Stadt zu genießen. Nakano, der Bauunternehmer, der schon seit vielen Jahren zum Guji kam, hatte ihm angeboten, den schmalen, unbefestigten Schotterweg, der unten am Fuß des Hügels im Wald in einem kleinen Wendeplatz endete, zu verbreitern und die steile Flanke des Hügels entlang im Bogen bis nach oben zu führen. Nakano wollte, wie er sagte, die Fahrstraße aus Dankbarkeit kostenlos bauen, und hatte geschätzt, er könne mit den modernen Maschinen, über die seine Firma verfüge, die Arbeit in nicht viel länger als zwei Monaten zu Ende bringen, einschließlich der Asphaltierung.

«Heute werden überall neue Straßen gebaut», hatte er gesagt, «die Leute wollen nicht mehr laufen. Sie wollen fahren. Das ist der Zug der Zeit.»

Aber dem Guji war bewußt, daß dadurch die Stille für immer verlorengehen würde. Er wollte den Charakter des Ortes erhalten. Er wollte, daß der alte Shintoschrein, der oben auf dem Hügel stand, eingebettet in Kiefern, Eichen und Ahornbäumen, vom Raunen des Windes und von Vogelstimmen umgeben blieb, nicht von Autos und Touristenbussen. Der Schrein sollte jener entrückte Ort bleiben, der er jahrhundertelang gewesen war, nur über eine lange Folge von Steintreppen erreichbar. Die Treppen mochten beschwerlich sein, aber sie waren auch ein Filter, der denen, die nach oben kamen, half, sich aus dem Alltäglichen zu lösen. Die Stufen aus roh behauenem Granit führten dort den Hang hoch, wo er am steilsten war, vorbei an der kühlen Stelle, wo zwischen Moospolstern nie versiegendes Quellwasser aus dem Fels sickerte, und unter den zahlreichen Bäumen hindurch, deren Äste sich über der Treppe zu einem schattigen Gewölbe verflochten.

Der Guji war sogar noch einen Schritt weiter gegangen und hatte bei den Stadtbehörden erreicht, daß der Schrein nicht auf dem in zigtausendfacher Auflage an Touristen verteilten Stadtplan eingetragen war. Dort sah man statt dessen nur eine grüne Fläche, umgeben von dem Gassengewirr des Seidenweberviertels. Auf diese Weise blieb das Geheimnisvolle, das den Schrein auf dem Hügel umgab, bewahrt.

Dennoch kamen jeden Tag viele Leute zum Guji. Sie kamen aus allen Teilen der Stadt und immer öfter auch aus Tokyo, vor allem, seitdem die Fahrzeit zwischen Tokyo und Kyoto durch die neue Bahnlinie auf weniger als drei Stunden reduziert worden war. Manche kamen von noch weiter her, aus Sapporo im Norden oder aus Hiroshima, Fukuoka und sogar aus Okinawa im Süden. Sie alle kamen, weil sie wußten oder von anderen gehört hatten, daß der Guji ungewöhnliche Fähigkeiten besaß, die ihm erlaubten, vielen Menschen zu helfen.

Er stand in dem Ruf, daß man mit allen Fragen zu ihm kommen konnte. Er empfing seine Besucher in seinem schlichten weißen Priestergewand, das er auch an frostigen Wintertagen offen trug, als ob Kälte ihm nichts anhaben könnte. Er saß in seinem Arbeitszimmer, dessen Wände bis unter die Decke mit Büchern gefüllt waren. Er saß auf einem dünnen Sitzkissen hinter einem niedrigen Arbeitstisch, auf dem selten mehr lag als ein Stapel Reispapierblätter, ein dunkelrotes Lacketui für den Tuschereibstein und mehrere Pinsel und sein durch jahrelangen Gebrauch gekennzeichnetes Buch, in dem er die Korrelationsdiagramme des I-Ging zusammengestellt hatte.

Von ihm ging eine seltsame Ruhe aus. Sein Blick war fern und anteilnehmend zugleich. Er fragte seine Besucher nie nach dem Namen oder nach ihrer Herkunft. Er behandelte alle gleich, ob Mann oder Frau, ob alt oder jung, ob selbstbewußt im Auftreten oder unterwürfig, ob vornehm gekleidet oder in einem verschlissenen Anzug oder einem verwaschenen Kleid. Ihn umgab eine Atmosphäre, die allen das Gefühl gab, daß sie nicht mit Belanglosigkeiten zu ihm kommen sollten.

Er sagte bloß: «Und Ihre Frage?» Dann hörte er zu, bis seine Besucher geendet hatten. Sein Blick schien durch sie hindurch in die Ferne zu gehen, während er begann, das eben Gehörte in die Symbolsprache des I-Ging umzusetzen. Er besaß die Fähigkeit, die langwierigen und oft auf mehreren Ebenen verknüpften Denkoperationen, die zur Lösung der Korrelationsdiagramme notwendig sind, in Sekundenschnelle vorzunehmen, ohne die Hilfe von Papier und Pinsel. Nur gelegentlich schlug er die eine oder andere Seite in seinem I-Ging auf. Er warf mit raschen Pinselstrichen eine aus mehreren Reihen und Kolonnen bestehende Matrize chinesischer Symbole auf ein Blatt Papier und betrachtete sie schweigend.

Jedes Leben unterliegt, so sagt das I-Ging, dem Einfluß innerer und äußerer Kräfte, die sich ständig ändern und wandeln. Diese Kräfte treten zueinander in Wechselwirkung, verstärken oder schwächen sich im Rhythmus einer kosmischen Uhr, deren rätselhaftes Ticken die Menschen seit Beginn der Zeiten in Verwunderung versetzt hat. Das I-Ging stellt eines der am weitesten fortgeschrittenen Versuche des menschlichen Geistes dar, die Schleier des Geheimnisses zu durchdringen. Es erreicht dies durch die Bejahung der Tatsache, daß jedes Leben in das Wirkungsfeld fünf elementarer, kosmischer Kräfte eingebettet ist. Das I-Ging bringt formale Ordnung in die unendlich große Zahl möglicher Wechselwirkungen dieser Kräfte, behandelt sie nach bestimmten mathematischen Prinzipien und unterteilt sie nach ihrer Yin-Yang-Polarität. Es permutiert die zeitabhängigen Kräftefelder, die prägend in das Leben aller Menschen eingreifen. In diesen mehrdimensionalen Matrizen ist die Lösung verborgen, die Auskunft gibt über ererbte Schwächen und Stärken eines Menschen, über Neigungen und Abneigungen, über die Anfälligkeit für bestimmte Krankheiten, über das Gelingen oder Mißlingen eines Plans, über den Ablauf eines Lebens insgesamt.

Jede Aussage, die sich aus der Analyse des I-Ging ergibt, ist eine Wahrscheinlichkeitsaussage, die immer eine bestimmte Unsicherheit enthält. Nur sehr selten hat jemand wie der Guji die Fähigkeit, diese statistische Unsicherheit so weit zu reduzieren, daß die Wahrscheinlichkeit an Sicherheit grenzt. Er erreichte es aufgrund seiner ungewöhnlichen mathematischen Begabung, die ihn intuitiv die richtigen Korrelationen finden ließ.

Vielleicht noch wichtiger war seine Fähigkeit, sich in jenen seltenen Zustand innerer Leere zu versetzen, dem in der östlichen Philosophie so große Bedeutung zugemessen wird. Manchmal ist dieser Zustand der Leere erreichbar durch Meditation, durch stundenlanges zähes Ringen mit den lärmenden Gedanken, die verhindern wollen, daß die Stille in die Seele einkehrt. Das Besondere beim Guji war, daß er scheinbar mühelos in diesen Zustand der inneren Stille hinübergleiten konnte. Alle Gefühle und Gedanken fielen dann von ihm ab, und er konnte mit der großen, allumfassenden Leere verschmelzen, in welcher der Puls des Kosmos hörbar wird. Vor seinem inneren Auge sah er die sich durchdringenden Wellen des Raums und der Zeit. Er sah die Antworten auf die Fragen, die die Menschen ihm stellten, und er entschlüsselte diese für sie.

Jedesmal, wenn der Guji aus diesem Zustand der Leere zurückkehrte, fühlte er sich erschöpft. Er wußte, wie weit er in die Regionen des Unbekannten einzudringen vermochte, die anderen Menschen rätselhaft und geheimnisvoll erscheinen. Gleichzeitig fühlte er sich beglückt, da er allen, die mit Fragen zu ihm kamen, eröffnen konnte, was das Leben für sie bereithielt und welche Richtung sie einschlagen sollten. Oft waren es einfache Fragen, die sein Können nicht bis zum äußersten in Anspruch nahmen. Manchmal ging es um Leben oder Tod. Dann nahm der Guji sich viel Zeit, um von außen kommende Störungen ganz und gar auszuschließen, so daß er wirklich allein mit der Stille des Kosmos zu sein schien.

Nur selten hatte jemand versucht, ihn mit Scheinfragen auf die Probe zu stellen. Dann vernahm er, noch bevor ihn die Stille der Konzentration umschloß, eine grelle Dissonanz. Es war, als könne er in die Gedanken der anderen eindringen. In seiner Gegenwart zerbröckelten das Falsche und das Unwahre. Nur das Reine blieb. Er besaß die Fähigkeit, die Menschen zu sich selbst zurückzuführen. Er gab ihnen Sicherheit für jeden Schritt ihres Lebens. Viele, die schon seit Jahren zu ihm kamen, vertrauten ihm bedingungslos.

So besaß der Guji ungewöhnliche Macht über die Menschen, benutzte sie aber nie, um eigene Vorteile zu erreichen. Für ihn lag Erfüllung in der Genugtuung, die er beim Durchdringen der kosmischen Kräfte empfand. Davor verblaßte alles, was anderen Menschen häufig so erstrebenswert erscheint. Er war zufrieden, wenn er still in seinem Arbeitszimmer sitzen und lesen oder nachdenken konnte. Bücher waren sein einziger Schatz. Er kleidete sich schlicht, meist in sein langes Priestergewand aus weißer Baumwolle. Jeden Morgen, oft schon vor Sonnenaufgang, ging er durch das weite Areal des Schreins und hörte dem Raunen des Windes in den Bäumen zu. Er wußte, wo die Singdrossel nistet, in welchen Steinritzen sich die Smaragdeidechsen verstecken, und wo die Silberschlange sich in der Sonnc wärmte. Er sah den Steinmarder durch das Astwerk der Bäume huschen.

Früher lebte eine Fuchsfamilie in den alten Erdwällen hinter dem Schrein, aber eines Tages hatten Trophäenjäger alle Füchse totgeschossen. Wenn er an dem verlassenen Fuchsbau vorbeiging, dessen Eingang längst von Farnen überwuchert war, dachte der Guji an die Zeit zurück, als er mit Saya an der Hand dort gestanden hatte. Saya war damals drei Jahre alt gewesen, ein Bündel Lachen und Fröhlichkeit. Zusammen hatten sie dem Spiel der Jungfüchse zugeschaut.

Später waren nur noch die Waschbären geblieben, die im Dickicht am Hang lebten. Er hatte Saya gezeigt, wie sie sich ihnen bis auf zehn Schritte nähern konnte und wie man ihnen beruhigend zureden kann, wenn sie sich fluchtbereit auf die Hinterbeine stellten. Saya brachte Scharen anderer Kinder herbei. Mit kindlichem Ernst ermahnte sie sie in den gleichen Worten, die der Vater benutzt hatte, still zu sein, wenn die runden Kulleraugen der Waschbären im Halbdunkel leuchteten.

Ryo war schon als Kind anders als Saya. Er war scheu und unzugänglich. Wenn er allein war, verkroch er sich in seinem Nest im Baum. War er mit anderen Kindern zusammen, verkroch er sich in eine Ecke. Er wirkte nie fröhlich, sondern meist unsicher und ängstlich. Eigentlich ein Sorgenkind, das behutsam durch die formbaren Kinderjahre und das Gewirr der Schuljahre hätte geleitet werden müssen. Weil Ryo an nichts interessiert schien und von sich aus nie die Initiative ergriff, wurde er auch von den Lehrern wenig beachtet. Da er immer furchtsam um sich blickte, hänselten ihn die anderen Kinder. Einige seiner Kameraden fanden bald heraus, wie leicht es war, ihn hereinzulegen. Wenn sie den Lehrern einen Streich spielen wollten, nahmen sie Ryo mit und ließen ihn am Tatort zurück. Dann wurde er jedesmal erwischt und ausgeschimpft.

Einmal war Ryo auf das Dach des Schulgebäudes geklettert, weil einige Kameraden ihn gehänselt hatten, er sei zu feige dazu. Um ihnen zu zeigen, wie mutig er sei, sprang er sogar vom Dach herunter und brach sich beide Beine.

Es wäre eine schwierige, aber auch dankenswerte Aufgabe gewesen, sagte der Guji sich, Ryo durch die Jahre seiner Kindheit so zu führen, daß er ein Gefühl von Selbstwert entwickelte. Dies erforderte Einsicht in sein inneres Wesen. Es erforderte Mut, sich gegen eine Gesellschaft zu stellen, die den Erfolg der Kinder, besonders der Söhne, nach Schulnoten bemißt. Ein junger Mensch ist mehr als die Summe seiner Schulnoten. Ryo hätte wahrscheinlich außerhalb der von der Gesellschaft so übermäßig hoch bewerteten Elitekarriere eine eigene Laufbahn gestalten können – bescheidener im Äußeren, aber erfüllter im Innern.

Aber gegen die Mutter war selbst der Guji machtlos. Sie war fest entschlossen, Ryo auf eine Elitekarriere zu setzen. Ihre Wertskala war die Wertskala der Gesellschaft, die für alle, die in ihren Rängen steil aufsteigen, Bewunderung bereithält. Sie schob Ryo mit weicher Härte voran – vom Kindergarten bis zur Universität.

Ryo seinerseits ließ sich schieben und vorwärts treiben. Er

lernte alles auswendig, was auswendig gelernt werden konnte. Er wurde ein Meister im Speichern von Zahlen und Fakten. Er verstand es, auf langen, mehrkolonnigen Fragebogen die richtigen Kästchen abzuhaken. Er wußte genau, wann die Schlacht von Hastings stattgefunden hat, wer die Marseillaise komponierte, an welchem Tag Cäsar ermordet wurde und wie die Hauptstadt von Uganda heißt.

Wenn es etwas gab, was den Guji bedrückte, dann war es sein Versagen, Ryo nicht in eine andere Bahn gelenkt zu haben – eine Bahn, die seiner Natur eher gemäß war.

Das Feuer war in sich zusammengesunken, die letzten Reste der trockenen Zweige glühten schwach unter ihrer schwarzen Aschenkruste. Anstelle des weißen Rauchs stieg flimmernde, heiße Luft auf. Der Guji stand immer noch wie selbstvergessen da, eine asketisch wirkende weiße Gestalt. Er lehnte sich gegen den Bambusrechen und streckte beide Hände gegen die Feuerstelle, als ob er der Strahlung des Feuers bedürfe.

Daß Saya ihren eigenen Weg gehen würde, hatte er schon sehr früh vorausgesehen. Zu stark war in ihrer Natur das Element, das nach außen drängte. Sie war von kleinauf rastlos in ihren Versuchen, die Welt um sie zu verstehen. Sie war ein Wirbelwind, ständig unruhig, ständig in Bewegung, stellte Fragen auf Fragen, gab nie auf, wenn die Antworten ihr nicht genügten. Sie eckte häufig an, am vehementesten bei der Mutter, die Fragen nicht als eine Tür zur Erkenntnis empfand, sondern als Bedrohung ihrer selbstbestimmten Ordnung. Sie verbot Saya den Mund und wies sie an zu schweigen, bis sie erwachsen und reif genug sei, die Antworten auf ihre Fragen selber zu finden. Aber Saya ließ sich nicht einschüchtern.

Der Guji hatte Sayas Entwicklung Schritt für Schritt verfolgt, ohne jedoch in den ständig schwelenden Konflikt zwischen ihr und der Mutter einzugreifen. Da der Teil des Schreins, in dem sein Arbeitszimmer lag, durch einen langen, schmalen Korridor mit dem Wohnhaus verbunden war, konnte er oft hören, was drüben geschah. Besonders im Sommer, wenn alle Shoji-Türen offenstanden, drangen die Stimmen bis zu ihm. Schon mit dreizehn war Saya von zu Hause weggerannt, während die Mutter wütend hinter ihr herschimpfte: «Du brauchst nicht mehr zurückkommen, wenn du so undankbar bist.»

«Gut», schrie Saya, «ich komme nie mehr zurück.»

Als das zum erstenmal geschah, hatte der Guji sich große Sorgen gemacht, vor allem, da es dunkel wurde und er sah, wie die Mutter daranging, alle Shoji-Fenster fest zu verriegeln. Offenbar wollte sie Saya eine Lektion erteilen, wenn sie endlich irgendwann in der Nacht hungrig und frierend nach Hause kam.

Aber der Guji wußte, wo er Saya finden konnte. Er nahm die Straßenbahn und fuhr zur Imadegawa Avenue. Ohne Geld konnte Saya nur so weit fahren, wie es ihre Schülermonatskarte erlaubte. Obwohl es schon nach neun war, brannten in der Buchhandlung nahe Sayas Schule noch die Lichter. Saya saß im Schneidersitz auf dem Boden und las in einem Buch. Sie hatte es auf einen Stapel anderer Bücher gelegt und war vom Lesen so gefangengenommen, daß sie nichts um sich herum wahrnahm. Die Buchhandlungskunden zwängten sich an ihr vorbei oder stiegen über sie hinweg. Sie ließ sich beim Lesen nicht unterbrechen. Der Vater stellte sich dann nicht weit von ihr hin und griff sich auch ein Buch, bis gegen zehn der Buchhändler vorbeikam und mit entschuldigenden Worten darauf hinwies, er wolle bald seinen Laden schließen. Da blickte Saya auf. Sie sah den Vater, und ihre Augen füllten sich mit Freude. «Ich habe die Zeit vergessen», sagte sie mit ein wenig trotzig vorgeschobenen Lippen, «ist das schlimm?»

«Nicht schlimm», sagte der Vater. Er kaufte das Buch, das sie so gefesselt hatte, und fragte auf dem Heimweg: «Bist du hungrig?»

Saya nickte.

«Kein Wunder, du hast seit Mittag nichts mehr zu essen bekommen.»

«Aber ich kann's aushalten bis zu Hause.»

«Zu Hause gibt's nichts für dich.»

Saya ließ den Kopf sinken. «Ich hätte das nicht sagen sollen... das mit dem nie mehr wieder nach Hause kommen.»

«Wir alle sagen manchmal etwas, was wir nicht so meinen.» An der nächsten Haltestelle nahm der Vater Saya bei der Hand, und sie stiegen aus.

Die Straßen waren bereits still und menschenleer, aber um die Ecke lockte das erleuchtete Schild eines Nudelsuppenstands.

«Wollen wir?» fragte der Vater.

«Mutter hat mir verboten, dort zu essen.»

«Warum?»

«An so einem Nudelstand essen nur schlechte Leute.»

«Niederes Volk?» sagte der Vater lachend und zog Saya mit sich. «Komm nur. Heute abend sind wir niederes Volk.» Er nickte dem Nudelverkäufer zu und bestellte zwei Portionen. «Eine große und eine kleine.»

Der Nudelverkäufer schaute den Vater erstaunt an. «Ach, Sie sind's... was für eine Ehre.»

«Kennst du ihn?» flüsterte Saya.

«Ja. Er kommt manchmal zum Schrein.»

Saya sah mit hungrigen Augen zu, wie der Nudelverkäufer eine pralle Handvoll panierter Garnelen in den Topf mit dem siedendheißen Öl warf. Es zischte und spritzte. Er nahm zwei derbe Keramikschalen, wischte sie mit dem Tuch aus, das an seinem Gürtel hing, und legte zwei Portionen Nudeln in ein Bambussieb. Er tunkte das Sieb in den Wassertopf, der im Hintergrund brodelte. «Wirklich eine Ehre», sagte er über die Schulter, «und dazu mit Ihrer Tochter ... bestimmt müde, so spät am Abend.»

«Sie ist hungrig», antwortete der Vater lachend, «deswegen die große Portion. Wie schön, daß Sie noch offen haben.»

«Um elf kommen noch einmal viele Kunden ... Sie wissen ja, um elf ruhen die Webstühle ... aber um zwölf mache ich hier dicht.»

Er leerte das Nudelsieb mit einem Schwung in die beiden Keramikschalen, schöpfte Suppe aus einem anderen Topf und hob die fritierten Garnelen aus dem Ölbad.

Saya trippelte von einem Fuß auf den anderen, während der Nudelmann ihr die Schale über die hohe Theke reichte.

«Ist nicht zu heiß», versicherte er ihr, «kannst gleich anfangen.» Sayas Gesicht verschwand hinter dem Schalenrand, während sie eifrig schlürfte. «Schmeckt gut», nickte sie dem Vater zu. «Schmeckt gut», sagte sie auch zu dem Nudelmann.

Später, auf dem Weg durch den Wald, sagte Saya in die Dunkelheit hinein, die sie umhüllte: «Du, das mit dem Nudelstand ... davon dürfen wir aber zu Hause nichts erzählen. Sonst schimpft sie wieder.»

«Das nächste Mal, wenn du hungrig bist», sagte der Vater, «geh beim Nudelverkäufer vorbei.»

«Aber ich hab' doch kein Geld.»

«Keine Sorge. Er weiß, daß ich für dich bezahle.»

Sie waren am Treppenweg angelangt, wo Äste das Licht der ersten Lampe verdunkelten.

«Weißt du, heute hat sie beim Spülen deine Reisschale fallen lassen, die schöne mit dem blauen Rautenmuster», sagte Saya, «sie hat die Scherben gesammelt und heimlich in den Mülleimer getan, aber ich hab' sie gesehen. Als mir letzte Woche meine Teetasse kaputtging, da hab' ich mich richtig geschämt und mich bei ihr entschuldigt. Deshalb hab' ich ihr heute gesagt, sie soll sich auch schämen und entschuldigen.» Sayas Stimme war voller Erregung: «Zu mir sagt sie immer, reife Ähre beugt sich tief, aber, weißt du, sie selbst ist gar nicht reif. Das hab' ich ihr auch gesagt. Das war doch richtig, oder?»

«Wenige Erwachsene können zugeben, vor allem vor einem Kind, daß auch sie ab und zu etwas falsch machen», sagte der Vater und streichelte über Sayas Bubikopf.

«Aber deswegen braucht sie mich nicht gleich so auszuschimpfen und sagen, ich sei undankbar. Das hat doch nichts damit zu tun. Im Westen sind die Menschen gar nicht so. Sie sind viel toleranter. Sie sind dafür, daß alle, sogar Kinder, eigene Gedanken haben.»

«Wo hast du das gelesen?»

«In dem Buch, das du gerade für mich gekauft hast.»

Sie fing an zu schwärmen. «Pestalozzi hat das gesagt, schon vor hundert Jahren, daß man Kinder nicht ausschimpfen soll. Auch Kinder haben ein Recht auf eine eigene Meinung. Ist das nicht wunderbar? Europäer sind wunderbare Menschen. Wenn ich groß bin, werde ich nach Europa gehen. Japan ist so rückständig.»

Der Guji stand an dem Feuer und ließ vor seinen geschlossenen Augen das Bild jener Stunden vorbeiziehen, die er ungestört mit Saya verbracht hatte. Seltene Stunden. Er erinnerte sich noch so lebhaft, als sei es gestern gewesen.

«Seit mehr als zweitausend Jahren», hatte Saya einmal auf dem langen Treppenweg erzählt, «mindestens seit Plato, wissen die Europäer, wie man Dialoge führt. Ein Dialog ist etwas, wo man alles offen sagen und offen darüber reden kann, ohne sich gegenseitig etwas übelzunehmen. Die Europäer tun das. Sie nehmen sich nie etwas übel, selbst wenn sie anderer Meinung sind. Sie geben es sogar zu, wenn sie sich geirrt haben.» Saya bewunderte Plato, weil sie gerade ein Buch über griechische Philosophen aus der Schulbibliothek gelesen hatte. Sie mochte damals fünfzehn oder vielleicht sechzehn gewesen sein. Ihre Auseinandersetzungen mit der Mutter waren noch schärfer, noch pointierter geworden. Nach jedem großen Streit floh sie in jene enge, nach Staub und altem Leim riechende Buchhandlung in der Imadegawa Avenue, und er fuhr abends mit der Straßenbahn hin.

Es waren schöne Stunden, seltene Stunden. Auf dem Heimweg konnten sie ungestört miteinander reden. Er hörte noch Sayas kindliche Begeisterung: «Im Westen sind die Menschen viel offener und toleranter als in Japan. Wenn ich groß bin, geh' ich nach Europa und seh' mir alles ganz genau an.»

Er war damals auf dem langen Treppenweg stehengeblieben und hatte ihr halb amüsiert zugehört. «Wenn das so wäre, wie du sagst, wieso kommt es dann, daß sich die Europäer in so viele Kriege, vor allem Religionskriege, haben verwickeln können?»

«Kriege werden immer von anderen angezettelt», hatte Saya sich ereifert, «wahre Europäer sind anders. Sie sind Humanisten.»

«Verwechselst du nicht Sollen und Sein? Verwechselst du nicht Wunschdenken mit der Realität?»

Aber Saya war schon so tief vom Strom ihrer schwärmerischen Vorstellungen mitgerissen, daß sie den Zweifel in seiner Stimme nicht hörte. «Japaner...», sie suchte nach passenden Worten, «Japaner können überhaupt nicht diskutieren. Sie werden immer gleich ärgerlich, wenn man eine andere Meinung hat... so wie Mutter. Japaner denken in starren Bahnen. Sie haben einen geistigen Horizont, der so eng ist wie der Horizont von Fröschen in einem Teich.»

Der Guji lächelte und nahm seinen Bambusrechen, um das Laub in den Ecken des kiesbedeckten Vorplatzes zusammenzufegen. Er hatte ihr damals mit dem Zeigefinger auf die Nasenspitze getupft und gefragt: «Alle Japaner?»

«Du nicht», hatte Saya etwas kleinlaut geantwortet, «aber die meisten anderen... auf jeden Fall viel zu viele. Sie sind alle Frösche und können sich noch nicht einmal vorstellen, daß es so etwas Großes und Weites wie einen Ozean gibt.»

«Du meinst also, im Westen gibt es keine Frösche?»

Dieses Bild war in ihre Geheimsprache eingegangen, die sie benutzten, wenn sie jemanden sahen, dessen Horizont ihnen borniert erschien. Dann stieß sie ihn unauffällig an und flüsterte leise «quaak, quaak». Einmal, als Saya schon neunzehn war und seit einem Jahr an der Uni studierte, war er mit ihr zusammen während der Sommerferien zu einem auf Plakaten in der ganzen Stadt angekündigten Vortrag gegangen – er wußte nicht mehr, um was es ging. Saya, die ihn mit großen Erwartungen zu dem Vortrag geschleppt hatte, gähnte nach einiger Zeit. «Quaak, quaak», hatte er ihr dann zugeflüstert und mit stillem Vergnügen zugesehen, wie Saya vor Lachen explodiert war. Alle im Saal hatten sich umgedreht und ihre Hälse gereckt. Wahrscheinlich waren sie alle erstaunt, wieso man einen so ernsten und gleichzeitig aufgeblasenen Vortrag lustig finden konnte.

Der Guji schob mit dem Bambusrechen einige neue trokkene Zweige in die nur noch schwach glimmende Glut. Sie fingen schnell Feuer – so schnell hatte Saya auch immer Feuer gefangen, sagte er leise zu sich. Irgendwo war in ihr eine verborgene Glut, die sich im Nu entzünden konnte. Dadurch verfiel sie aber auch leicht dem Fehler, manches zu idealisiert zu sehen, was sich bei näherem Betrachten vielleicht als nicht ganz so strahlend herausstellte, wie sie glaubte. Vor allem ihre Begeisterung für den Westen nahm immer mehr zu, je mehr sie las. Sie konnte oder wollte nicht einsehen, daß sie – trotz aller Bücher – nur einen schmalen Ausschnitt aus der Wirklichkeit verstand. Sie brauchte diese Begeisterung, auch wenn sie manchmal selbst erzeugt war, um sich zu berauschen. Sie wollte getragen sein von Träumen, die sie von dem geistigen Käfig befreiten, in den die Mutter sie zu sperren versuchte. So kam es, daß sie anfing, fest daran zu glauben, daß draußen im Westen alles viel besser sei als das, was sie in Japan kannte.

Deshalb wußte er, daß sie, wenn die Zeit gekommen war, drängen würde, nach draußen, in den Westen, zu gehen. Sie mußte den Westen mit eigenen Augen sehen.

«Was hast du in den zwei Jahren hier entdeckt?» hatte er sie gefragt, als sie zusammen an der Brüstung der Schloßmauer standen und auf den alten Stadtkern von Marburg herunterblickten. Viele dunkelgraue Schieferdächer sahen so aus, als seien sie ineinander verschachtelt. Zwischen ihnen lugten die erdfarbenen Fachwerkfassaden der Bürgerhäuser hervor mit ihren verstrebten, dunkelbraun übertünchten Holzbalken. Er hatte sie beim Aufstieg zum Schloß voller Bewunderung betrachtet. Die Gassen waren schmal, schmaler als viele

Gassen im Seidenweberviertel, und nach oben hin ließen sie nur einen dünnen Streifen des Himmels frei, da die Häuser sich noch enger einander zuzuneigen schienen.

«Die Menschen, die diese Häuser gebaut und generationenlang darin gewohnt haben, waren sicher nicht viel anders als die Menschen bei uns», hatte er gesagt, «auf Gedeih und Verderb aufeinander angewiesen, verschwägert und verflochten. Und alles so eng. Wie in Japan. Deshalb mußten die Menschen hier auch sicher viele Kompromisse schließen, damit sie überhaupt miteinander leben konnten.»

Am Marktplatz hatte er aus dem Brunnen getrunken. Das Wasser war kühl und frisch.

«Sicher gibt es hier auch Frösche?» hatte er sie neckend gefragt. Da war ihr altes Lachen wieder aus ihr hervorgebrochen, und sie hatte ihn am Ärmel gezerrt wie früher, wenn sie sich gegenseitig mit Wortspielen angefeuert und manchmal vor lauter Lachen auf die Tatami-Matten gefallen waren.

«Frösche... das hatte ich schon fast vergessen... ja, Frösche gibt's hier auch. Sie quaken genauso laut wie die Frösche in Japan und verwechseln ihren kleinen Teich mit dem Ozean.» Danach war Saya wieder ernst geworden und hatte über das graue Dächergewirr geschaut, das unter ihnen lag. «Weißt du, ich fange langsam an zu verstehen, warum das alles so ist. In Japan habe ich immer gelernt, die europäische Geschichte sei so großartig, weil es hier schon früh Begriffe wie Freiheit und Nächstenliebe gegeben haben soll. Deshalb habe die europäische Kultur ein so menschliches Gesicht... sei so anziehend und bewundernswert. In Wirklichkeit, so finde ich jetzt langsam heraus, ist alles ganz anders gewesen. Jahrhundertelang gab es so wenig Freiheit und Nächstenliebe, so viel rücksichtslose Ausnutzung und

Grausamkeit, daß die Menschen hier dazu getrieben wurden, sich aufzulehnen. Auflehnung, Protest, Revolte ... das ist alles der Schrei von Menschen, denen es so schlecht ging, daß sie keinen anderen Ausweg sahen, als sich aufzulehnen.»

«Und Pestalozzi?»

Saya hatte ihn überrascht angesehen. «Pestalozzi?» hatte sie langsam wiederholt, «du meinst, wegen seiner Erziehungsmethode?»

«Ja. Du hast mir in Japan soviel davon erzählt.»

«Pestalozzi gab es doch nur, weil die Kinder hier unglaublich hart und streng erzogen wurden. Nur wenn es eine latente Grausamkeit in der Gesellschaft gibt, die sich sogar gegen die eigenen Kinder richtet, kann jemand wie Pestalozzi auftauchen und mit seiner neuen These der liebevollen Erziehung berühmt werden. Er war die Antwort auf eine Gesellschaft, die nur Extreme kannte. Luther auch. Luther war hiergewesen, hier auf dem Schloß, zu irgendeinem Religionsgespräch.»

Sie hatte zu den steinernen Wänden hochgeblickt, die sich über ihnen erhoben, und in deren trutzige Fassaden schmale gotische Fenster eingefügt waren.

«... zu einem Religionsgespräch. Früher habe ich immer geglaubt – weil ich es in Japan so gelernt hatte –, Luthers hauptsächlicher Beitrag sei es gewesen, die Irrwege der damaligen römischen Kirche zu korrigieren. Deshalb sei er der große Reformator. Er habe den Menschen Glaubensfreiheit und Frieden gebracht. Ja ... aber um welchen Preis? Wußtest du, daß zu Luthers Zeiten und danach, mehr als hundert Jahre lang, Europa von den blutigsten und grausamsten Kriegen heimgesucht wurde – alles nur wegen der Religion?»

«Ja», hatte er lächelnd gesagt und Saya in der alten vertrauten Art auf die Nasenspitze gestupst, «ja, und ich habe es dir sogar ein paarmal gesagt, aber du wolltest es eben nie hören.»

«Nie hören? Ich habe nie hören wollen, was du sagst?» Sie hatte sich an ihn gekuschelt und ihren Kopf an seine Schulter gelegt. «Ich war sehr dumm ... früher ... sehr dumm ... habe dir nie so ganz geglaubt ... habe es immer besser wissen wollen und dabei doch nur das nachgeplappert, was sie mir in der Schule erzählt haben.

In der Schule klang es immer so, als habe die Reformation aus ein paar an die Kirchentür angeschlagenen Thesen bestanden ... mit nachfolgenden Gesprächen, freundlichen Gesprächen zwischen dem Papst und den Reformierten. Aber daß sich die Menschen mehr als hundert Jahre lang gegenseitig umgebracht haben ... daß der Preis für Glaubensfreiheit mit Millionen Menschenleben bezahlt wurde ... das habe ich erst hier gelernt.»

«Also ist dein Bild von Europa anders geworden?»

«Ja. Sehr anders.»

«Und trotzdem möchtest du hierbleiben?»

Saya war auf die breite Brüstung der Mauer gestiegen und hatte sich auf die warme Steinplatte gesetzt, die Knie angezogen und das Kinn auf sie gestützt. «Peer und ich sitzen oft hier und schauen auf die Stadt hinab. Irgendwie erinnert es mich an zu Hause, auch so hoch über dem Tal, mit dem Blick über die Stadt, und auf der anderen Seite die bewaldeten Berge. Sieht alles so idyllisch aus, nicht wahr?»

Sie hatte lange geschwiegen und dann gesagt: «Ob ich hierbleiben will? Wenn ich an dich denke, möchte ich nach Hause zurück. Wir haben eigentlich viel zuwenig Zeit miteinander gehabt. Aber trotzdem ... ich will hierbleiben. Ich will Plato, Luther, Pestalozzi und so viele andere, die ich in Japan bedingungslos, fast bedenkenlos bewundert hatte, wirklich kennenlernen. Ich muß furchtbar viel nachholen, denn das, was ich bisher über Europa gelernt habe, war reich an Utopie und arm an Realität.»

«Du hast dich an der Utopie berauscht.»

«Ja. Es war schön, sich an einer Utopie zu berauschen, aber jetzt muß ich vieles nachholen. Ich möchte die Menschen hier verstehen. Ich möchte verstehen, wie sie sich selbst und ihre grausame Geschichte sehen ... und natürlich Peer ... ich glaube, ich bin richtig verliebt. Wir können viele Stunden lang zusammen sprechen und diskutieren ... manchmal kriegen wir uns in die Haare, weil wir anderer Meinung sind. Aber das Schöne ist, daß wir dann nicht aufhören, miteinander zu reden – bis alles klarer wird. Ich lerne sehr viel von Peer, und ich glaube, er lernt auch viel von mir.»

Saya hatte ihre Wolljacke enger um ihre Schultern gezogen, als sei sie nicht ganz sicher, ob sie das, was sie gerade gesagt hatte, wirklich glauben konnte. Dann hatte sie ihn mit großen fragenden Augen angesehen. «Wenn wir uns lieben, wird doch bestimmt alles gut ... meinst du nicht auch?»

Der Guji wußte, es würde kein einfaches Leben für sie sein. Saya brauchte viel Energie, sich in eine ihr dem Wesen nach doch grundfremde Welt des Westens einzuleben. Vielleicht mehr, als sie zu geben in der Lage war. Vielleicht mehr, als es wert war. Es gab zu viele Ungewißheiten. Es gab zu viele Hindernisse, von anderen aufgetürmt. Würde Saya durchhalten können?

Gleichzeitig wußte er, daß sie immer das Neue, das Unbekannte suchte. Sie blühte auf, wenn sie Schwierigkeiten vor sich sah, die sie überwinden mußte. Wo lag die Grenze der Belastbarkeit? Aber Peer würde ihr helfen. Er würde eine Stütze sein, auf die sie sich verlassen konnte. Das hatte der Guji gleich beim ersten Kennenlernen gesehen. Peer würde zu Saya halten. Und sie zu ihm. Das, was sie band, ging über die äußere Anziehungskraft hinaus, die sie offenbar füreinander verspürten. Es war tief verankert, so tief, daß sie mit den Jahren immer enger zusammenwachsen würden. Nichts, was sich ihnen von außen entgegenstellte und an ihren Kräften zehrte, würde ihre innere Beziehung schwächen. Je stärker der Sturm, desto enger würden sie zusammenrücken.

Andererseits sah der Guji, daß sein Leben ärmer werden würde, wenn Saya so weit entfernt von ihm lebte. Er würde ihr Lachen vermissen, das einzige Lachen, das im Haus zu hören war. Er würde an sie denken und im stillen wünschen, sie wäre nur ein paar Stunden Fahrzeit entfernt – nicht zehntausend Kilometer.

«Aber du sagst ja gar nichts.» In Sayas Augen standen noch immer die drängende Frage und zugleich jene Zutraulichkeit, mit der sie schon als kleines Mädchen zu ihm aufgeschaut hatte.

Er hätte zu ihr sagen können: «Hör auf.» Er hätte sagen können: «Der Preis, den du für deine Liebe zahlen mußt, ist zu hoch.» Er hätte sagen können: «Das Risiko ist zu groß.» Er hätte sagen können: «Laß diesen Gaijin fallen und komm mit mir nach Japan zurück.»

Stattdessen aber zog er sie fest an sich und strich ihr übers Haar: «Geh den Weg, den du gehen willst», sagte er, «trotz aller Hindernisse, die vor dir liegen. Peer wird dir helfen. Am Ende werdet ihr beide euren Entschluß nicht bereuen.»

«Und du?»

«Mach dir keine Sorgen um mich. Ich komme zurecht. Und ich werde dir auch helfen, solange ich kann.»

Über Sayas Gesicht rollten zwei dicke Tränen. Sie wischte sie mit einem etwas verschämten Lächeln weg.

6

Saitos Vorschlag, die Kirschbäume noch ein paarmal blühen zu lassen, war klug. Das sah die Mutter ein. Trotzdem, die Aussicht, nichts zu tun und einige Jahre stillzusitzen, bis sich das Gerede gelegt haben würde, diese Aussicht zerrte an ihren Nerven. Zuviel hatte sie schon in die Vorbereitungen gesteckt. Allein der Azaleengarten . . . wie viele Stunden hatte sie damit verbracht, den Gärtner zu beaufsichtigen, der die Wege anlegen und die Büsche pflanzen mußte. Sie hatte ihm genaue Anweisungen gegeben und dann überwacht, daß er auch alles so ausführte, wie sie es wollte. Und dazu die große Mühe, die sie sich gegeben hatte, um das Azaleenfest zu einem eindrucksvollen Erfolg werden zu lassen. Sollte das alles vergebens gewesen sein?

Eines war so klar wie der Himmel über Himari: Sie würde ihrem Mann nie verzeihen, daß er ohne Saya zurückgekommen war. Jeder Vater, der seine Tochter liebt und auch nur ein bißchen Sinn für die Ehre der Familie hat, ein solcher Vater würde alles darangesetzt haben, einen derart irrsinnigen Schritt zu verhindern. Wer läßt es schon zu, daß die eigene Tochter einen Gaijin heiratet? Ein stolzerer Vater als er hätte seine Tochter mit einem Seil um den Hals nach Hause gebracht.

Die Mutter machte sich Vorwürfe, daß sie nicht selber mit nach Deutschland geflogen war. Die Überlegung, Saya würde vernünftiger reagieren, wenn der Vater allein kam und mit ihr sprach, war falsch gewesen. Sie hatte Saya unterschätzt. Rückschauend war es klar, daß sie auf jeden Fall versuchen würde, ihren Kopf durchzusetzen. Ihr Mann war dem nicht gewachsen. Er ist viel zu nachgiebig. Er ist gar kein richtiger Vater, sagte sie sich, und sie hätte sich das vorher überlegen müssen. Er ist kein richtiger Mann, der ein Machtwort spricht. Nachdem er ohne Saya zurückgekommen war, hatte er sogar noch die Stirn, sie und ihren Gaijin in Schutz zu nehmen.

Die Mutter schnitt die Rosen zurück, die schon verwelkt waren. Der Gärtner, dessen Aufgabe es gewesen wäre, ihr die schwere Gartenarbeit abzunehmen, hatte am Morgen angerufen und gesagt, er habe Rückenschmerzen. Der Anblick der verwelkten Rosen war häßlich. Die Mutter ließ die Gartenschere zuschnappen. Falls Besuch kam, hätten die verwelkten Rosen einen schlechten Eindruck gemacht.

«Bringen Sie mir einen Gartenkorb rüber», rief sie Frau Kuni zu, die in der Waschküche arbeitete. Die abgeschnittenen Rosenzweige häuften sich auf dem Kiesweg. Die Mutter schob sie vorsichtig mit dem Fuß zur Seite.

Was nützten jetzt noch die vielen Photos, die sie zwei Jahre lang gesammelt und mit viel Liebe in einem Album eingeklebt hatte. Jedes Photo, das Saya schickte, kam dort hinein, mit Datum und einer kurzen Beschreibung, welche die Mutter den Briefen Sayas entnommen hatte. Vorder- und Rückseite des Albums waren mit einem schönen Brokatstoff überzogen, von einer Qualität, wie man sie unten im Seidenweberviertel finden konnte, wenn man wußte, wo die besten Weber saßen. Keine ihrer Freundinnen konnte da mithalten. Keine hatte eine Tochter, die im Ausland studierte. Deswegen hatte die Mutter voller Stolz das Album zu allen früheren Treffen mit den Freundinnen mitgenommen.

Jetzt hatte ihr Stolz sich in Scham verwandelt.

«Wann kommen Sie denn endlich mit dem Korb?» rief sie ärgerlich Frau Kuni zu, die gerade die Wäscheleine spannte, «wie lange soll ich denn noch warten?»

Was vor drei Tagen geschehen war, nagte noch immer an ihrem Stolz. Sie hätte zu dem Treffen bei Michiko gar nicht gehen sollen – jetzt, nachdem die Sache mit Saya bekannt geworden war. Es war falsch zu denken, sie könnte so tun, als sei nichts geschehen.

«Schade, daß Sie diesmal das Photoalbum nicht mitgebracht haben», hatte Michiko süßlich lächelnd gesagt, «wir hätten gern die neuesten Photos von Saya gesehen. Es haben sich doch gewisse Änderungen in Sayas Leben ergeben, oder?»

«Welche Änderungen?» fragte jemand.

«Zivilrechtliche», sagte Michiko vieldeutig. Danach wechselte sie schnell das Thema.

Selbstverständlich trug keine der Freundinnen offen ein hämisches Lächeln zur Schau, aber hinter vorgehaltenen Kimonoärmeln waren ihre Lippen feucht von geflüstertem Spott. Oder von Mitleid. Die Mutter litt unter den vorbeihuschenden Blicken, in denen sie glaubte, prickelnde Schadenfreude entdecken zu können. Nach und nach aber hatten sich die Zungen gelöst, und den Rest des Nachmittags ging es nur noch um Geschichten von Japanerinnen, die an einem Gaijin hängengeblieben waren.

Michiko erzählte von einem Fall, der ihrem Mann zur Entscheidung vorgelegt worden sei. Eine japanische Studentin in Italien hatte einen Mann geheiratet, der, ohne daß sie es wußte, schon verheiratet und Vater von vier Kindern war.

«Sie wollte ihre Ehe für ungültig erklären lassen, aber das

hätte sie sich vorher überlegen sollen», sagte Michiko, «es ist immer riskant, einen Gaijin zu heiraten, denn drüben soll es ja keine Ehevermittler geben, die aufpassen, daß auch alles stimmt.»

Eine andere, deren Mann Polizeichef war, erzählte von einer Barhosteß, über die es bei der Polizei ein umfangreiches Dossier gegeben habe. «Sie hat einen siebzigjährigen Deutschen geheiratet, einen sehr reichen Hotelier», sagte sie mit lauter Stimme, «und mein Mann konnte endlich das Dossier der Dame im Aktenschrank ablegen.» Zur Mutter gewandt, fragte sie, ob Saya diese frühere Hosteß in Deutschland schon kennengelernt habe. Wenn nicht, könne ihr Mann die Anschrift vielleicht noch besorgen.

Alle wußten von den notorischen Japanerinnen zu erzählen, die sich gleich nach dem Krieg amerikanischen Besatzungssoldaten an den Hals geworfen hatten, oder anderen, die sich seither von irgendwelchen Gaijin hatten verführen lassen. Die Mutter glühte vor Scham. Je mehr sie sich in sich verkroch, desto dreister drangen die Geschichten auf sie ein wie Wespen, die eine Schale mit süßen Früchten umschwirren. Die Fragen wurden immer direkter. Am Ende überschritten sie die Schwelle sonst geübter Höflichkeit.

Ob es denn wirklich unabwendbar gewesen sei, daß Saya einen Gaijin heiraten mußte.

In Anbetracht des guten Familienhintergrunds.

Schade um sie.

Sie hätte doch auch abtreiben lassen können.

Wenn sie nicht schwanger war, warum hat sie dann diesen Gaijin überhaupt geheiratet?

Das war mehr, als die Mutter ertragen konnte. Sie bewahrte zwar ihre vornehme Haltung und zwang sich, das Zucken um ihre Mundwinkel nicht zu deutlich werden zu lassen, aber im Innersten blutete sie. Sie dachte, sie würde an den Wunden, die ihr von anderen zugefügt wurden, völlig verbluten. So blaß und kalt war ihre Haut. So schwach fühlten sich ihre Knie, als sie endlich aufstand und sich mit einer perfekt höflichen Verbeugung von ihren kühl und überlegen lächelnden Peinigerinnen verabschiedete.

Die Mutter ließ die Rosenschere sinken und schaute in den Korb, dessen Boden die verwelkten Blüten bedeckten. Sie zog den Korb hinter sich her und begann, an der nächsten Reihe Rosenbüsche zu arbeiten. Was für ein Unterschied, sagte sie sich, auf Ryo war Verlaß. Er war ein guter Sohn. Wenn sie alle Liebesbezeugungen aneinanderknoten würde, ergäbe sich eine Ankerkette so lange, daß sie bis zum tiefsten Boden des Ozeans reichte.

Dabei war Ryo früher ein schwächliches Kind gewesen, anfällig für Erkältungen, langsam im Laufen, verglichen mit anderen Kindern, langsam im Lernen und langsam im Sprechen. Ohne sie wäre er nicht in jenen Kindergarten hineingekommen, in den die besten Familien ihre Kinder schicken. Während seiner Grundschulzeit hatte sie keine Gelegenheit ungenutzt vergehen lassen, seine Lehrer und Lehrerinnen zu Hause aufzusuchen und ihnen die besten Geschenke mitzubringen. Ohne diese Fürsorge hätte er am Ende der Grundschule sicher einige Punkte schlechter abgeschnitten.

Frau Kuni hängte gerade Wäsche zum Trocknen auf. Die Mutter sah, daß sie es schon wieder falsch machte.

«Wie oft muß ich es Ihnen sagen, daß Sie die Geschirrtücher und das Badetuch nicht auf die gleiche Leine hängen solle!» rief die Mutter vom Rosengarten hinüber. Sie besaß eine Ordnung und bestand darauf, daß sie eingehalten wurde. Tücher, mit denen man Geschirr trocknet, und Tücher, mit denen man den Körper abreibt, gehören nicht zusammen. Sie fand es ärgerlich, daß Frau Kuni es immer noch nicht verstanden hatte.

«Lassen Sie mich die Wäsche zu Ende aufhängen», sagte sie zu ihr, nachdem sie in raschen Schritten zum Haus gegangen war. «Sammeln Sie dafür die Rosen ein, die ich schon abgeschnitten habe.»

Wieviel Mühe hatte es gekostet, Ryo für die Aufnahmeprüfung in das Collegium Sainte Virtue vorzubereiten. Monatelang hatte sie aufpassen müssen, daß er die richtigen Antworten auf alle Fragen auswendig lernte, die bis dahin je gestellt worden waren. Ihre Mühe hatte sich gelohnt. Das Collegium war die beste Schule. Es bereitete seine Schüler am besten auf die Aufnahmeprüfung in die Kyodai vor und war bekannt dafür, daß seine Absolventen in der Prüfungshölle am besten abschnitten.

Hochwürden Rimboulet sprach in erhabenen Tönen von der Erziehung, die er und die anderen Patres ihren Schülern im Collegium angedeihen ließen. «Ja», hatte er ihr bestätigt, «bei aller Bescheidenheit, etwa achtzig Prozent unserer Schüler schaffen den Sprung in die Elite-Universitäten.»

Und Ryo hatte es geschafft. Er hatte sogar schon im ersten Anlauf die Aufnahmeprüfung bestanden. Ryo war ein guter Sohn. Mit dem Eintritt in die Kyodai war seine Zukunft so gut wie gesichert. Er gehörte der Elite an.

Jetzt fehlte ihm nur noch eine gute Frau.

Die Wäsche hing.

Frau Kuni kam vom Rosengarten zurück. Die Mutter schickte sie ins Haus, sie solle jetzt den Korridor wischen. Sie wies sie noch einmal darauf hin, daß Fußbodendielen immer in Richtung der Holzmaserungen gewischt werden müssen. Nicht zu trocken, aber auch nicht zu naß. Für einige Zeit blieb sie im Zimmer, dann schob sie leise die Shoji-Tür auf. Sie sah zufrieden zu, wie Frau Kuni auf ihren Knien den Korridor entlangrutschte und den Putzlappen in Richtung der Holzmaserung hin und her schob.

«Sie müssen aber auch die Ecken auswischen», sagte die Mutter scharf. Frau Kuni fuhr erschrocken von ihrer Arbeit hoch und stammelte etwas zur Entschuldigung. Dann beugte sie sich wieder über den Fußboden und wischte mit besonderer Sorgfalt die Ecken aus.

Die Mutter ging ins Badezimmer, um sich zurechtzumachen. Um drei Uhr hatte sie bei Amano einen Termin. Sie schwankte, ob sie sich nur leicht pudern oder, was für den derzeitigen Zustand ihrer Haut besser wäre, zuerst einen Grund aus flüssigem Make-up auftragen sollte. Als sie ihr Gesicht im Spiegel betrachtete, war sie mit ihrem Aussehen nicht zufrieden. Der Kummer der letzten Wochen hatte deutlich sichtbare Spuren hinterlassen, die nur noch ein sorgfältig aufgetragenes Make-up wegwischen konnte. So ging sie daran, unter den vielen Kosmetikflaschen, die auf der Konsole standen, eine auszusuchen, die sie jetzt schnell benutzen konnte. Es ging nur darum, sich für den Weg bis zu Amanos Friseurladen fertig zu machen. Sie strich mit beiden Zeigefingern unter den Augen entlang. Ich bin alt geworden, sagte sie zu sich. Ihre Tränensäcke waren geschwollen wie nie zuvor.

Während sie ihr Gesicht leicht mit den Fingerspitzen massierte und die Falten wegstrich, dachte sie, niemand könne ihr den Vorwurf machen, sie habe Ryo falsch erzogen. Vor allem ihr Mann hatte kein Recht, sie zu kritisieren. Wenn es nach ihm gegangen wäre, würde Ryo heute nicht bei der Gowa-Bank sein und ein Leben voller Sicherheit und Prestige vor sich haben.

Wenn nur die Sache mit Saya nicht passiert wäre.

«Ich gehe jetzt!» rief die Mutter Frau Kuni zu. «Wenn Sie mit der Küche fertig sind, vergessen Sie nicht, die Wäsche hereinzuholen und dann noch den Müll nach unten zu tragen.» Sie mußte sich beeilen, um nicht zu spät zu kommen. Sie wählte die Abkürzung, die sie zu Amanos Laden brachte, ohne zu vielen Leuten zu begegnen. Sie wollte sich nicht den verstohlenen Blicken aussetzen, die aus halbgeöffneten Fenstern und Shoji-Türen kamen, jetzt, nachdem sich die Sache mit Saya herumgesprochen hatte.

Frau Amano hatte schon alles vorbereitet und stand, die Plastikschürze in der Hand, vor dem Waschbecken.

«Was für ein heißer Tag wieder», sagte sie, als die Mutter durch die Tür trat, «Ich hoffe, für die gnädige Frau war es nicht zu anstrengend .... Soll ich den Ventilator eine Stufe höher stellen?» Ohne die Antwort abzuwarten, schaltete sie das Gebläse auf die höchste Stufe, so daß sein Rauschen die Musik übertönte, die aus dem Hintergrund erklang. Danach band sie der Mutter die Plastikschürze um, und sie konnte mit dem Haarwaschen beginnen.

Früher hat sie sich immer zur Begrüßung tiefer verbeugt und ihre Worte höflicher gewählt, dachte die Mutter, während sie sich in den Friseurstuhl setzte. Frau Amano stellte die Rückenlehne flach und drückte ihren Kopf rückwärts in das Waschbecken. Früher hat sie mir sanfter das Shampoo einmassiert und sich immer zwischendurch erkundigt, ob es mir so recht sei. Die Mutter hatte ihre Augen fest zusammengekniffen, denn bei der Schnelligkeit, mit der Frau Amano ihr das Shampoo im Haar schaumig rieb, war nicht auszuschließen, daß Seife in ihre Augen spritzte.

Schon bald nachdem Ryo mit Kenzo in die Hauptfiliale gekommen war, hatte die Mutter diese Veränderung im

Verhalten von Frau Amano bemerkt. Wenn sie von ihrem Sohn Kenzo redete, tat sie neuerdings so, als gäbe es keinen Unterschied zwischen ihm und Ryo. Nur weil sie jetzt gemeinsam Außendienst machten.

«Wirklich, wer hätte das gedacht», mit diesem Ausruf riß Frau Amano die Mutter aus ihren Gedanken, «mein Kenzo und Ihr verehrter Herr Ryo sind offenbar dicke Freunde geworden, richtige Kumpel, wenn ich das so sagen darf.»

«Ja, Ryo hat mir auch viel Gutes über Kenzo erzählt», erwiderte die Mutter und öffnete vorsichtig ihre Augen einen Strich. «Wer hätte das gedacht .... Kenzo, der kleine Lümmel, der immer hier zwischen den Friseurstühlen herumsprang und seine Faxen machte.»

«Ja, er hatte nie etwas anderes als Faxen im Kopf», sagte Frau Amano und ließ warmes Wasser, vielleicht ein wenig zu heiß, durch das Haar der Mutter laufen, um das Shampoo auszuwaschen, «mein Mann und ich wundern uns noch immer, daß er die Uni überhaupt geschafft hat, und dann ... die Gowa-Bank ... auch da hatte er keine Schwierigkeiten hineinzukommen ... wirklich kaum zu glauben.»

Der Mutter war es gar nicht recht, daß Frau Amano das Gespräch an sich gerissen hatte. Sie nutzte schamlos die Situation aus, um mit ihrem Kenzo zu prahlen. So zwang sie die Mutter, auch etwas Lobendes zu sagen. «Kenzos Charakter zeigte früh Anzeichen für eine gewisse Wendigkeit», sagte die Mutter vieldeutig.

«Ach was», wehrte Frau Amano ab, «Kenzo hat gar keinen Charakter.» Sie plapperte noch weiter, während sie das Haar der Mutter mit einem Handtuch trockenrieb.

Der Mutter war es gleichgültig, worüber sie redete. Das einzig Wichtige war, daß es Kenzo nicht gelang, Ryo an die Wand zu drücken – jetzt wo sie gemeinsam im Außendienst standen. Sie spürte, daß es Ryo nicht gutging. Er hatte offensichtlich mit vielen Schwierigkeiten zu kämpfen. Sonst würde er nicht auch an jedem Sonntag noch Kundenbesuche machen müssen. Irgend etwas lief nicht so, wie sie gehofft hatte, aber Ryo sagte ihr nicht, was es war. Er sagte nur ab und zu, daß er mehr Geld brauchte. Sie hatte ihm schon manchen Hundert-Yen-Schein in die Tasche gesteckt, damit er nicht am Mittagessen sparte, wenn er seine Runden mit den vielen Kundenbesuchen drehte.

«Ich brauch' mehr Geld», hatte Ryo ihr anvertraut, «richtig großes Geld, das bei der Bank eingezahlt wird. Kannst du nicht in Himari . . .?»

«Schon wieder?»

Obwohl es der Mutter nicht leichtgefallen war, ihre Verwandten in Himari zum zweitenmal innerhalb eines Jahres zu fragen, hatte sie es Ryo zuliebe getan. Dennoch . . . Ryo schien andauernd von neuen Schwierigkeiten überwältigt zu werden.

Und Kenzo? Bei ihm schien alles glattzugehen. Die Mutter blinzelte und sah Frau Amanos Gesicht im Spiegel. Kein Anzeichen von Sorge war darin zu erkennen, nur satte Zufriedenheit, wie weit ihr Sohn es schon gebracht hatte. So weit, daß er mit Ryo auf gleicher Stufe stand. Ärgerlich schloß die Mutter ihre Augen, während Frau Amano ihr Haar Strähne um Strähne auf die Lockenwickler drehte.

Die Heißlufthaube surrte und schnitt die Mutter von allen anderen Geräuschen ab. Sie sah im Spiegel, wie Frau Amano ihren Platz für die nächste Kundin fertig machte. Die nächste Kundin kam. Frau Amano wusch ihr das Haar, beugte sich über sie und schien ihr etwas zuzuflüstern. Die Mutter sah, wie die Kundin lachte und nickte. Sie fühlte einen Stich. Vielleicht reden sie über Saya, dachte sie, oder über Ryo.

Sicher wußte diese Kundin längst, daß Ryo und Kenzo jetzt auf gleicher Stufe standen. Welch eine Erniedrigung! Ich muß es schaffen, dachte die Mutter, Ryo weiter- und höherzubringen. Er ist ein so guter Sohn.

7

Am liebsten hätte Ryo alles in den Kamo geworfen und vom Brückengeländer aus zugesehen, wie es vom rasch fließenden Wasser fortgetragen wurde. Es war einer jener Junitage, an denen pralle Sonne mit kurzen, aber heftigen Regenschauern wechselte. Von den Lastwagen, die von der Baustelle vom anderen Ufer kamen, fielen Erdklumpen herab, die sich beim nächsten Regen in Schlamm verwandelten. Ryo versuchte, den aufgespannten Regenschirm, die Aktentasche und die mit Werbegeschenken der Bank gefüllte Plastiktasche mit einer Hand zu halten, während er sich die braunen Spritzer vom Anzug tupfte, die der vorbeifahrende Zementlaster auf ihn geschleudert hatte.

«Verdammt», knurrte Ryo und sah dem Lastwagen nach, der am anderen Ende der Brücke an der Ampel stand, «ausgerechnet jetzt.»

Er war schon wieder hinter seinem Soll zurück. Von den ihm zugeteilten dreiundzwanzig Kundenbesuchen hatte er erst dreizehn hinter sich gebracht, und seine Ausbeute war mager geblieben. Es gelang ihm einfach nicht, die Leute davon zu überzeugen, was für eine gute Investition es sei, ihr Geld bei der Gowa-Bank anzulegen.

Kenzo konnte jeden Morgen nach dem Appell eine fette Ernte vom Vortag abliefern. Die Seiten in seinem Logbuch waren immer dicht mit Zahlen bekritzelt, und die Summe unter dem Strich rief bei dem Sektionschef ein wohlgefälliges Nicken hervor. Der Sektionschef berichtete es dem Abteilungsleiter, und der gab das Resultat an den Filialleiter Ito weiter. Von allen wurde Kenzo mit Anerkennung und Respekt behandelt. Er war das beste Pferd im Stall, was die Summe unterm Strich anging. Und nur die Summe zählte.

Noch nie hatte Ryo ein lobendes Wort vom Sektionschef oder vom Abteilungsleiter gehört. Noch nie hatte der Filialleiter wohlgefällig in seine Richtung genickt. Im Gegenteil. Ryos Unfähigkeit, mehr Geld für die Bank einzubringen, erzeugte heruntergezogene Mundwinkel und mißbilligende Blicke. Selbst an seinen besten Tagen – ohne Kenzos Hilfe – war er ein Fünftel unter seinem Soll geblieben. An schlechten Tagen hatte er noch nicht einmal die Hälfte des vorgeschriebenen Mindestbetrags erreicht. Schon zweimal hatte er beim Appell nach vorn treten und Selbstkritik üben müssen. Dreimal hatte Ito ihn zu sich ins Büro gerufen und ihm Vorhaltungen gemacht.

Kenzo grinste, wenn Ryo ihn fragte, wie er es schaffte. «Kleinigkeit», sagte er und machte den Ito nach, wie er morgens den versammelten Außendienstlern in Erinnerung rief, wie wichtig ihre Tätigkeit für die Nation sei.

«Unsere Industrie braucht Kapital für den Ausbau ihrer Produktionsstätten, riesige Summen Kapital», imitierte Kenzo mit vorgeschobenem Kinn Itos bellende Feldwebelstimme. «Es gibt nur zwei Möglichkeiten: entweder im Ausland leihen oder das Kapital im eigenen Land beschaffen. Wenn Japan sich im Ausland verschuldet, kommt das Ausland irgendwann und wird uns die Kehle zudrücken. Also müssen wir das Geld hier im Lande aufbringen. Ihr wißt ja ... aus Sandkörnern wächst ein Berg. Ihr seid dazu aufgerufen, mit euren Füßen, Schultern, Nacken und Köpfen dafür zu sorgen, daß der Berg wächst.»

«Hör auf», hatte Ryo geschrien, «ich will wissen, wie du es hinkriegst, dein Soll jeden Tag zu erfüllen.»

«Zu übererfüllen», korrigierte ihn Kenzo und entblößte seine gelben Zähne.

«Aber wie?»

«Ja, wie», antwortete Kenzo geschmeidig, immer noch grinsend, «es ist, wie unser vielgeliebter, hochgeachteter Herr Ito sagt, eine Frage der Persönlichkeit.»

Ryo spuckte in weitem Bogen über das Brückengeländer.

Wenn er nur nicht so sehr von Kenzo abhängig wäre, er hätte ihn wirklich ins Gesicht geschlagen, und sei es auch nur, um ihm dieses hämische Grinsen abzugewöhnen.

Aber Kenzo hatte sich, ohne mit der Wimper zu zucken, mit dem Messer in die Kuppe des kleinen Fingers an der linken Hand geschnitten. Ryo führte den gleichen ritualen Schnitt aus und mischte sein Blut mit Kenzos Blut. «Jetzt sind wir Blutsbrüder», hatte Kenzo zu ihm gesagt, «wenn du Hilfe brauchst, kannst du auf mich bauen. Wenn ich Hilfe brauche, baue ich auf dich.»

Für Ryo war es das erste Mal, daß ihm jemand die Blutsbrüderschaft anbot. Er war geschmeichelt. Bis dahin hatte er immer abseits gestanden. Andere schlossen Blutsbrüderschaften, aber er war ausgeschlossen. Niemand hatte je seine Freundschaft für so wichtig gehalten, daß er sich in dieser Weise an ihn binden würde.

Kenzo war der erste. «Aber du darfst es niemandem sagen.»

«Natürlich nicht», hatte Ryo geantwortet.

«Ehrenwort?»

«Ehrenwort.»

Danach hatten sie ihre Blutsbrüderschaft mit einem Besuch im Siamesischen Bad besiegelt. Kenzo war da schon bekannt. Er wußte, welche von den Masseusen gut waren und wieviel sie pro Stunde nahmen.

Weiße Flusen von dem Papiertaschentuch, das Ryo zum Abtupfen der Schlammspritzer benutzt hatte, waren an dem dunkelblauen Stoff seiner Hose hängengeblieben. Die Flusen machten die Sache nur noch schlimmer. Sie ließen den Fleck krasser ins Auge springen. Ryo nahm seinen Schirm, die Plastiktüte, seine Aktentasche und ging in das nächste Café, um seine Hose zu trocknen und den Schlamm auszuklopfen.

An dem kleinen, runden Tisch mit der Glasplatte ging er noch einmal die Liste seiner Besuche durch. Es würde ihm wieder nicht gelingen, sein Tagessoll zu erfüllen. Yoshidas Karte war dick rot markiert. Wer ist Yoshida? fragte sich Ryo. Obwohl er am Morgen alle Unterlagen genau durchgearbeitet hatte, wußte er nicht mehr genau, warum Yoshida so wichtig sein sollte. Er nahm die Unterlagen aus seiner Aktentasche und blätterte sie durch. Ach ja, erinnerte er sich, er hat gerade ein Grundstück verkauft. In ihrer grenzenlosen Informiertheit wußte die Bank, wieviel Geld die Hände gewechselt hatte, und sogar, über welches Konto bei der Fuji-Bank die Transaktion gelaufen war. Ausgerechnet die Fuji-Bank. Ryo hatte schon mehrmals erleben müssen, wie deren Vertreter schneller gewesen war als er.

Ryo wischte sich über die Stirn. Er war sich sicher, daß ihm der Fall Yoshida auf den Tageszettel geschrieben worden war, um ihn zu testen. Oder hereinzulegen. Der Gedanke, daß es ihm nicht gelingen würde, Yoshida dazu zu bewegen, sein Konto bei der Fuji Bank aufzulösen und das Geld der Gowa-Bank zu überschreiben, trieb ihm den Schweiß auf die Stirn.

Wahrscheinlich würde Ito ihm morgen früh als erstes den Vortagsbericht aus der Hand nehmen und seinen Finger auf die Zeile Yoshida legen. «Mehr nicht?» würde er ihn mit schnappender Stimme anbellen, «bist du denn überhaupt ein Mann? Oder ein Fushidara, dem man einen Tritt in den Hintern geben muß, damit er sich endlich aufrafft und sich wie ein Mann bewährt? Fushidaras wie dich können wir hier nicht brauchen. Verstanden?»

So hatte er ihn schon vorige Woche fertiggemacht, als ihm bei einer Witwe in der Mibustraße die Lebensversicherungszahlung durch die Lappen gegangen war. Alle in der Bank hatten es gehört, wie ihn Ito angefaucht hatte: «Was für eine Fushidara. Noch nicht einmal bei einer Witwe kommst du ran.»

Ryo starrte auf seine Liste und auf den rot angestrichenen Namen Yoshida.

Vielleicht sollte er es gar nicht erst versuchen, bei Yoshida zu klingeln. Vielleicht sollte er ihn morgen früh an Kenzo abgeben. Der würde verstehen, wie man ihn behandeln muß. Kenzo würde so lange auf Yoshida einreden, bis nichts mehr bei der Fuji-Bank blieb.

Wetten, daß ich's schaffe?

Das war Kenzos stehende Redensart, wenn sie morgens in der Bank vor dem Spind standen und wußten, daß niemand sie hörte. «Willst du wetten, daß ich's schaffe?»

«Wieviel kannst du reinbringen?»

«Mehr als du brauchst, um dein Soll aufzufüllen.»

«Der Preis?»

«Eine Hosteß – wie immer.» Ryo hörte Kenzos selbstsicheres Lachen.

«Eine Stunde?»

«Eine Stunde.»

«Top.»

«Top.»

Ryo hatte früher nie gewettet, aber Kenzo sagte, unter Blutsbrüdern müsse man wetten. Wer nicht wettet, ist kein Mann. Und zur Besiegelung der Wette hakte er seinen kleinen Finger der rechten Hand in Ryos kleinen Finger ein.

Ryo rieb sich seinen kleinen Finger und spürte eine prikkelnde Unruhe. Irgendwann einmal, so sagte er sich, würde er eine Wette mit Kenzo gewinnen. Irgendwann. Obwohl er wußte, daß er auf Kenzo angewiesen war und ohne seine Hilfe nicht weiterkommen würde, fühlte er sich durch sein ständiges Verlieren erniedrigt. Kenzo prahlte jedesmal, daß er eine neue Hosteß ausprobiert und was er mit ihr getrieben habe. Dabei sah er immer vergnügt und selbstzufrieden aus.

Ryo biß die Zähne zusammen. Irgendwann würde er eine Wette gewinnen, und dann hatte Kenzo zu zahlen. Dann würde er sich rächen und sich auf Kenzos Kosten die teuerste Hosteß nehmen, die es gibt. Für eine ganze Nacht.

«Was machst du denn hier?» hörte er eine Stimme.

Ryo schreckte hoch. «Ach, du bist's», brummte er, als er Umeko sah. Sie stand plötzlich vor seinem Tisch und lächelte. Schnell schob Ryo seine Papiere zusammen. Umeko brauchte seine Besuchsliste nicht zu sehen, und daß er darauf nur etwas mehr als die Hälfte der Kundennamen abgehakt hatte.

«Bist du schon durch mit deinen Besuchen?»

«Nein ... nein», stotterte Ryo, «noch ein paar Besuche muß ich ... ja, ich muß noch ein paar erledigen.»

Ohne ihn um seine Einwilligung zu fragen, zog Umeko sich einen Stuhl an den Tisch und nahm Platz. Erst dann schaute sie ihn von der Seite an: «Du hast doch sicher nichts dagegen?»

«Nein.» Ryo rührte in seiner Tasse. Sein Kaffee war schon längst kalt geworden.

Umeko winkte der Kellnerin und bestellte eine Tasse Kaffee für sich. «Für dich auch?»

«Nein, ich hab' noch.» Er stopfte seine auf dem Tisch liegenden Papiere in seine Aktentasche zurück.

Umeko hatte ihr Haar heruntergelassen. Sonst trug sie es in der Bank immer streng hochgebunden. Sie sieht hübscher aus, dachte Ryo, mit ihrem langen Haar und der kurzärmeligen weißen Bluse.

«Weißt du eigentlich», fragte Umeko, «was in der Bank über dich geredet wird?»

Ryo blickte abrupt auf. Obwohl er sich Mühe gab, keine Unsicherheit zu zeigen, flackerten seine Augen.

«Natürlich nichts Schlechtes», gluckste sie und sah Ryo zwinkernd an, «eigentlich sogar etwas ziemlich Gutes.»

«So?» stieß Ryo, immer noch unsicher, zwischen den Zähnen hervor.

«Ja. Die meisten Mädchen meinen, du hättest deinen Beruf verfehlt. Du hättest Filmschauspieler werden sollen.»

Ryo lachte verlegen. «Ich, Filmschauspieler?»

Umeko trank einen Schluck Kaffee und schaute Ryo über den Rand ihrer Tasse an. «Freust du dich nicht?»

«Hm.»

«Besser, als sich für die Gowa-Bank abzurackern.»

Ryo nahm auch seine Tasse hoch. «Filmschauspieler . . .», wiederholte er nachdenklich.

«Und es interessiert dich nicht, was ich davon halte?» neckte Umeko ihn. «Vielleicht habe ich eine ganz andere Meinung als die anderen Mädchen.»

«Hm.»

Da lachte Umeko belustigt auf und strich sich ihr Haar aus dem Gesicht. «Nein, nein, ich denke, eine Samurai-Rolle würde dir ganz prima stehen. So eine, wo du in einer tollen Rüstung und mit gezogenem Schwert hoch zu Roß die Bergkuppe hinaufstürmst und alle Feinde erledigst.» Sie nahm ihren Kaffeelöffel und ließ ihn durch die Luft zischen. «Huuch», imitierte sie den kehligen Schrei eines Samurai.

«Willst du mich auf den Arm nehmen, oder was?» brummte Ryo und schaute sie zweifelnd an.

«Nein», sagte sie und wurde plötzlich wieder ernst, «ich finde nur, daß du zu schade bist für die Gowa-Bank. Wir werden doch alle behandelt wie Dreck, und die Art, wie der Ito dich vorige Woche heruntergemacht hat... Mensch, das war zuviel. Nur weil du mit deinem Soll nicht gut stehst, braucht er dich doch nicht schon am frühen Morgen so zu schikanieren.»

«Misch dich nicht in meine Angelegenheiten ein.»

«Ich misch' mich nicht ein. Ich finde nur, es gibt eine Grenze. Vor allem, nachdem Hamada schon einen Selbstmordversuch hinter sich hat.»

«Selbstmordversuch? Das ist doch Quatsch. Hamada war krank. Mehr nicht.»

«Das behauptet der Ito. Aber in Wirklichkeit... weißt du denn nicht, daß Hamada versucht hat, sich zu vergiften? Wenn sie ihm nicht den Magen ausgepumpt hätten, wär' der arme Kerl abgekratzt.»

Ryo blickte unruhig vor sich hin. Er hatte das Gerücht auch gehört.

«Wo hast du denn deine Ohren?» fragte Umeko leise, «alle in der Bank haben das doch mitbekommen, daß das mit Hamada ernst war... todernst... nicht so 'ne kleine Darmgrippe, wie der Ito uns erzählt hat. Der Ito ist doch ein Oktopus ... kann jede Farbe annehmen. Und der arme Hamada? Schau ihn dir an, wie er seitdem in sich gekehrt an seinem Schreibtisch hockt. Redet kaum noch mit jemandem. Vielleicht versucht er's wieder und bringt sich wirklich um. Ito hat ihn doch nur deshalb vom Außendienst befreit, damit er ihn im Büro unter Kontrolle hat und weil er sich fürchtet, daß Hamada es noch mal versucht. Der Ito weiß genau, daß der Selbstmord eines Angestellten ihn Punkte in der Zentrale in Tokyo kostet. Deshalb hofiert er den Hamada jetzt plötzlich von vorn und von hinten. Früher ... ich meine, vor dem Selbstmordversuch, als Hamada nicht genug Geld für die Bank heranschaffte, da hat er ihn behandelt wie den letzten Dreck.»

Ryo warf einen raschen Blick nach rechts und links, um zu sehen, wer an den Nachbartischen saß. «Red nicht so laut», zischte er Umeko an, «wenn jemand dich hört!»

«Sollen sie es doch hören.»

«Psst.» Ryo zog den Kopf zwischen die Schultern. Ja, er hatte gesehen, wie Ito Hamada fertiggemacht hatte. Sein langer, chromglänzender Zeigestock war über die Wandtafel gekrochen, auf der jede Woche die Punkte aller Außendienstler verzeichnet wurden. Die Spitze des Stocks war langsam die unterste Kurve entlanggefahren und an ihrem Ende verharrt. «Dürfte ich unseren Kollegen und guten Freund Hamada bitten, uns eine Erklärung für seine miserablen Leistungen zu geben?» Seine Stimme hatte sanft geschnurrt wie die einer Katze, die am Hals gekrault wird.

Natürlich konnte Hamada keine Erklärung geben, aber weil Itos Stimme so ermutigend und sanft geklungen hatte und weil in seinen Augen ein verzeihendes Lächeln zu nisten schien, hatte er dummerweise und ohne seinen Kopf zu senken gesagt: «Ich weiß es auch nicht . . . vielleicht liegt's an den Leuten. Sie wollen nicht mehr soviel sparen.»

Immer noch lächelnd war Ito daraufhin auf Hamada zugegangen und hatte ihm die Spitze seines ausziehbaren Zeigestocks auf seine Brust gesetzt. «Vielleicht liegt's an den Leuten», wiederholte er Hamadas Worte, «an den Leuten, die nicht mehr soviel sparen wollen, nichtwahr?» Langsam hatte sich sein metallener Zeigestock Glied um Glied ineinandergeschoben, so als ob sich seine Spitze in Hamadas Brust einbohrte. «So . . . so . . . an den Leuten liegt das . . . sie wollen nicht mehr soviel sparen . . . Und dieser hohlköpfige Fushidara scheint sich damit zufriedenzugeben . . . Die Leute wollen nicht mehr . . . immer die Schuld bei den anderen suchen statt bei sich selbst.» Der Zeigestock war jetzt bis ins letzte Glied zusammengeschoben, aber Ito drückte immer weiter und immer fester. Er schob Hamada vor sich her, bis er ihn mit dem Rücken an die Wand genagelt hatte. «So . . . so, die Leute sind dran schuld . . . nicht der Herr Hamada . . . oder vielleicht war der Vertreter der Fuji-Bank schon bei den Kunden gewesen . . . oder der von der Sumitomo-Bank oder der von der Tokai-Bank . . . Wer das Gowa-Bank-Abzeichen trägt, aber nicht den Willen hat zu kämpfen . . . was für eine Strafe verdient der?»

«Psst», zischelte Ryo Umeko zu, «nicht so laut.»

Umeko lachte. «Ich hab' seit fünf Minuten nichts mehr gesagt. Ich glaube, du hörst schon Stimmen.»

«Hamada ist selbst schuld.»

«Hamada ist ein feiner Kerl. Sein einziger Fehler war, daß er drei Wochen lang sein Soll nicht erfüllt hatte.»

«Fünf Wochen lang», unterbrach Ryo sie.

«Drei Wochen oder fünf Wochen, oder acht Wochen. Deswegen braucht der Ito ihn nicht so fertigzumachen und zu erniedrigen. Hamada ist ein feiner Kerl. Du übrigens auch.»

«Ich?»

«Ja. Du bist auch ein feiner Kerl. Zu schade für die Bank.»

Ryo blickte Umeko unsicher an. «So was darfst du nicht sagen... zu schade für die Bank. So darf man nicht über die Bank reden. Wir und die Bank erfüllen eine wichtige Aufgabe. Wir haben einen nationalen Auftrag. Wir beschaffen das Kapital für den Ausbau der japanischen Wirtschaft.»

«Jetzt redest du wirklich schon wie der Ito», mokierte sich Umeko, «dabei schraubt er doch Monat um Monat das Soll hoch... dein Soll... Hamadas Soll... das Soll aller Außendienstler. Wenn ihr alle brav arbeitet und viel Geld heranschafft, kommt doch todsicher im nächsten Monat eine Sollerhöhung. Hast du das noch nicht gemerkt?»

«Aber die Bank muß wachsen», erwiderte Ryo, vermied es jedoch, Umeko anzusehen.

«Ja, wachsen, immer mehr wachsen, immer mehr Geld, immer mehr Leistung und immer mehr Schikanen, damit die Leistung erbracht wird. Wofür das alles?»

«Die Wirtschaft braucht Kapital. Die Wirtschaft muß expandieren. Deswegen müssen wir jeden Tag härter arbeiten. Sonst bleibt Japan hinter dem Westen zurück.»

«Ja, Überstunden, Überstunden und immer mehr Überstunden», ereiferte Umeko sich, «und gleichzeitig warnt euch die Bank, keinesfalls mehr als zehn Überstunden auf eure Lohnzettel zu schreiben.»

«Das ist nicht wahr. Ich schreibe fünfzehn auf und krieg' auch fünfzehn bezahlt.»

Umeko rührte mit ihrem Löffel in ihrer Tasse, obwohl sie schon fast leer war. «Du bist komisch», sagte sie schließlich, «nimmst die Bank in Schutz, obwohl das, was der Ito

Hamada angetan hat, auch dir passieren könnte ... jeden Tag. Trotzdem nimmst du die Bank in Schutz. Bist doch eben ein feiner Kerl, viel zu fein.»

Überrascht sah Ryo auf. «Warum sagst du mir das?»

«Weil ich dich nett finde.»

«Nett?» Ryo lächelte verlegen.

Umeko starrte in ihre Tasse. «Ich wollte dir das schon lange mal gesagt haben, daß ich dich nett finde ... hab' mich aber nie so recht getraut.»

Ryo druckste vor sich hin. Er wußte nicht, wie er sich verhalten sollte. Noch nie hatte ein Mädchen zu ihm gesagt, er sei nett. Eigentlich hatte er noch nie mit einem Mädchen gesprochen, zumindest nicht allein und nicht in einer Umgebung, in der Worte anders klingen als im Büro. Auch an der Universität hatte er nie ein Mädchen kennengelernt. Es hatte zwar ein paar Studentinnen gegeben, die irgendwo im Hörsaal saßen, aber es wäre ihm nie in den Sinn gekommen, in ihre Nähe zu gehen oder sie sogar anzusprechen. Der Ruderclub war eine reine Männersache, und von Frauen redeten nur diejenigen seiner Kameraden, die schon ihre Erfahrungen mit Hostessen gesammelt hatten. In der Gowa-Bank ließen die Männer dunkel einfließen, was für aufregende Stunden sie mit irgendeiner Masseuse oder einer Hosteß verbracht hatten. Er war ihrem Vorbild gefolgt und hatte sich eine Hosteß genommen. Wie sie hieß, wußte er nicht mehr, aber sie hatte sich an der Bar zu ihm herübergelehnt und ihm zugeflüstert, daß sie ihn nett fände. «Es ist gar nicht teuer, mich für eine Stunde zu haben», hatte sie gesagt und ihn am Ohrläppchen gezogen, «oder bist du kein richtiger Mann?»

Umekos Art ihm zu sagen, er sei nett, klang ganz anders. Viel einfacher. Viel reiner. Ryo sah sie verstohlen an, aber als

Umeko seinen Blick auffing, wandte er schnell den Kopf. «Ich bin eigentlich nur hierhergekommen, um mir meine Hosenbeine zu trocknen», sagte er verkrampft, «weißt du ... so ein blöder Lastwagen ... hat im Vorbeifahren ...» Er streckte wie zum Beweis sein Bein unter dem Tisch hervor und wies unbeholfen auf die inzwischen schon fast getrockneten Schlammspritzer.

«Wirklich ... Schlammspritzer», zirpte Umeko, «wie würdelos – und außerdem gegen die Bankvorschriften.»

Sie öffnete ihre Handtasche und zog ein Tuch hervor, ein weißes Baumwolltuch mit einer feinen Häkelborte. Bevor Ryo sein Bein zurückziehen konnte, kniete sie neben dem Tisch und machte sich daran, die Schlammkrusten abzuklopfen. Ryo schaute auf sie hinunter und hätte fast seine Hand ausgestreckt, um ihr langes, glattes Haar zu berühren.

«So, jetzt bist du wieder präsentabel», sagte Umeko, als sie fertig war. Sie blickte zu Ryo hoch und lächelte etwas verschämt.

«Du hast noch einen Schluck Kaffee in deiner Tasse», sagte Ryo.

«Ach ja, stimmt.» Sie setzte sich wieder auf ihren Stuhl und nahm ihre Tasse hoch. Über den Tassenrand hinweg blickte sie Ryo neckisch an.

Ryo rief die Bedienung herbei. Umeko wollte ihr Portemonnaie aus ihrer Handtasche holen, aber Ryo winkte ab. «Bist eingeladen», sagte er scheu, ohne Umeko anzusehen. Dann wischte er sich mit dem Handrücken über die Stirn. «Jetzt muß ich aber wieder gehen ... übrigens ... es war lieb von dir ... Wirklich, die Schlammspritzer sind völlig weg ... man sieht gar nichts mehr.» Er stand auf, schaute an sich herunter und nickte dabei wie zur Selbstbestätigung.

«Dank dir für den Kaffee», sagte Umeko leise.

«Schon gut», murmelte Ryo. Er nahm seine Aktentasche unter den Arm und die Plastiktüte mit den Werbegeschenken in die Hand.

«Dein Regenschirm!» rief Umeko hinter ihm her.

8

Es ist wirklich an der Zeit, daß du Ryo hilfst.» Die Mutter räumte den Abendtisch ab.

Der Guji war bereits aufgestanden und wollte gerade in sein Arbeitszimmer zurückgehen, um noch ein wenig zu lesen, bevor er den Tag mit seinem abendlichen Rundgang durch den Schrein beendete. Aber der ziehende Unterton in der Stimme seiner Frau hielt ihn zurück.

«Wirklich, was hast du denn bis jetzt überhaupt für Ryos Aufstieg getan?» ließ die Mutter ihre Stimme aus der Küche hören, diesmal etwas lauter und noch klebriger, «ich dagegen, ich rackere mich Tag für Tag ab und kann nachts vor lauter Sorgen nicht schlafen.»

Der Guji kehrte zu seinem Platz am Tisch zurück und setzte sich wieder hin. Er wußte, daß eine lange, bittere Auseinandersetzung bevorstand, wenn ihre Stimme diesen klebrigen Klang bekam. Sicher würde wieder ein Wort das andere geben. Zu oft war es zwischen ihnen zum Streit gekommen. Ihr klebriger Ton war ihm zuwider. Er haßte laute Worte. Er haßte endlose Wortwechsel, die doch zu nichts führten.

Die Mutter kam und nahm wieder ihm gegenüber am Tisch Platz. Sie stützte ihre Ellbogen auf die Tischplatte und umfaßte ihr Gesicht mit beiden Händen, wie sie es oft tat, wenn sie ihre Unzufriedenheit zum Ausdruck bringen wollte.

«Ryo muß noch mehr Spareinlagen für die Bank sammeln», sagte sie und heftete ihre Augen auf eine unbestimmte Stelle der Tischplatte, «sonst wird er, wenn die nächste Beförderung kommt, auf ein Nebengleis geschoben, und alles, was er bisher erreicht hat, ist umsonst.»

«Nichts ist umsonst», sagte der Guji ruhig.

«Dir ist es offenbar egal, wenn Ryo auf ein Nebengleis geschoben wird», brauste sie auf, «aber mir nicht... mir ist es nicht egal. Ich will nicht, daß sein Aufstieg zu einem Abstieg wird... ich will nicht, daß er irgendwann in einer unbedeutenden Bankfiliale endet.»

«Ich weiß, was für hohe Erwartungen du in Ryo setzt, aber siehst du denn nicht, daß er schon jetzt bis an die Grenze seiner Belastbarkeit gefordert wird? Irgendwann wird er einen Punkt erreichen, an dem er völlig ausgepumpt ist und nur noch aus einer leeren Hülle besteht», fuhr der Guji unbeirrt fort, «er wird den Sinn für das verlieren, was im Leben wertvoll ist.»

«Wenn er den Aufstieg schafft, schenkt das Leben ihm seine reichsten Güter.»

«Materielle Güter, ja, aber nicht unbedingt innere Ruhe. Ruhe kann ihm nicht von außen gegeben werden. Er muß sie in sich selber finden.»

«Wenn er oben ist, fällt ihm alles zu.»

«Nicht, wenn er nur noch aus einer leeren Hülle besteht und nicht mehr weiß, was Leben wirklich ist. Die Bank hat ihre eigene Logik. Sie verfolgt ihre eigenen Ziele und ist bereit, die Menschen, die für sie arbeiten, zu verschleißen. Manche lassen sich nicht leicht verschleißen, und sie steigen auf. Ryo hat nicht das seelische Rüstzeug, diesen mörderischen Aufstieg mitzumachen.»

«Wieso weißt du denn, was so Tag für Tag in der Bank vorgeht?» Aus der Stimme der Mutter klang barer Spott.

«Viele Bankleute kommen zu mir. Ich erfahre durch sie, wie sie leben, wie sie leiden und was sie denken. Ich weiß, welchem ungeheuren Leistungsdruck sie ausgesetzt sind. Sie möchten sich bewähren und übernehmen dabei jene Logik, die alle Großbanken vorantreibt. Die Banken müssen Kapital sammeln. Sie müssen den Aufbau der Wirtschaft finanzieren. Sie alle konkurrieren aufs schärfste miteinander und streben danach, in gar nicht zu ferner Zeit zu den zehn größten Banken der Welt zu gehören. In diesem Klima ist Menschlichkeit nicht gefragt. Sie ist sogar ein Hindernis. Viele, die zu mir kommen, sind deshalb im Kern ihres Herzens unglücklich.»

«Nur Schwächlinge kommen zu dir. Bankleute, die Mark in den Knochen haben, brauchen deinen Rat nicht. Ryo ist auf dem richtigen Weg . . . auf dem Weg zum Erfolg.»

«Um welchen Preis?»

«Erfolg fällt niemandem in den Schoß. Schau nur, wo Ryo schon angelangt ist. Er braucht noch ein bißchen Hilfe. Dann wird er bei der nächsten Beförderung entsprechend belohnt.»

«Aber sein Selbstwertgefühl wird dadurch nur noch stärker verschlissen. Er wird sich innerlich ausgehöhlt fühlen. Er wird beginnen, sich selber zu verachten. Wer kein wirkliches Selbstwertgefühl besitzt, schielt immer nach dem, was die anderen denken oder sagen. Wer kein wirkliches Selbstwertgefühl besitzt, wird immer unsicher sein. Unsicherheit ist die Wurzel allen Übels in der Gesellschaft. Ryo ist auf einem gefährlichen Weg.»

Die Mutter schien ihre Ellbogen in die Tischplatte bohren zu wollen, so tief vergrub sie ihr Gesicht in beiden Händen. «Wovon redest du denn?» murmelte sie, «siehst du denn nicht, wie kräftig Ryo schon das Wasser pflügt . . . wie ein starker Karpfen? Bisher hat er erreicht, was er erreichen sollte ... Schule, Collegium, Kyodai, Gowa-Bank ... Ryo hat das Zeug zum Erfolg.»

«Erfolg wird ihn nur dann innerlich bereichern und sein Selbstwertgefühl aufblühen lassen, wenn er seine Schritte aus eigener Kraft geht. Deswegen müssen wir uns fragen, ob es gut für ihn ist, wenn er mit so viel geliehener Kraft nach vorn prescht. Je höher er steigt, desto unsicherer wird er sich fühlen.»

«Mit Willen läßt sich alles erreichen», sagte die Mutter, «so wie man die Haut gegen Kälte abhärtet, kann man auch den Geist stählen. Alles nur eine Frage des Willens. Schließlich fließt in Ryos Adern Samuraiblut ... mein Samuraiblut», betonte sie und blickte starr geradeaus.

«Die Natur des Menschen läßt sich nicht beliebig zwingen», entgegnete der Vater, «nur auf dem, was schon im Kern vorhanden ist, läßt sich aufbauen. Wenn man der Natur zu viel Gewalt antut, führt es zu Verwerfungen der Seele. Ich sehe, Ryo wird etwas tun, was uns – und ihm selbst – hinterher unvorstellbar erscheint.»

«Unsinn», fuhr die Mutter auf, «Ryo ist kein Schwächling. Er hat es bisher geschafft, und er wird es auch weiter schaffen. Er wird in der Bank ganz nach oben kommen.»

«Aber ohne Träume und ohne Menschlichkeit.»

«Ha», lachte die Mutter bitter auf, «Träume und Menschlichkeit ... die Welt ist voller Konkurrenz. Jeder muß sich durchsetzen. Wer schwach bleibt, wird von den Stärkeren zertrampelt. Wer stark ist, wird bewundert. Und ich will, daß mein Sohn zu den Starken gehört.»

«Jetzt sind wir dort angelangt, wo wir schon so oft waren», sagte der Guji und reckte sich.

Die Hitze des Julitags war einem etwas kühleren Abendwind gewichen, der durch die überall offenen Shoji-Türen hereindrang. Die Zikaden hatten mit dem Einbruch der Dunkelheit ihr Abendkonzert eingestellt. Als die Mutter aufstand und die Lampe über dem Eßtisch einschaltete, schwirrte gleich eine Zikade heran und landete auf dem Lampenschirm. Der Guji griff sie vorsichtig und trug sie hinaus.

«Ich habe mir gedacht», sagte die Mutter mit veränderter Stimme, «viele bedeutende Leute kommen doch zu dir. Kannst du nicht den einen oder anderen fragen, ob sie ein Konto bei der Gowa-Bank eröffnen wollen? Das würde Ryo sehr helfen.»

Der Guji schob die leichten Türen mit dem feinmaschigen Gitter vor, um das Eindringen weiterer Zikaden ins Haus zu verhindern.

«Du weißt, daß ich das nicht tun werde», antwortete er, «und du weißt auch den Grund.»

«... den Grund», echote die Mutter, «dein eigener Sohn ist dir nicht wichtig genug, daß du ihm helfen willst?»

«Ich will ihm helfen ... aber so nicht.»

«Dabei ist es so einfach.» Die Mutter verlegte sich aufs Bitten. «Ryo hat mir gesagt, daß Ishidas Konzern noch immer kein Konto bei der Gowa-Bank hat. Stell dir vor, noch kein Konto bei der Gowa-Bank, obwohl Ishida doch schon seit über zwanzig Jahren zu dir kommt, jeden Monat. Ein Wort von dir würde genügen. Ishida könnte Millionen, vielleicht sogar Milliarden bei der Gowa-Bank anlegen. Und Ryo? Für Ryo könnte es den Durchbruch bedeuten. Er würde von dem Filialleiter belobigt werden und wahrscheinlich sogar die Aufmerksamkeit der Zentrale in Tokyo auf sich lenken.»

Die Augen der Mutter leuchteten, und ihr Gesicht, das bis

dahin düster und faltenreich erschienen war, strahlte in fast unwirklicher Freude. Plötzlich kam ihre frühere Schönheit wieder zur Geltung: jene schmalen, ebenmäßigen Züge, die den Guji so sehr bewegt hatten, als er ihr zum erstenmal begegnet war.

Die Mutter wartete auf eine Antwort. «Also», fragte sie dann, «wann wirst du mit Ishida sprechen?»

«Ich werde nicht mit ihm sprechen.»

«Warum nicht?»

«Weil dadurch nichts erreicht wird, was Ryo innerlich sicherer und erfüllter macht. Zu weit ist er schon ohne wirkliches eigenes Zutun hochgeschoben worden. Zu tief ist er schon innerlich ausgehöhlt. Wenn ich Ishida bitte, in Ryos Namen bei der Gowa-Bank zu investieren, ist das nur ein weiterer Schritt auf dem Weg der geliehenen Kraft.»

Eine harte, kalte Stille folgte. Der Guji spürte die Wellen des Zorns, die ihm entgegenschlugen. Er schloß die Augen und hörte schon die Stimme, noch bevor sie losbrach. Er hörte die Vorwürfe und Anschuldigungen. Die Worte prasselten wie Hagel in einem Gewittersturm. Schweigend stand er auf und ging zur Tür. Leise schob er sie auf und genauso leise wieder zu, aber die Stimme seiner Frau hallte noch lange in ihm nach.

9

Die Regatta war schon im Gang. Bevor er das Seeufer sehen konnte, hörte Ryo die rauhen Stimmen, mit denen das Publikum die einzelnen Mannschaften anfeuerte. Lautes, rhythmisch gerufenes O-sa-ka verstärkte sich Sekunde um Sekunde, und Ryo dachte daran, daß das Boot der Medizinischen Hochschule in Osaka schon vor vier Jahren, als er noch bei der jährlichen Regatta auf dem Biwa-See mitruderte, das Rennen der Sechser gewonnen hatte. Dann dröhnte es plötzlich Kyo-dai . . . Kyo-dai . . . Kyo-dai. Er beschleunigte seinen Schritt und bog gerade zur rechten Zeit um die letzte Hausecke, um mitzuerleben, wie das Boot seines alten Clubs die Erzrivalen aus Osaka um eine halbe Bootslänge schlug. Der Rest des Feldes lag weit zurück.

Mit vielen anderen Stimmen brach Ryo in lautes Schreien aus und rannte die letzten hundert Meter zum Seeufer hinunter. Ich hätte doch den früheren Bus nehmen sollen, sagte er sich, während er sich einen Weg durch die immer dichter stehende Menge bahnte, dann hätte ich den Wettbewerb der Sechser von Anfang an sehen können. Hinter der Ziellinie schwenkten alle Boote im großen Bogen ab, während das siegreiche Boot der Kyodai eine Ehrenrunde drehte. Die Mannschaft von der Universität von Kyoto in weiß-grün gestreiften Trikots ruderte gemächlich dicht an der Uferlinie entlang. Die Gesichter der Ruderer waren in Schweiß gebadet, und sie atmeten noch immer heftig durch den offenen

Mund, um nach der Anstrengung des Rennens ihren Sauerstoffbedarf wieder aufzufrischen. Der Trainer ließ die Steuerleine durch das Wasser schleifen und winkte zum Ufer hin. Er genoß sichtbar den Applaus, der ihm und seiner Mannschaft entgegenschwoll.

Während Ryos vierjähriger aktiver Mitgliedschaft hatte sein Verein immer nur den zweiten oder dritten Platz belegt. Bei jeder Regatta, in der er mitgerudert hatte, waren die Osaker in ihren weiß-roten Trikots besser gewesen. Einmal hatte sogar die Mannschaft von der Zahnärztlichen Hochschule in Kobe gewonnen. Um so begeisterter war Ryo, daß das Sechserboot seines alten Ruderclubs sich diesmal den ersten Platz hatte sichern können. Er warf beide Arme hoch in die Luft und stimmte, so laut er konnte, in die Bravorufe der anderen ein. Es war allerdings nicht mehr der gleiche Trainer, unter dem er vor vier Jahren gerudert hatte, aber noch das gleiche Boot, fast dreißig Meter lang, mit einer fein geschwungenen Linie. Einige der Zedernholzplanken vorn am Bug waren heller als die anderen. Das war die Stelle, wo sie damals auf dem Kamo den Brückenpfeiler gerammt hatten – nur weil ihnen eine Entenmutter mit sieben oder acht Küken in die Bahn geraten war und der Trainer das Ruder zu heftig herumgerissen hatte.

Ryo schaute sich in der Menge um. Eigentlich war er nur gekommen, um sich nach früheren Kameraden umzusehen. Vielleicht konnte er den einen oder anderen dazu überreden, ein Konto bei der Gowa-Bank zu eröffnen. «Mensch, Akita, wie geht's dir denn», sagte er und schlug seinem früheren Ruderkameraden auf die Schulter, «lange nicht gesehen!»

Akita drehte sich um und erwiderte Ryos Gruß mit einem noch stärkeren Schlag auf die Schulter. «Mensch, Ryo, wahrhaftig. Gut, dich mal wiederzusehen. Was machst du denn inzwischen?»

«Gowa-Bank», sagte Ryo, «und du?»

«Sumitomo-Bank», gab Akita lachend zurück, «da sind wir ja Kollegen.»

«Bist du auch im Außendienst?»

«Natürlich.» Akita seufzte. «Der erste Sonntag, den ich mir freigenommen habe.»

«Du also auch?»

Beide lachten.

«Muß weiter», sagte Ryo nach einer Weile, während sich draußen auf der spiegelnden Oberfläche des Biwa-Sees die Viererboote für den Start zum nächsten Rennen fertig machten, «mach's gut.»

«Mach's gut.»

Ryo sah sich um, ob er in der Menge noch andere Kameraden von früher entdecken konnte. Etwas weiter weg war die Tribüne für die Honoratioren und Ehrengäste aufgebaut. Ryo überlegte, ob es sich lohnte, dorthinzugehen. Jedenfalls war es nicht ausgeschlossen, daß er dort einige der älteren Mitglieder und Förderer des Kyodai-Ruderclubs treffen könnte, die sich noch an ihn erinnerten. Für alle Fälle hatte er auch ein paar Visitenkarten eingesteckt. Die könnte er denen überreichen, die ihm vielversprechend erschienen.

Aber es war nicht leicht, sich am Ufer entlang einen Weg zu bahnen. Dort standen die Zuschauer besonders dicht, und es wimmelte von Kindern, die zwischen den Beinen der Erwachsenen hin und her liefen. Als das Rennen der Vierer begann, hoben die Väter sie auf ihre Schultern. Die Mütter hatten große Bast- oder Segeltuchtaschen bei sich, übervoll mit Essen und Getränken.

«Entschuldigung», sagte Ryo, als er eine auf dem Boden

stehende Tasche umstieß. Er bückte sich, um die herausgefallenen Eßsachen wieder einzusammeln.

«So ein Flegel», hörte er beim Weggehen jemanden sagen, «kann noch nicht einmal aufpassen, wo er hintritt.»

Ryo knirschte mit den Zähnen und machte einen großen Bogen um die nächste Gruppe von Zuschauern, die von dem leicht ansteigenden Uferrand das Rennen der Vierer verfolgte.

O-sa-ka ... O-sa-ka ... O-sa-ka ..., dröhnte es rund um ihn herum. Ein Blick auf den See zeigte ihm, daß diesmal das Boot der weiß-roten Mannschaft aus Osaka schon um mehr als eine ganze Länge vorn lag. Das Kyodai-Boot fiel mit jedem Ruderschlag weiter zurück und wurde dann sogar noch von zwei anderen Booten überholt, deren Zugehörigkeit er nicht gleich feststellen konnte.

Verdammt, knurrte er, aber dann entspannte sich sein Gesicht. Was geht mich der alte Ruderverein noch an, dachte er, ich habe Wichtigeres zu tun. Er dachte an Ito, der ihn morgen früh bestimmt wieder vor allen anderen mit einem geschmeidigen Lächeln daran erinnern würde, daß sich seine Leistungen während der letzten Woche nicht verbessert hatten. Trotz vorangegangener Ermahnung. Ito hatte eine besondere Art, seine Warnungen in stetig anders klingenden Varianten auszusprechen. Manchmal klang er sogar einschmeichelnd und weich. Aber das war alles Fassade. Ryo wußte, dahinter verbarg sich die Bereitschaft, alles herauszupressen, was sich aus den Untergebenen herauspressen ließ. Bis zur Grenze des geistigen und physischen Zusammenbruchs. «Später, wenn ihr fette Spesen, eigene Sekretärinnen und ein Auto mit Chauffeur habt, werdet ihr mir dankbar sein, daß ich aus euch richtige Karpfen gemacht habe.»

Seitdem Hamada versucht hatte, sich das Leben zu nehmen, war Ito allerdings etwas verändert. Während der letzten Wochen hatte er sogar darauf verzichtet, mit seinem Zeigestock in der Luft herumzufuchteln. Er benutzte ihn bei seinen morgendlichen Appellen nur noch, um auf die Wandtafel zu deuten.

Schlimm genug, dachte Ryo. Seine Leistungskurve lag immer noch im unteren Viertel. Sie zeigte kein Anzeichen, nach oben zu steigen. Wenn er Kenzo nicht hätte ... Kenzos Kurve lag weit oben. «Wenn ich dir nicht dauernd aus der Patsche helfen müßte ...», hatte Kenzo zu ihm gesagt und seine gelben Zähne entblößt. Ryo wußte nicht, was er von diesen Worten halten sollte. Wollte Kenzo ihm nur zu verstehen geben, daß er sein bester Kumpel sei oder mußte er sie als eine Warnung auffassen. Es war kein angenehmes Gefühl, so sehr von Kenzo abhängig zu sein.

Ryo ließ seine Blicke umherschweifen. Irgendwo in der Menge sah er Saburo, aber er wußte, daß Saburo nach dem Diplom an der Kyodai geblieben war. Als Doktorand verdiente er natürlich gar nichts. Ryo überlegte einen Augenblick, ob er trotzdem zu ihm hingehen und ihm auf die Schulter klopfen sollte. Vielleicht lohnt es sich, dachte er, denn immerhin ist Saburos Vater ein Bauunternehmer. Ziemlich reich. Sonst könnte Saburo es sich nicht leisten, als Doktorand in der Kyodai herumzuhocken.

Saburo wandte den Kopf und sah ihn. Er winkte und rief ihm etwas zu, was im allgemeinen Geräuschpegel der Menge unterging. Seine Handbewegung deutete an, er solle kommen, und Ryo folgte. Saburo nahm sich kaum Zeit, Ryo zu begrüßen. Er erzählte ihm von dem neuen Buch, an dem sein Professor arbeite. «Mein Professor zeigt darin, daß im Westen die Beziehung zwischen den Angestellten und der

Unternehmensleitung ganz anders ist als bei uns. Im Westen gibt es kein Oben und Unten, denn gemäß der christlich-abendländischen Weltanschauung sind alle Menschen gleich. Daraus folgt, daß im Westen das Konzept von Hierarchie undenkbar ist... philosophisch undenkbar. Das heißt...»

Ryo hörte kaum hin. Er dachte nur daran, ob Saburos Vater schon ein Konto bei der Gowa-Bank hatte. Wenn nicht, dann wäre das vielleicht eine gute Gelegenheit...

«Übrigens, mit welcher Bank steht dein Vater in geschäftlicher Verbindung?» nutzte er die erste Pause in Saburos Wortstrom.

«Warum willst du das wissen?»

Ryo wußte nicht gleich, wie er darauf antworten sollte. Er brachte ein wenig stotternd hervor: «Nur so... und weil ich bei der Gowa-Bank bin... da hab' ich mir gedacht...»

Saburo sah ihn prüfend an. «Außendienst? Geld sammeln?»

Ryo nickte.

«Mach dir da keine Hoffnungen.» Saburos Stimme klang belustigt, und er gab Ryo einen Stoß in die Rippen. «Mein alter Herr... weißt du... der hält nichts von der Gowa-Bank. Du würdest ihn niemals dazu überreden, dort auch nur einen Yen anzulegen.»

Hinterher machte Ryo sich Vorwürfe, daß er Saburo nicht geschickter ausgefragt hatte. Wahrscheinlich war es falsch gewesen, ihn in seinem Wortschwall zu unterbrechen. Er hätte ihn ausreden lassen sollen, statt so direkt nach den Bankverbindungen seines Vaters zu fragen. Ryo ballte die Faust in seiner Hosentasche und zog den Kopf ein. Verdammt, knirschte er wieder, das hätte ich bessermachen können.

Umekos Stimme riß ihn aus seinen grauen Gedanken. «Du hier?» fragte sie erstaunt.

«Und du?»

Umeko trug einen breitrandigen Strohhut und dazu ein tief ausgeschnittenes, helles Sommerkleid. «Mein Bruder hat gerade auf dem Sechser mitgerudert. Hast du das Rennen gesehen?»

Ryo nickte.

«Dann hast du gesehen, wie er und sein Boot gewonnen haben ... eine halbe Bootslänge vor Osaka.»

Ryo sah sie verdutzt an. «Willst du damit sagen, daß dein Bruder ... auf dem Kyodai-Sechser?»

«Natürlich.»

«Aber ... wieso ist er denn ...»

«Mein Bruder ist doch Kyodai-Student. Wußtest du das nicht?»

Ryo konnte seine Überraschung nur schlecht verbergen. Er wollte schon sagen, er habe nie damit gerechnet ... ihr Bruder an der Kyodai, während sie doch schon mit achtzehn in der Bank angefangen hatte – ohne jeglichen Universitätsbesuch. Aber er schluckte die Worte herunter und lächelte verkrampft.

Umeko griff sein Lächeln auf. «Mein kleiner Bruder war gut in der Schule, und deshalb hat sein Klassenlehrer meine Eltern bedrängt, ihn auf die Kyodai zu schicken.»

«Und du?»

Umeko blickte über den See. «Wenn ich nicht gearbeitet hätte, hätten wir es uns nicht leisten können. Aber so ...» In ihren Augen stand stiller Stolz. «... als Kyodai-Student wird er auch bald zur Elite gehören – genauso wie du.»

Ryo wußte nicht, was er dazu sagen sollte.

Umeko reckte sich und versuchte zu dem Holzsteg hinüberzublicken, auf dem sich die Ruderer für das nächste Rennen fertigmachten. «In einer halben Stunde fängt das Rennen der Einer an. Mein Bruder hat gute Chancen.»

Die Wasserfläche des Sees spiegelte das Licht der Nachmittagssonne hell zurück und ließ die Gestalten auf dem Steg zu schwarzen Schattenfiguren werden. Die schlanken Einerboote, die schon im Wasser ruhten, sahen in dem krassen Gegenlicht wie schwimmende Streichhölzer aus.

Ryo betrachtete Umeko von der Seite. Ihre Augen glühten unter ihrem großen Strohhut. Sie reckte sich, so hoch sie konnte. Für einen Moment dachte Ryo, was für ein Gefühl es sein würde, sie hochzuheben, damit sie einen freien Blick zum Holzsteg bekam. Seine Augen glitten zu ihrer Taille herab, die so schmal war, daß er sie bestimmt ohne weiteres mit seinen Händen umspannen konnte.

«Ich hab' früher auch gerudert», sagte er statt dessen etwas schüchtern, «früher, als ich noch in der Kyodai war.»

«Wirklich? In welcher Kategorie?»

«Bei den Sechsern.»

«Das ist ja toll. Wie mein Bruder. Habt ihr auch gewonnen?»

Ganz in der Ferne, schemenhaft, war der Schatten des gegenüberliegenden Ufers zu sehen. «Nur einmal», sagte Ryo zögernd, «aber nicht gegen das Boot von Osaka. Hier auf dem Biwa-See waren wir immer die Zweiten ... oder schlimmer.»

«Macht nichts», tröstete Umeko ihn, «man kann doch nicht immer gewinnen.» Sie holte aus einer Tasche, die neben ihr auf dem Gras stand, eine Flasche mit Orangensaft hervor. Sie öffnete sie mit einer schnellen Handbewegung und lachte, als die Kohlensäure so heftig aufbrauste, daß ihr die Flüssigkeit über die Hand lief. «Leider hab' ich kein Glas dabei. Ist es schlimm, wenn wir beide aus der gleichen Flasche trinken?»

«Nein . . . 's ist nicht schlimm.»

Umeko hielt Ryo die Flasche hin, und er nahm einen Schluck.

«Trink mehr», forderte sie ihn auf, «du bist sicher genauso durstig wie ich.»

Ryo setzte die Flasche ein zweites Mal an und wischte sich anschließend über den Mund. «Jetzt du», sagte er und gab ihr die Flasche zurück. Er sah ihr zu, wie sie mit geschlossenen Augen mehrere kleine Schlucke nahm. Je leerer die Flasche wurde, desto weiter legte sie ihren Kopf zurück. Er sah, wie sich bei jedem Schluck ihre Kehle bewegte und wie sich ihre Brüste beim Atmen hoben.

«Haah», sagte Umeko voller Erleichterung, als sie nach dem letzten Schluck die Flasche absetzte. «Das hat gutgetan.»

Ein neues Rennen war im Gang, und alle Augen blickten gebannt hinaus auf den See. Die rauhen Rufe der Trainer waren weithin hörbar. Die mit Wucht in das Wasser eingestoßenen und durchgezogenen Ruder klatschten. Spritzendes Wasser glänzte wie Silbertropfen, und die Kielwellen der verschiedenen Boote zeichneten sich überschneidende schwarze Muster.

«Ich finde dich auch nett», sagte Ryo unvermittelt.

«Wovon redest du denn?» Umeko blickte ihn etwas verwirrt unter ihrem Hutrand an.

«Weißt du noch . . . vor einiger Zeit . . . in dem Café . . . da hast du zu mir gesagt, du fändest mich nett.» Ryo wischte sich mit dem Hemdsärmel über die Stirn. «Ich hab' viel darüber nachgedacht, und wollte dir schon immer sagen, daß ich dich auch nett finde.»

Er atmete erleichtert auf, jetzt, nachdem er die schwierigen Worte losgeworden war. Er wartete ängstlich auf Umekos Reaktion. «Wirklich», fügte er stockend hinzu, «ich meine es ernst.»

Umeko sah ihn lange und schweigend an, mit einem tiefen, zärtlichen Ausdruck in den Augen. Sie legte ihren Zeigefinger auf seine Lippen. «Psst», flüsterte sie, «sag nichts weiter.»

«Warum?»

«Weil es so schön ist.»

Ryo legte seinen Arm um ihre Schultern und fühlte, wie er sie ohne Widerstand an sich ziehen konnte.

«Sonst fliegen die Worte weg», hörte er ihre leise Stimme, «und kommen nie mehr zurück.»

10

Tagelang, trotz der schwülen Julihitze, ließ die Mutter alle Shoji-Fenster, die auf den kiesbedeckten Vorplatz wiesen, weit offen. Jedesmal, wenn sie Schritte hörte, schaute sie verstohlen nach draußen. Tagelang. Sie wußte nicht, wann Ishida das nächste Mal kommen würde. Während der letzten Jahre war er regelmäßig einmal im Monat gekommen, obwohl der Tag nie vorherzusehen war. Dann stand seine große schwarze Limousine, in der er sich bringen ließ, unten auf dem engen Wendeplatz, und der Chauffeur mit den weißen Handschuhen wedelte den Staub von dem schwarzen Lack oder wischte die Regentropfen weg, die beim Trocknen graue Ränder hinterlassen würden.

Aber das Warten war umsonst. Hunderte von Besuchern waren schon über den Kies des Vorplatzes gegangen und in jener weit offenen Doppeltür verschwunden, durch die man, wenn die Nachmittagssonne tief stand und das Licht hineinfiel, den Jungpriester an seinem Tisch sitzen sah. Viele der Besucher kannte die Mutter vom Sehen, aber Ishida war nicht darunter.

Die Tage zogen sich hin. Frau Kuni mußte alle Einkäufe besorgen. Bis in den Nachmittag hinein war es heiß, häufig an die vierzig Grad, und windstill. Dann zogen Gewitterwolken auf, und binnen einer halben Stunde goß es in Strömen. Manchmal schlugen die Blitze nah ein, und der Donner war so stark, daß er für kurze Zeit alle Gedanken auslöschte.

Die Mutter ließ ihren Hauskimono von den Schultern heruntergleiten. Jetzt, wo Frau Kuni nicht da war, konnte sie es sich ein wenig leichter machen. Sie wischte sich den Schweiß aus dem Gesicht und vom Nacken.

Was ist nur in Ryo gefahren?, überlegte sie, er scheint langsam durchzudrehen.

Der Regen bildete einen dichten Vorhang vor dem offenen Shoji-Fenster und platschte an der Hausecke in einem armdicken Strahl herab. Irgendwo mußte die Dachrinne verstopft sein, oder sie konnte die Menge der vom Himmel stürzenden Fluten nicht fassen.

Was ist nur mit Ryo los, dachte die Mutter wieder, wieso fängt er plötzlich an, von dieser Umeko zu reden? Er hat doch sonst nie von Mädchen gesprochen – auch nicht von denen, die mit ihm in der Bank arbeiteten.

«Wie lange kennst du diese Umeko denn?» hatte sie ihn gefragt.

«Schon von der Sembon-Filiale her.»

«Und?»

«Sie war schon da, als ich dort anfing.»

«Und?»

«Sie hat mir viel geholfen.»

«Wie?»

«Sie ist sehr schnell mit dem Abakus... wenn ich mich verrechnet habe, hat sie's heimlich korrigiert... und...»

«Was, und?»

«Ja, sie hat mir immer geholfen.»

Die Mutter verstand nicht, was in Ryo gefahren war. Die Art, wie er von dieser Umeko redete, beunruhigte sie.

«Du hast mich doch vor einiger Zeit gefragt, was für eine Frau ich haben will.» So hatte er angefangen und dabei mit den Worten herumgedruckst.

«Ja, und?»

«Ich . . . ich habe . . . ich finde Umeko nett, und ich will so ein Mädchen heiraten wie sie.»

Die Mutter wischte sich wieder den Schweiß von der Stirn und ließ den Vorplatz nicht aus den Augen. Auch wenn es in Strömen goß, sie wollte nicht das Risiko eingehen, daß Ishida unbemerkt das Arbeitszimmer ihres Mannes betrat. Sie mußte mit Ishida reden.

Aus dem Wenigen, was sie aus Ryo hatte herausholen können, war zu schließen, daß diese Umeko vier Jahre jünger war als er. Sie war gleich nach der Schule, mit achtzehn, in die Gowa-Bank eingetreten. Offenbar kam sie aus einfachen Verhältnissen, denn sonst hätte sie nicht schon mit achtzehn anfangen müssen, Geld zu verdienen. Ryo behauptete, sie habe einen Bruder, einen jüngeren Bruder, der an der Kyodai studiere. In was für einem Fach, das wußte er allerdings nicht. Der Mutter erschien alles ziemlich verdächtig. Ryo war offensichtlich von Umekos Schnelligkeit beim Rechnen beeindruckt, aber das besagte an sich natürlich überhaupt nichts.

«Was weißt du sonst noch über sie?»

«Nicht viel», hatte Ryo ziemlich unwillig geantwortet.

«Und ihr Vater . . . was macht er?»

«Weiß nicht.»

«Wer schon mit achtzehn anfängt, in der Bank zu arbeiten, kann aus keiner guten Familie stammen.»

«Hm.»

Ryos Weigerung, mehr über Umeko zu erzählen, hatte die Mutter mißtrauisch gemacht. Irgend etwas stimmte da doch nicht. Irgend etwas war falsch. Wie recht sie mit ihrer Vermutung hatte, fand sie schnell heraus. Wie gut, daß sie die warme Beziehung mit Omiya, Ryos früherem Chef in der Sembon Filiale, weiterhin gepflegt hatte. So war es ihr ein leichtes gewesen, über Omiya in Erfahrung zu bringen, was für ein Mädchen diese Umeko war und aus welchem Milieu sie stammte.

«Wahnsinn», sagte die Mutter laut vor sich hin und fächelte sich mit dem langstieligen runden Fächer frische Luft zu, «das ist doch Wahnsinn. Das ist gegen jegliche Vernunft. Nur weil die Sache mit Saya passiert ist, braucht Ryo doch nicht gleich durchzudrehen und ein Mädchen heiraten wollen, dessen Vater nur ein Busfahrer ist.»

Nachdem Omiya ihr am Telephon gesagt hatte, daß Umekos Vater Busfahrer sei, hatte sie alle Kraft aufbieten müssen, ihre Stimme unter Kontrolle zu halten. Omiya durfte nicht merken, was der eigentliche Grund ihres Anrufs war und warum sie um Auskunft über seine frühere Angestellte Umeko gebeten hatte.

«Ansonsten ist nichts Negatives über diese Umeko zu sagen», hatte Omiya noch einmal betont, «nur stammt sie eben aus recht bescheidenen Verhältnissen.»

Die Mutter hatte sich Sorgen machen müssen, Omiya könnte vielleicht doch gemerkt haben, warum sie anrief. Schließlich war er nicht dumm. Wenn die Mutter eines Sohnes im heiratsfähigen Alter um Auskünfte über ein Mädchen im heiratsfähigen Alter bittet, dann steht dahinter meistens ein irgendwie geartetes Interesse. Omiya ist nicht dumm, sagte sich die Mutter, auch wenn er es nur bis zum Leiter einer nicht so sehr bedeutenden Filiale der Bank gebracht hatte. Aber weil er aus Himari stammte, war ihr der Gedanke äußerst peinlich, er könnte in Himari-Kreisen die Nachricht ausstreuen, Ryos Mutter habe sich bei ihm über die Tochter eines Busfahrers erkundigt.

Ausgerechnet eine Busfahrertochter.

Deswegen hatte die Mutter ihr Gespräch mit Omiya schnell in eine andere Richtung gelenkt und ihm eingeredet, sie sei an dieser Umeko nur deshalb interessiert, weil ihre Putzfrau einen Sohn habe, für den eine passende Frau gefunden werden müsse. Omiya schien diese Erklärung plausibel, denn er erzählte, zur Zeit arbeiteten in seiner Filiale sechs gleichaltrige Mädchen, über die er auch gern zu genaueren Auskünften bereit sei, falls diese Umeko für den genannten Zweck nicht in Frage käme.

Das Unangenehme war, sagte sich die Mutter, daß Omiya sicher irgendwann auf diese Angelegenheit zurückkommen würde. Sie mußte sich eine Ausrede überlegen, denn nur zu leicht könnte er den Eindruck gewinnen, sie besitze nicht genügend Warmherzigkeit, um die einmal begonnene Ehevermittlung für den Sohn ihrer Putzfrau weiterzuverfolgen und zu einem guten Ende zu bringen. Vielleicht, so dachte sie sich, könnte sie ihn wissen lassen, der Sohn ihrer Putzfrau habe sich selbst eine Frau gesucht, was in niederen Schichten ja immerhin nichts Ungewöhnliches war.

Die Mutter begann, den Eßtisch abzuräumen und die Eßschälchen in die Küche zu tragen. Sie stellte alles in das Spülbecken, damit Frau Kuni später den Abwasch machen konnte. Sie nahm den rotrandigen Lappen, der nur für das Wischen des Eßtischs da war, und fuhr mit nachdenklichen, weitausholenden Bewegungen über die Tischplatte.

Der Regen hatte so schnell aufgehört, wie er gekommen war. Dicke Wassertropfen fielen noch von den Blättern der Bäume und Büsche.

Gestern abend hatte sie bis nach elf gewartet, als Ryo endlich nach Hause kam. Dann hatte sie ihn gebeten, sich noch für ein paar Minuten zu ihr an den Tisch zu setzen. Vorsichtig hatte sie den Tonfall ihrer Worte gewählt. Sie wollte das gute Verhältnis, das bis dahin immer zwischen ihr und Ryo bestanden hatte, nicht gefährden.

«Hast du sie schwanger gemacht?»

Ryos Kopf war unerwartet heftig hochgefahren, und er hatte ihre Frage ohne Zögern verneint.

«Du kannst mir ruhig alles anvertrauen . . . auch wenn du sie schwanger gemacht hast. Ich bin doch deine Mutter und will nur das Beste für dich. Ich will dir helfen. Bist du sicher, daß du sie nicht doch schwanger gemacht hast?»

Ryo hatte sie daraufhin wütend angeblickt und kein Wort hervorgebracht. Es dauerte einige Zeit, bis er sich beruhigt hatte und wieder bereit war zu sprechen.

«Wenn du sie also nicht schwanger gemacht hast, was für einen Grund hast du denn, sie heiraten zu wollen?»

«Sie ist nett.»

Die Mutter wollte die angespannte Atmosphäre nicht noch weiter belasten. «Nett . . .», fragte sie gedehnt, «sie ist nett?»

«Ja, ich mag sie.»

«Viele Mädchen sind nett . . . viele Mädchen tun alles, damit ein junger Mann sie nett findet.» Die Mutter sprach bewußt ruhig. «Aber hast du dir überlegt, warum solche Mädchen nett sind?»

Ryo schaute sie unwillig an.

«. . . weil sie heiraten wollen, und zwar einen Mann, dessen Herkunft und Stellung ihnen Prestige verspricht.» Die Mutter hatte ihrer Stimme einen warmen und zugleich sorgenvollen Klang gegeben und Ryo mit Blicken zu erreichen versucht. «Mädchen, die sich an junge, aussichtsreiche Männer heranmachen, haben Hintergedanken. Diese Umeko, so hast du mir ja selber berichtet, hat noch nicht einmal studiert.»

«Na und?»

«Für sie bist du natürlich äußerst begehrenswert. Stell dir doch nur vor, was du für sie bist ... ein Kyodai-Absolvent und dazu aus bestem Hause ... so gut gebaut und hochgewachsen ... da lohnt es sich doch, das nette Mädchen zu spielen. Sie hofft, du fällst darauf rein.»

«Umeko ist nicht so eine.»

Noch nie hatte die Mutter soviel Aufmüpfigkeit in Ryos Stimme gehört. Er hatte ihr herausfordernd, geradezu frech in die Augen geschaut und nicht eine Spur von Einsicht gezeigt. Was fällt dir ein? ... wollte sie ihn schon anfahren ... was maßt du dir an? Doch bevor ihr Zorn hochkochen konnte, hatte sie einen Deckel auf den Topf ihrer Gefühle gedrückt.

Erst jetzt, in der Schwüle des Nachmittags, allein in dem leeren Wohnzimmer, wallte der Zorn wieder in ihr auf. Sie schlug mit dem feuchten Lappen heftig auf den Rand des Eßtischs, als müßte sie eine Fliege erledigen. Ist doch Wahnsinn, sagte sie halblaut vor sich hin, ist doch Wahnsinn. Nur weil die Sache mit Saya passiert ist, braucht Ryo doch nicht gleich durchzudrehen und sich von einer Busfahrertochter einfangen zu lassen. Wer weiß, was für schmutzige Tricks sie angewandt hat, um ihn zu binden. Was für ein Wahnsinn, eine Busfahrertochter heiraten zu wollen ...

Sie strich sich mit den Händen durch die Haare, die von der feuchten Luft klebrig geworden waren. Ich muß mir die Haare bald wieder waschen und neu legen lassen, fuhr es ihr durch den Kopf.

Diese Umeko sei nett, kehrten ihre Gedanken zurück. Was heißt nett? Natürlich versteht es so eine Busfahrertochter, sich einzuschmeicheln. Etwas Besseres als Ryo kann sie sich doch gar nicht wünschen. Sicher hat sie ihn hereingelegt.

Der Rest des Nachmittags schleppte sich träge hin. Die Hitze und die hohe Luftfeuchtigkeit machten der Mutter zu schaffen. Am Ende des Tages war sie froh, daß sie Frau Kuni endlich nach Hause schicken konnte.

«Alles nur wegen dir», sagte die Mutter am Abend zu ihrem Mann, «wenn du Saya zurückgebracht hättest, bevor sie sich an diesen Gaijin weggab, würden wir jetzt nicht hier sitzen und uns wegen Ryo den Kopf zerbrechen.»

«Ich zerbreche mir nicht den Kopf», erwiderte der Guji und goß sich in Ruhe Tee nach, «Ryo ist erwachsen. Er hat seine eigenen Gedanken und Gefühle. Wenn er den Wunsch äußert, ein bestimmtes Mädchen heiraten zu wollen, dann brauchen wir nicht gleich bestürzt zu sein. Wir wissen doch noch gar nicht, wer dieses Mädchen ist.»

«Die Tochter eines Busfahrers!» fauchte die Mutter. «Mehr brauchen wir nicht zu wissen.»

Sie fauchte ihn noch weiter an, daß er immer für sich in Anspruch nehme, alles besser zu wissen: «Überleg doch nur, was du mit deiner Besserwisserei bei Saya angerichtet hast. Alles ist schiefgelaufen, weil du ihr immer ihren Willen gelassen hast.»

«Peer ist ein guter Mann, und außerdem paßt er zu Saya.»

«Paßt zu Saya... paßt zu Saya...», zischte sie mit tonloser Stimme. «Du denkst nur daran, ob es ihr gutgeht... ob ihr etwas paßt. Und ich? Wer denkt an mich? Dabei habe ich Saya unter meinem Herzen getragen, sie unter Schmerzen geboren und großgezogen. Zum Dank muß ich jetzt die hämischen Blicke aller meiner Freundinnen ertragen. Und ihr nasses Geflüster. Sogar die Frau des Obersten Richters kommt nicht mehr zu Besuch. Und Hanako, mit der ich immer so eng befreundet war, behandelt mich nur noch von oben herab.»

«Freu dich doch», sagte der Guji ruhig, «jetzt weißt du, wie wenig du dich auf deine Freundinnen verlassen kannst.»

Die Mutter starrte ihn fassungslos an: «Was? Ich kann mich auf meine Freundinnen nicht verlassen? Welch eine Anmaßung, sie zu kritisieren. Michiko und Hanako sind sehr gute Freundinnen, sehr anständige Freundinnen. Sie kommen nur nicht mehr zu mir, weil du mich vor ihnen unmöglich gemacht hast. Wenn jemand hier kritisiert werden muß, dann bist du es. Nur du. Du und Saya. Saya hatte es nicht nötig gehabt, sich in einen Gaijin zu verlieben. Sie hatte es nicht nötig gehabt, einen Gaijin zu heiraten. Sie hätte hier in Japan leicht einen passenden Mann finden können. Es gibt beliebig viele gute Kandidaten. Und falls sie unbedingt den Wunsch hat, im Ausland zu leben, dann hätten wir für sie einen Kandidaten gefunden, der sich für den diplomatischen Dienst vorbereitet.»

«Aber Saya hat sich nun einmal für Peer entschieden. Das haben wir zu respektieren.»

«Siehst du, da zeigt sich wieder, wie du denkst», platzte die Mutter heraus, «respektieren ... respektieren ... ich soll immer respektieren, was unsere Tochter sich in den Kopf gesetzt hat. Sie aber braucht keinen Respekt für meine Gefühle zu zeigen. Sie braucht sich nicht darum zu kümmern, was ich durchmache ... was ich leiden muß ... alles wegen ihr. Alle meine Freundinnen wissen inzwischen, daß sich meine Tochter an einen Gaijin weggegeben hat. Ich halte das nicht mehr aus.» Ihre Stimme ging in ein heftiges Schluchzen über. «Gut ... Saya hat sich durchgesetzt ... mit deiner Hilfe ... aber auf wessen Kosten?»

«Auf unsere Kosten natürlich. Ist es das nicht, was Eltern hinzunehmen haben, wenn sie ihre Kinder lieben?»

«Ich liebe Saya und Ryo doch, mehr als du dir je vorstellen kannst.»

«Ja. Du liebst sie auf deine Weise, aber gleichzeitig stellst du Bedingungen.»

«Bedingungen?»

«Ja. Als Gegenleistung. Du erwartest von Saya und Ryo, daß sic sich deinem Willen unterwerfen.»

«Wie kannst du nur so etwas Gemeines sagen? Ich erwarte doch nicht, daß sie sich meinem Willen unterwerfen. So ein Unsinn. Ich will nur das Beste für sie... nichts als das Beste.»

«Das Beste für dich. Aber fragst du dich nicht manchmal, ob das auch das Beste für Saya und Ryo ist?»

«Als Mutter weiß ich, was das Beste für meine Kinder ist.»

Ein leises Lächeln huschte über das Gesicht des Guji. Er redete leise auf sie ein. Die Unruhe, die in den Augen der Mutter geflackert hatte, legte sich allmählich. Am Ende sah sie ihren Mann verwundert an.

«Aber ich habe Saya und Ryo doch geboren. Unter Schmerzen, großen Schmerzen. Ich habe ihnen Liebe geschenkt... soviel Liebe», klagte sie in einem weinerlichen Ton, «sie sollten jetzt, wo sie beide erwachsen sind, von sich aus das tun, was ich von ihnen erwarte.»

«Und was erwartest du denn von ihnen?»

«Daß sie mir dankbar sind.»

«Dankbarkeit kann nur freiwillig gegeben werden», erwiderte der Guji, «sonst ist es keine echte Dankbarkeit.»

«Das ist ja genau das, worüber ich so traurig bin», sagte die Mutter, «nachdem ich soviel für Saya getan habe, darf ich doch wohl erwarten, daß sie mir freiwillig ihre Dankbarkeit erweist, statt mich ins Unglück zu stürzen.»

«Sie hat dich nicht ins Unglück gestürzt.»

«Aber ich ernte doch nichts anderes als Gerede und Geflüster.»

«Hör doch einfach nicht hin. Wir sind alle von Gerede und Geflüster umgeben. Das ist zu allen Zeiten so gewesen. Die Frage ist allein, ob wir uns davon beeinflussen lassen.»

«Aber was Saya mir angetan hat, ist wirklich eine Schande.»

«Nur weil du dich von Gerede beeinflussen läßt. Dabei übersiehst du, daß das, was die Menschen denken, ständig im Fluß ist. Das, worüber sie heute reden, wird morgen schon anders klingen. Menschen ändern ihre Meinungen mit dem Strom der Zeit. Heute fließt der Strom in diese Richtung, morgen in eine andere. Alles wandelt sich. So war das schon jahrtausendelang, und so wird es noch viele Jahrtausende sein.»

«Du hast gut reden», antwortete die Mutter, «ich lebe jetzt.»

Der Guji nahm einen Schluck aus seiner Teetasse und lächelte wieder. «Oft kann man sich schon nach ein paar Jahren kaum mehr vorstellen, wie anders die Menschen vor noch gar nicht langer Zeit gedacht und geredet haben. Heute gilt eine Heirat mit einem Gaijin als etwas Schändliches. In ein paar Jahren... in zehn oder zwanzig Jahren... wer weiß, wie die Mehrheit dann denken wird!»

«Das ist kein Trost für mich», brauste die Mutter auf, «wenn du nur wüßtest, was ich Tag für Tag leiden muß wegen Saya. Alle unten im Seidenweberviertel reden davon. Alle meine Freundinnen schneiden mich. Alle in Himari lachen... es ist wirklich nicht auszuhalten. Und jetzt

Ryo ... Falls er diese Busfahrertocher heiratet ... ich weiß nicht, was ich machen soll.»

«Nichts», sagte der Guji und legte seine Hand auf ihre Hand, «wir sollten einmal in Ruhe mit Ryo darüber sprechen. Wenn er es wirklich ernst meint und dieses Mädchen liebt, dann sollten wir sie hierher einladen und sie kennenlernen.»

«Einladen? Hierher einladen? Die Tochter eines Busfahrers in mein Haus einladen? Ausgeschlossen.»

«Sei nicht vorschnell mit deinem Urteil. Eigentlich sollten wir doch froh sein, daß Ryo die ersten Anzeichen für einen eigenen Willen erkennen läßt. Bisher war er immer passiv, und ich hatte befürchtet, er habe schon fast die Fähigkeit zu eigenen Gedanken und Gefühlen verloren. Jetzt zeigt er, daß er selber denken und einen Entschluß fassen kann. Sollten wir das nicht begrüßen? Vielleicht liebt er das Mädchen wirklich.»

«Jetzt reicht's mir aber», fuhr die Mutter auf, «selber denken ... selber Entschluß fassen ... und ob er das Mädchen liebt ... Was hat das alles miteinander zu tun? Natürlich liebt er keine Busfahrertochter. Wie kann man sowas lieben?»

«Ich glaube, du weißt zuwenig, was im Innern eines Menschen vorgehen kann. Nur weil Ryo dein Sohn ist, solltest du dir nicht einreden, er sei für dich so durchsichtig wie ein Glas Wasser.»

«Ich weiß, wie Ryo denkt und fühlt. Ich weiß, was er braucht. Schließlich bin ich seine Mutter. Er muß wissen, daß er mit einer Busfahrertochter als Frau sich nirgendwo sehen lassen kann – nicht bei uns, nicht in der Bank, nicht bei seinen früheren Kyodai-Kommilitonen, nicht in meinem Himari-Kreis. Und übrigens, was würde Herr Saito dazu sagen?»

«Was Herr Saito dazu sagt, ist unwichtig», entgegnete der Guji nicht ohne Schärfe, «es geht um Ryo und um seinen Lebensweg. Wir sollten behutsam vorgehen und Ryo in Ruhe lassen. Alles hat noch viel Zeit.»

Die Augen der Mutter verengten sich zu schmalen Strichen. Ihre Lippen zuckten. Dann schlug sie mit der flachen Hand auf den Tisch. «Das geht mir aber wirklich zu weit», fauchte sie, «zuerst verlieren wir Saya an einen Gaijin, und jetzt willst du, daß wir auch noch Ryo an eine Busfahrertochter verlieren? Was für ein Vater bist du denn überhaupt? Da mache ich nicht mehr mit.»

11

Der Mutter wurde schmerzlich klar, wie wenig Gemeinsames sie mit ihrem Mann verband. Es gab keine Grundlage mehr für ein sachliches Gespräch. Er habe nichts dagegen, wenn Ryo die Tochter eines Busfahrers heiratete – als Vater so etwas zu sagen, bewies einen unverzeihlichen Mangel an Einsicht und Güte.

Ryo war an sich ein guter Sohn. Daß er eine Busfahrertochter heiraten wollte, konnte doch nur der Ausdruck einer gequälten Seele und enttäuschter Hoffnungen sein. Schließlich, so sagte die Mutter sich, hatte Ryo am stärksten unter Sayas Fehltritt zu leiden. Seitdem auch in der Gowa-Bank durchgesickert war, daß Saya an einem Gaijin hängengeblieben sei, mußte Ryo sicher viele hämische Blicke über sich ergehen lassen und schadenfrohe Andeutungen ertragen. Er hatte zwar nie zu Hause davon gesprochen, aber aus den Bemerkungen, die er ab und zu machte, hatte die Mutter erkannt, wie sehr er innerlich litt. Sie litt mit ihm, denn auch sie sah sich jeden Tag von hämischen Blicken und nassem Geflüster umgeben. Sie verstand, warum Ryo darüber nicht reden wollte oder konnte.

Es war sicher sehr schmerzlich für ihn. Manchmal, so hatte die Mutter bemerkt, kaute er sogar wieder an den Fingernägeln. Das hatte er seit Jahren nicht mehr getan. Ein Zeichen seiner inneren Zerrüttung. Nervöse Zuckungen um die Mundwinkel und Nägelkauen waren der Beweis, daß die

Sache mit Saya Ryo stärker beschäftigte, als er zuzugeben bereit war. Sein Wunsch, eine Busfahrertochter heiraten zu wollen, war der Mutter deshalb nur als Panikreaktion erklärbar.

Lieblos, so sagte sie sich, wie ihr Mann Ryo behandelte. Unverzeihlich. Und überhaupt seine Einstellung zum Leben. Sie warf ihm vor, daß er blind für die gehässigen Blicke der anderen war ... und taub für das Geflüster rundum. Er tat so, als hätte Sayas Verhalten keine Schande über die Familie gebracht. Je mehr die Mutter darüber nachdachte, um so klarer wurde ihr, daß sie allein stand in ihrer Sorge um Ryo ... in ihrem Kampf um seinen Aufstieg. Ihr Mann war keine Hilfe. Nur eine Last. Auch wenn Tausende von Menschen jedes Jahr zu ihm kamen und sich bei ihm Rat holten, besaß er keine wirkliche Weisheit. Mag sein, daß er anderen Leuten brauchbaren Rat geben konnte, aber wenn es um die eigene Tochter und den eigenen Sohn ging, versagte er kläglich.

Warum muß ich so leiden? Womit habe ich das verdient? Warum hat Saya nicht an mich gedacht und an Ryos Karriere?

Die Mutter ging mit resoluten Schritten den schmalen, überwachsenen Pfad entlang, der sich durch den Wald wand. Von einem Holunderbusch brach sie einen Stock und streifte die Blätter ab. Mit dem Stock schlug sie in die Zweige, um die klebrigen Spinnweben zu zerstören, die ihr sonst auf dem engen Pfad ins Gesicht geraten würden. Als der Pfad steil den Hang hinunterführte, raffte sie ihren Kimono zusammen. Die Steinfigur der alten Weggottheit stand noch immer dort, wo das Unterholz sich zu einem Dickicht zusammenschloß, in dessen Innerstem eine kleine, von außen kaum erkennbare Lichtung lag.

Saya hatte, als sie noch ein Kind war und im Wald nach wilden Erdbeeren suchte, diese alte Steinfigur entdeckt. Sie war ganz vom Gesträuch überwuchert und tief in vermodertes Laub eingesunken. Als Saya das Laub wegschob, fand sie kleine irdene Gefäße und Vasen, die auf einer Steinplatte am Fuß der Figur standen. Offenbar waren hundert Jahre oder mehr vergangen, seitdem Menschen diese Opferschalen mit Reis und die Vase mit Blumen vor die Steinfigur gesetzt hatten. Der Vater sagte, früher müßten zwei Pfade zusammengelaufen sein, denn die alten Weggottheiten wurden überall dort aufgestellt, wo Wege sich kreuzten oder gabelten, zum Schutz der Kinder, daß sie sich nicht verliefen.

«Warum hast du Saya nicht geschützt und sie den richtigen Weg gewiesen?» fragte die Mutter, als sie die letzten Büsche zur Seite gebogen hatte und auf die alte, verwitterte Steinfigur herabsah. Sie trug noch immer das Lätzchen, das Saya ihr vor zwei Jahren, am Tag vor ihrem Abflug nach Deutschland, umgebunden hatte. Es war ein rotes Lätzchen gewesen, von Saya aus Stoffresten eines Kimonos genäht, den sie nach Deutschland mitnahm. Die Farbe war längst verwaschen und verblaßt.

«Du hättest sie besser schützen müssen», sagte die Mutter.

Ein paar Sonnenstrahlen fielen durch das Gewölbe der Bäume über ihr und zeichneten flirrende Lichtflecken auf den Laubboden. Eine Schnecke kroch über den alten Weggott und hinterließ eine glänzende Spur. Sein Gesicht mit den archaischen Zügen schien zu lächeln. Die Mutter fühlte, wie eine seltsame Ruhe in sie einzog. Ihre straffen Schultern wurden runder, und der Griff ihrer Hand, die noch immer den Stock umklammert hielt, löste sich. Der Stock fiel in das lockere Laubpolster und verschwand fast völlig darin.

Zögernd kniete die Mutter vor dem Weggott nieder und

streckte vorsichtig ihre Hand aus, um Sayas verblichenes Lätzchen glattzustreichen und wieder so hinzurücken wie früher. Dann faltete sie die Hände und schloß die Augen. Als sie sie wieder öffnete, lächelte der Weggott in seiner zeitlosen Entrücktheit.

«Schützt du Saya immer noch – trotz allem, was sie mir angetan hat?»

Ein Lichtstrahl fiel zitternd durch die Zweige und erhellte das alte Steingesicht. Er ließ die Schneckenspur wie ein Band aus purem Silber aufleuchten.

Eigentlich war Frau Watanabe zur Mutter nur mit der Frage gekommen, ob sie Noriko, ihre zweite Tochter, als Ikebana-Schülerin annehmen könnte. Die Mutter war gerade dabei, vor dem Haus einige Akeleien und Morgenglorien abzuschneiden. Sie war gar nicht für Besuch angezogen und mußte sich erst einmal die Hände abwischen, bevor sie sich richtig zur Begrüßung verbeugen konnte.

«Noriko ist schon fünfundzwanzig und immer noch nicht untergebracht», platzte Frau Watanabe heraus, kaum daß sie sich von ihrer Verbeugung aufgerichtet hatte, «während der Studienzeit hatte sie viel Sport getrieben und im Chor gesungen, weil so etwas immer gute Gelegenheiten bietet, einen Mann kennenzulernen. Aber leider ist daraus nichts geworden. Nach der Uni hatten wir uns große Hoffnungen gemacht, daß wir für sie bald einen Mann finden würden ...», Frau Watanabe setzte zu einer neuen Verbeugung an, «deshalb soll Noriko Blumensteckkunst lernen. Das läßt sich dann schön in ihren Lebenslauf hineinschreiben, und viele junge Männer, so hört man, wollen Frauen haben, die traditionsbewußt sind und Ikebana können.» Sie wippte noch einmal, um ihre Worte zu unterstreichen. «Wir müssen alles tun, um sie gut unterzubringen, denn sie ist trotz alledem eine gute Tochter.» Um jeden ungünstigen Eindruck zu tilgen, der sich über die Worte eingestellt haben könnte, wiederholte sie noch einmal mit fester Stimme: «Eine gute Tochter... Noriko ist eine gute Tochter, und sie würde sicher tadellos Ikebana lernen können.»

Die Mutter bat Frau Watanabe ins Haus und bot ihr ein Glas eisgekühlten Orangensaft an. Es war ein heißer Tag, und Frau Watanabe war durch das Hochsteigen des langen Treppenwegs ins Schwitzen geraten. Sie wischte sich mit einem mitgeführten Frotteetuch den Schweiß von der Stirn, vom Hals und aus dem Ausschnitt.

Die Mutter erinnerte sich noch der Hochzeit der ältesten Watanabe-Tochter, die früher ihre Ikebana-Schülerin gewesen war. Vor drei Jahren hatte die Mutter als Ehrengast an der Hochzeitsfeier teilgenommen, einer Feier, bei der wahrhaftig an nichts gespart worden war. Die Üppigkeit zeugte von dem Bemühen der Watanabes, sich wie eine der besten Kyotoer Familien zu präsentieren, was ihnen allerdings nur teilweise gelang.

Der Mutter war der Anblick des Brautkimonos, der aus weißer Seide mit einem eingewebten Blättermuster bestand, noch ganz gegenwärtig. Auf der einen Brust war ein meergrüner Fächer aufgestickt, umgeben von himbeerroten Seesternen, auf der anderen eine schwarze Trommel mit einem orangeroten Spannseil und in ein Wolkenmotiv eingebettet. Auf beiden Ärmeln flogen Schwalben, und der untere Teil war mit einem von Girlanden umschlungenen Blumenkorb geschmückt, über dem Schmetterlinge schwebten. Obwohl dieser Kimono teuer gewesen sein mußte, hatte sein Anblick bei der Mutter keinen sehr günstigen Eindruck hinterlassen, was die formelle Komposition und farbliche Balance betraf.

Diese Gedanken schossen der Mutter in rascher Folge durch den Kopf, während sie höflich lächelnd Frau Watanabe auf dem Sitzkissen gegenübersaß und ihr zusah, wie sie das Glas Orangensaft mit ziemlicher Hast leertrank.

Vielleicht kommt diese zweite Watanabe-Tochter für Ryo in Frage, dachte sie und entschloß sich, Frau Watanabe unauffällig über ihren Familienhintergrund auszufragen. Sie goß ihr deshalb ein zweites Glas Orangensaft ein und erfuhr im Verlauf des Gesprächs, daß die Watanabes, wie sie schon aufgrund des Zungenschlags vermutet hatte, nicht aus Kyoto stammten. Sie waren aus der Okayama-Präfektur zugewandert, konnten aber auch Verwandtschaft in der Yamaguchi-Provinz vorweisen.

In Kyoto waren die Watanabes nicht ganz unbekannt. Sie besaßen ein fünfstöckiges Geschäftshaus, im Stadtzentrum nahe der Kawaramachi Avenue gelegen, was im allgemeinen als gute Lage bezeichnet wird. In der Kawaramachi Avenue reihten sich viele renommierte Geschäfte aneinander, alte und nicht so alte, große und kleinere. Auch Kaufhäuser hatten sich entlang dieser Hauptgeschäftsstraße angesiedelt und sorgten für einen unaufhörlichen Strom von Passanten.

Darum war es sicher ein guter Schachzug der Watanabes gewesen, als sie nach dem Krieg nach Kyoto kamen, sich ein Grundstück zu sichern, das sich nahe dieser Schlagader des Kyotoer Wirtschaftslebens befand. Solange die Zeiten noch schlecht waren, in den ersten drei Jahren nach dem verlorenen Krieg, betrieben sie einen kleinen, nur mit Wellblech gedeckten Stand, und dort verkauften sie geröstete Süßkartoffeln über die Theke hinweg. Weil es damals kein richtiges Papier zum Einschlagen der Ware gab, zerschnitten sie alte Zeitungen und falteten sie zu handlichen Trichtern für die heißen Süßkartoffelscheiben.

Als es den Leuten im allgemeinen langsam wieder besserging, hatten die Watanabes mit dem Verkauf von Ketten und Broschen begonnen, die sie in Abend- und Nachtarbeit selber aus getrockneten Bohnen, Kürbiskernen, Nüssen und billigen glasierten Keramikperlen anfertigten. Da die Frauen nach so vielen entsagungsvollen Jahren begierig waren nach Schönheit und erschwinglichem Schmuck, blühte das Watanabe-Geschäft auf.

Später erweiterten sie es, indem sie in die Textilbranche einstiegen und sich auf den Verkauf von Damenstrümpfen aus Nylon verlegten. So gelang es ihnen, die tiefgreifenden Änderungen in der Art, wie die japanischen Frauen sich nach dem Krieg kleideten, in klingende Münze umzusetzen. Mit dem Geld bauten sie an der gleichen Stelle, wo sie früher ihren Süßkartoffelstand betrieben hatten, das fünfstöckige Geschäftshaus. Es war entlang der Straßenfront kaum breiter als drei aneinandergelegte Badetücher. Über dem Eingang prangte eine weiße Mamorplatte, auf der in goldunterlegten Schriftzeichen ihr Name eingraviert war.

Nach dem langen Gespräch, das die Mutter in zunehmend freundlicherem Ton geführt hatte, entließ sie Frau Watanabe mit der Zusage, auch ihre zweite Tochter als Ikebana-Schülerin anzunehmen.

«Am besten kommen Sie nächste Woche wieder und bringen bei dieser Gelegenheit gleich ihr verehrtes Fräulein Tochter mit. Ich würde mich freuen, die flüchtige Bekanntschaft mit Fräulein Noriko, die ja schon einige Zeit zurückliegt, zu erneuern.»

«Danke für die große Freundlichkeit, die Sie meiner Tochter entgegenbringen», erwiderte Frau Watanabe und verbeugte sich tief, «sie wird sicher sehr geehrt sein, Ihre Schülerin sein zu dürfen.»

12

Kaum war Frau Watanabe weggegangen, rief die Mutter ein Taxi, das sie zu der Auskunftei auf der Oike Avenue bringen sollte. Dort sprach sie mit dem leitenden Detektiv und gab ihm den Auftrag, auf schnellstem Weg alle Informationen zu beschaffen, die er aus der Okayama-Präfektur und der Yamaguchi Provinz über die Watanabe-Familie bekommen konnte. Sie war bereit, die recht erhebliche Sondergebühr zu bezahlen, die ein solcher Eilauftrag mit sich brachte.

Danach ließ sie sich vom Taxi zu einer anderen Auskunftei bringen, die, wie sie wußte, auf die Prüfung der Finanzlage von Einzelpersonen und Firmen spezialisiert war. Auch dort ließ sie wissen, sie benötige Informationen über die Watanabes mit dem fünfstöckigen Geschäftshaus innerhalb kürzester Zeit.

Nach einigen Tagen trafen die ersten Ergebnisse der Nachforschungen ein. Sie waren im großen und ganzen beruhigend. Den Watanabes ging es finanziell recht ordentlich, obwohl auf ihrem Geschäftshaus noch eine hohe Hypothek lastete. Ansonsten waren sie als solide Geschäftsleute bekannt.

Die Auskünfte über den Familienhintergrund in der Okayama-Präfektur und der Yamaguchi-Provinz dauerten etwas länger, waren aber im Hinblick auf Vollständigkeit über jeden Tadel erhaben. Bis in die vierte Generation zurück in direkter Linie und fächerförmig bis zum dritten

Verwandtschaftsgrad gab es in der Watanabe-Familie keine Anzeichen für Alkoholabhängigkeit und Drogensucht. Es war kein Fall aufgedeckt worden, der auf geistige oder körperliche Behinderung hindeutete, auf vorzeitigen Schulabbruch, Selbstmord und andere Formen emotionaler Instabilität. Es gab keinen Hinweis auf Aktivitäten, die polizei- oder gerichtskundig geworden wären.

Nur ein Urgroßonkel, der auch Watanabe hieß, war im Jahre 1883 im angeheiterten Zustand in eine Schlägerei mit betrunkenen Matrosen verwickelt worden und hatte eine Nacht im Gefängnis verbracht, damit er seinen Rausch ausschlafen konnte.

Für den Tag, an dem Frau Watanabe wiederkam, diesmal mit ihrer Tochter Noriko, stellte die Mutter ein besonders kunstvolles Ikebana zusammen. Da es schon August war, sollte es im Kontrast zur brütenden Hitze, die draußen auf allem lastete, auch schon in gewisser Vorahnung des kommenden Herbstes ein Element enthalten, das Kühle symbolisiert. Die Mutter hatte eine flache weiße Porzellanschale gewählt, die, von der Seite betrachtet, wie ein Schiff aussah. In diese Schale steckte sie einen noch dichtbelaubten Orleanderzweig mit weißen Blüten und umgab ihn am Fuß mit einer großen Anzahl kurz geschnittener Zinnien, die mit ihrem Kranz goldgelber Blütenblätter um einen blutroten Kern eine angenehme Beigabe zu dem dominierenden Weiß der Gesamtkomposition bildeten.

Sie stellte ihr eindrucksvolles Arrangement in die Tokonomanische des großen Empfangszimmers und beobachtete gespannt Frau Watanabe von der Seite, als sie und Noriko von ihr durch die weit geöffneten Shoji-Türen hereingeführt wurden. Um zu vermeiden, daß die Aufmerksamkeit durch den Blick nach draußen abgelenkt wurde, hatte sie die Shoji-Fenster zur Veranda hin geschlossen. So war der mit Tatamimatten ausgelegte Raum, der außer der Blumenkomposition in der Tokonomanische nichts weiter enthielt als einen kleinen schwarzen Lacktisch und drei blaue Sitzkissen, von gleichmäßig mildem, gelbem Licht erfüllt.

«Oh», sagte Frau Watanabe erwartungsgemäß, als ihr Blick auf die Tokonomanische fiel, «oh.» Sie streifte ihren Kimono glatt und kniete vor der Nische auf der Tatamimatte nieder, um das Ikebana so zu bewundern, wie der Anstand es erforderte.

Noriko, in ein leichtes Sommerkleid gesteckt, das ihre Anlage zur Pummeligkeit nicht verbergen konnte, kniete neben ihr und neigte ihren Kopf in fast synchroner Weise.

«Ist das aber schön», sagte Frau Watanabe zu ihr, «schau's dir genau an. Sowas wirst du auch lernen.»

Die Mutter brachte Tee und ein paar Süßigkeiten. Sie begann das Gespräch mit einigen belanglosen Bemerkungen über das Augustwetter, das mit seiner schwülen Hitze Mensch und Natur auf die Probe stelle.

«So ist das», stimmte Frau Watanabe bei und tupfte sich mit einem Frotteetuch, das sie mit sich führte, den Schweiß von der Stirn, «viele Leute nehmen im Sommer ab, weil sie so stark schwitzen, leider kann ich das aber nicht von mir selber sagen. Nicht wahr, Noriko?»

Noriko nickte artig.

Die Mutter wandte sich ihr zu und fragte sie, was ihre Lieblingsbeschäftigung sei.

Sie gehe gern in die Stadt, sagte Noriko, und sehe sich schöne Sachen in den Läden an, ebenso gern trinke sie mit Freundinnen eine Tasse Kaffee in einer Konditorei, am liebsten im Café Wien an der Teramachi Avenue.

«Vom Café Wien habe ich auch schon gehört», warf die Mutter ein, «können Sie es, was die Qualität betrifft, empfehlen?»

«Oh ja. Im Café Wien gibt es sehr gute Torten, und außerdem kann man von dort aus in drei verschiedene Kinos gehen. Sie liegen gleich um die Ecke.»

Frau Watanabe gab Noriko einen kleinen Schubs und erinnerte sie, daß sie schon eine Kochschule besucht habe und gerade ihren Führerschein habe in Empfang nehmen können.

«Oh ja», strahlte Noriko, «Autofahren macht mir Mordsspaß. Wenn man ein Auto hat, kann man überall hinfahren – sogar den steilen Berg Hiei hinauf. Wenn ich mal heirate, muß mir mein Mann unbedingt ein Auto kaufen.»

«Meine Tochter ist etwas vorlaut», sprach Frau Watanabe entschuldigend, «eigentlich sind wir ja gekommen, weil Noriko auch Blumenstecken lernen sollte. Das ist eine so nützliche Kunst.»

«Übers Heiraten zu reden, ist durchaus angebracht», unterbrach sie die Mutter, «für jedes junge Mädchen stellt sich diese Frage, und man darf, wenn Fräulein Noriko, wie ich gehört habe, inzwischen schon fünfundzwanzig Jahre geworden ist, nicht übersehen, daß der Frage des Heiratens eine nicht zu übersehende Dringlichkeit zukommt.»

«So ist es», sagte Frau Watanabe Zustimmung nickend und tupfte sich wieder den Schweiß von der Stirn, «eine nicht zu übersehende Dringlichkeit... das ist genau der richtige Ausdruck. Deswegen soll Noriko ja Blumenstecken lernen. Man weiß nie, wie man's später brauchen kann. Auf jeden Fall vermehrt es Norikos Heiratschancen.»

«Darf ich dem entnehmen», fragte die Mutter vorsichtig, «daß es für Fräulein Noriko derzeit tatsächlich keinen Heiratskandidaten gibt?»

Noriko blickte stumm vor sich hin und spielte mit ihren rotlackierten Fingernägeln.

Frau Watanabe schüttelte den Kopf: «Leider noch nicht», seufzte sie.

«Würden Sie es begrüßen, wenn ich ...», die Mutter ließ ihre Stimme andeutungsvoll im Raum hängen.

«Sie?» sagte Frau Watanabe und streckte ihren Kopf vor, als wolle sie sichergehen, daß sie richtig gehört hatte.

«Ja, ich», erwiderte die Mutter ohne besondere Betonung, «ich wüßte vielleicht einen Kandidaten zu nennen, der an Fräulein Noriko interessiert ist.»

«Das wäre ja phantastisch», platzte Frau Watanabe heraus, «und wer darf es sein?»

Die Mutter goß mit vornehm abgezirkelten Handbewegungen in alle drei Schalen frischen Tee ein und reichte die Süßigkeiten über den Tisch. Sie genoß den Moment der von ihr erzeugten Spannung und wollte ihn noch etwas hinausziehen. Nachdem sie in aller Geruhsamkeit einen Schluck Tee zu sich genommen hatte, fügte sie wie beiläufig hinzu, aus Gründen der Etikette könne sie nichts Lobendes über den Kandidaten sagen, den sie für Fräulein Noriko im Auge habe.

«Warum denn nicht?» Frau Watanabe lehnte sich noch weiter nach vorn, so daß sie beinahe ihre Teeschale umwarf.

«Der betreffende Kandidat ist ein Angehöriger meiner eigenen Familie.»

Einen Augenblick sah Frau Watanabe so aus, als habe die Mutter sich einer Sprache bedient, die sie nicht verstand. Ihr Kinn war nach unten gefallen, und ihre Augen schienen ins Leere zu gehen. Dann begann sie mehrmals zu nicken, während ihr Gesichtsausdruck alle Stufen völliger Fassungslosigkeit bis zu breiter, feister Freude durchlief.

«Ein Angehöriger Ihrer hochverehrten Familie etwa», stammelte sie, «könnte an meiner bescheidenen Tochter heiratsmäßig interessiert sein?» Die Mutter nickte.

«Darf ich dieser Tatsache entnehmen», fuhr Frau Watanabe fort und wählte ihre Worte so höflich wie möglich, «daß wir bescheidenen Watanabes von Ihnen als würdig erachtet werden, verwandtschaftliche Bindungen mit Ihrer eigenen hochgestellten Familie einzugehen?»

«Sie dürfen.»

«So hoch hätte ich meine Augen nie zu heben gewagt», flüsterte Frau Watanabe und verbeugte sich tief.

Noriko machte die gleiche Verbeugung in fast synchroner Weise mit.

«Erinnerst du dich noch an Herrn Saito?» fragte die Mutter Ryo, nachdem er spätabends zurückgekommen war. Sie hatte einen Teller mit ein paar Scheiben Wassermelone auf den Eßtisch gestellt. Ryo setzte sich. Seine Augen waren gerötet, und er sah abgespannt aus. «Saito... Saito...», wiederholte er lustlos.

«Ja, Herr Saito, der damals für dich das große Gartenfest ausgestattet hatte, als du in die Kyodai aufgenommen worden warst... ein schönes Fest. Erinnerst du dich nicht?»

«Ach, dieser alte Saito», sagte Ryo etwas mürrisch und schob sich ein Stück Wassermelone in den Mund, «hat's ihn erwischt... ist er gestorben?»

«Wie kannst du nur so etwas denken und eine so unangebrachte Bemerkung machen? Herr Saito erfreut sich bester Gesundheit. Er ist kulturell und geschäftlich noch sehr aktiv und, vor allem, er hat dich nicht vergessen.»

«Hm.» Ryo schielte zu der Uhr hinüber, die an der Wand hing. «Kann er ein Konto bei der Gowa-Bank eröffnen?»

«Bestimmt. Ich könnte diese Frage bei meinem nächsten Gespräch mit ihm durchaus anschneiden. Herr Saito ist ja recht vermögend und gern bereit, mir einen Gefallen zu tun. Außerdem ist er sehr einflußreich. Aber was ich dir heute abend eigentlich erzählen wollte, ist, daß Herr Saito dich nicht vergessen hat.»

«Und?»

«Er hat seine Beziehungen spielen lassen ... für dich.»

«Für mich?»

«Ja, Herr Saito meint, du solltest dir ein paar Heiratskandidatinnen ansehen, und er macht sogar schon einen Vorschlag. Natürlich völlig unverbindlich», fügte die Mutter schnell hinzu, als sie Ryos ablehnendes Gesicht sah.

Ryo steckte sich ein Stück Melone in den Mund und kaute schmatzend.

«Es gehört sich so», sagte die Mutter mit einer Miene, die ihre große Anteilnahme erkennen ließ, «alle jungen Männer schauen sich auf dem Heiratsmarkt um ... zumindest die, die etwas auf sich halten.»

Die Mutter legte ihm eine frische Scheibe Melone auf und sprenkelte eine Prise Salz darüber, um ihren Geschmack zu verfeinern.

«Es wäre recht unhöflich von uns, wenn wir Herrn Saitos freundliche Einladung ablehnen würden», sagte sie, «aber, wie gesagt, das Treffen ist völlig unverbindlich.» Sie redete noch lange auf Ryo ein, bis er ihr gähnend die Zusage gab, er würde mit zu Saitos Haus kommen.

Die Mutter lächelte zufrieden in sich hinein. Die weiche Härte, mit der sie Ryo umgarnte, hatte wieder einmal ihre Wirkung nicht verfehlt.

13

Trotz seines Alters und seiner hohen sozialen Stellung begrüßte Herr Saito die Watanabes schon im Vorgarten.

«Willkommen», sagte er mit seiner sonoren Stimme, «es ist ein heißer Tag, und da tut die Nähe von Wasser wohl.» Er geleitete sie über den gewundenen Weg zum Teich hinter dem Haus. Dort klatschte er zweimal in die Hände. Sofort versammelten sich seine bunten Karpfen und streckten voller Erwartung ihre Mäuler aus dem Wasser.

«Fette Burschen», bemerkte Herr Watanabe anerkennend und zündete sich eine Zigarette an, «ich versteh' zwar nicht viel von Karpfen, hab' aber gehört, daß sie teuer sind . . . sehr teuer.»

Herr Saito schaute ihn nachsichtig an. «Karpfenliebhaber sind dafür bekannt, daß sie selten auf den Preis schauen», sagte er, «und noch seltener darüber reden.» Er warf eine Handvoll Futter ins Wasser.

Herr Watanabe zählte die Karpfen. «An die dreißig», stellte er fest, «ein beachtliches Kapital.» Er nahm einen tiefen Zug aus seiner Zigarette.

«Kriegen die auch Junge?» fragte Frau Watanabe neugierig.

«Dumme Frage», tadelte Herr Watanabe seine Frau und wies auf das Gewimmel hinab, «siehst du nicht die kleinen Fische? Das Kapital muß sich doch verzinsen.»

Frau Saito wartete an der Terassentür, um die Watanabes in das Besprechungszimmer zu führen. Sie war eine zierliche, grauhaarige Dame von siebzig, die sich kerzengerade hielt und Wert auf korrektes Auftreten legte. Auf dem Weg zum Besprechungszimmer führte sie die Watanabes durch den Flur, dessen Wände bedeckt waren mit Photos vieler internationaler Künstler, die ihr Mann nach Japan eingeladen hatte. Sie verlangsamte ihren Schritt, damit die Watanabes Zeit hätten, einen Blick auf die Photogalerie zu werfen. «Das hier ist ein eminenter Pianist», sagte sie und deutete auf das Photo Rubinsteins, «und das hier ist Menuhin, ein großer Violinist und auch Dirigent.»

«Donnerwetter», sagte Herr Watanabe, «und der da?»

«Das ist Herr von Karajan, ein weltberühmter Dirigent.»

Herr Watanabe nickte, als habe er den Namen schon einmal gehört. «Donnerwetter», wiederholte er.

In dem Besprechungszimmer, das sich in einem Nebenbau des Wohnhauses befand, hing als einziges Bild ein Rollbild an der Wand, das schlicht und symbolhaft nichts weiter zeigte als einen halbgeöffneten Fächer. Die Mutter, die schon mit Ryo an dem großen Mahagonitisch Platz genommen hatte, fand die Wahl dieses Rollbildes außerordentlich treffend und hatte auch schon eine dementsprechende Bemerkung gegenüber Frau Saito fallen lassen.

«Wie einfühlsam», hatte sie gesagt, «unsere gerade beginnenden Eheverhandlungen mit der Watanabe-Familie durch einen halbgeöffneten Fächer darzustellen. Er zeigt, wieviel Unbekanntes die Zukunft enthält.»

Auch die Sitzordnung, welche die Saitos vorgesehen hatten, fand die volle Zustimmung der Mutter. Die Watanabes waren so plaziert, daß ihre Gesichter vom Fenster her in hellem Licht lagen, während die Mutter mit dem Rücken zum Fenster saß und ihr Gesicht so den Vorteil des Schattens genoß.

Wenn die Mutter daran dachte, daß seit Frau Watanabes erstem Besuch bei ihr kaum mehr als drei Wochen vergangen waren, mutete sie alles fast unwirklich an. Sie hatte Herrn Saito in ihre Pläne eingeweiht und ihm von der Busfahrertochter erzählt. Nun fühlte sie sich ihm sehr verbunden, daß er für die erste Verhandlungsrunde seine schöne Villa im Katsura Viertel zur Verfügung gestellt hatte. So konnte das Treffen in einem Rahmen stattfinden, dessen Vornehmheit auf die Watanabes großen Eindruck machen mußte.

Sie empfand es auch höchst angenehm, daß das Besprechungszimmer der Saitos mit einer Klimaanlage ausgestattet war. Der kühle Luftzug kam aus einem in die Wand eingelassenen grauen Kasten, dessen leises Surren andeutete, daß er sich Mühe gab, die Verhandlungsatmosphäre so einladend wie nur möglich zu gestalten. Ohne dieses kühlende Gebläse, das die Saitos nach ihren eigenen Worten von einer Amerikareise mitgebracht hatten, wäre die Mutter in der Hitze dieses späten Augusttags zerflossen. Überhaupt fühlte sie sich ziemlich erschöpft. Die Anspannungen der letzten Wochen waren an ihr nicht spurlos vorübergegangen. Die Vorbereitungen zu den Eheverhandlungen hatten an ihrer Kraft gezehrt. Wie gut, daß sie Ryo hatte überreden können mitzukommen. Ihr Mann hatte sich ohnehin in den letzten Wochen nicht als nützlich erwiesen. Mehr als einmal hatte er seine ablehnende Haltung gegenüber diesem Treffen zu erkennen gegeben. Seine Anwesenheit würde sich deshalb jetzt eher störend als förderlich auswirken.

Außerdem hatte Herr Saito daran erinnert, es entspreche durchaus den Gebräuchen, wenn die Partei des jungen Mannes ohne den Vater erschien. Im Gegenteil, das sei sogar vorteilhaft, weil dadurch der Eindruck erweckt werde, daß die Verhandlungen von seiten des jungen Mannes noch mit einer gewissen Reserve geführt würden. Die Partei der jungen Frau müsse allerdings, so hatte Herr Saito betont, immer vollständig anwesend sein, durch Vater, Mutter und Tochter vertreten. Insofern war also die Form gewahrt.

Die Watanabes hatten sich für das Treffen ziemlich herausgeputzt, aber im Detail war doch erkennbar, daß stilistische Sicherheit nicht ihre stärkste Seite war. Herr Watanabe trug einen Zweireiher mit Weste aus einem hellbraunen, sommerlich leichten Stoff, vermutlich Dacron, war doch über die Eigenschaften dieser neuen synthetischen Faser in letzter Zeit in Modezeitschriften viel Gutes zu lesen gewesen. Allerdings schien das großkarierte Muster seines Anzugstoffs eher für einen Autoverkäufer geeignet zu sein als für einen seriösen Vater, der eine fünfundzwanzigjährige Tochter unterzubringen hatte. Die gelbbraun gestreifte Krawatte, die er dazu trug, verstärkte die Vermutung, Herr Watanabe habe sich bei der Auswahl seiner Kleidung von einem seinem Stand und Alter nicht angemessenen Vorbild leiten lassen.

Frau Watanabe trug einen froschgrünen Kimono aus Seide und dazu einen Obi, dessen Rosarot einen zwar starken, aber nicht gerade vornehmen Kontrast zu dem Froschgrün bildete. Hinzu kam, daß sie sich ihren Obi ziemlich locker um den Bauch gewickelt hatte, vermutlich des warmen Wetters wegen. Dies ließ ihre Figur noch vollschlanker erscheinen, als sie ohnehin schon war. Außerdem ergriff sie viel zu häufig das Wort und scheute nicht davor zurück, Wendungen zu gebrauchen, die ihrer Stellung als Mutter der anbietenden Partei nicht angemessen waren. Dies war um so peinlicher, als sie geflissentlich übersah, daß ihre Wortwahl darüber hinaus noch der Tatsache hätte Rechnung tragen müssen, daß Ryo aus einer viel höher stehenden Familie kam. Sie hätte zu erkennen geben müssen, welch eine Ehre es für sie war, daß ihre Tochter als Heiratskandidatin überhaupt in Erwägung gezogen wurde.

Statt dessen ließ sie ihren Reden freien Lauf. Sie erweckte den Eindruck, als wolle sie ein Gefühl familiärer Intimität erzeugen, das für die Mutter, solange die Eheverhandlungen andauerten, noch nicht gegeben war.

Die Mutter konnte sich der Empfindung nicht erwehren, daß ihr Frau Watanabe gewaltig auf die Nerven ging, dann aber ermahnte sie sich, kein voreiliges Urteil zu fällen. Sie hatte während der letzten Nächte wenig guten Schlaf gefunden. Ihre Nerven waren deshalb dünner als sonst. Auch sagte sie sich, sie müsse über gewisse Äußerlichkeiten hinwegsehen, denn die Watanabes stammten nun einmal aus einer anderen Schicht. Sie legten ihren Worten, bevor sie sie aussprachen, keine seidenen Gewänder an, und auf einen Mangel an Umgangsformen sollte man ja eigentlich gefaßt gewesen sein.

Noriko saß neben ihrer Mutter in einem Blumenmusterkleid, das in seiner Farbigkeit etwas zu aufdringlich erschien. Es ließ ihr Gesicht, das zwar ziemlich breit war, aber durch ihre großen runden Augen einen recht einprägsamen Eindruck machte, wenig zur Geltung kommen. Auch hatte Noriko ihre Lippen zu dick geschminkt und dabei einen Rotton gewählt, der nicht zu ihrem Blumenmusterkleid paßte. Offenbar war sie tags zuvor beim Friseur gewesen, der ihre kurzgeschnittenen Haare so dicht gelockt hatte, daß es aussah, als trüge sie auf dem Kopf ein Vogelnest. Immerhin, so sagte sich die Mutter und blickte Ryo von der Seite an, ist sie besser als eine gewisse Busfahrertochter, die noch nicht einmal ein Studium aufzuweisen hatte. Was Ryo betraf, so saß er mit fest zusammengekniffenen Lippen da und ließ nicht erkennen, was in ihm vorging.

Herr Saito war einfühlsam genug, die Watanabe-Seite in ein günstiges Licht zu rücken, denn nichts wäre fataler für die gerade erst beginnenden Eheverhandlungen als ein zu krasses Ungleichgewicht der Parteien. Da die Watanabes sich aus verschiedenen Gründen, objektiv gesehen, in der schwächeren Position befanden, wäre es abwegig gewesen, sie in die Enge zu treiben. Folgerichtig hob daher Herr Saito Herrn Watanabes Tatkraft und sein kaufmännisches Geschick hervor, die ihm einen erstaunlichen geschäftlichen Aufschwung in weniger als einer Generation verschafft hatten. Herr Saito sagte lobende Worte über dessen Fleiß und darüber, daß beide Watanabes gewiß manche Nacht hatten durcharbeiten müssen, bevor sie sich eines fünfstöckigen Geschäftshauses im Stadtzentrum rühmen konnten.

Frau Saito fügte hinzu, ein solcher Geschäftserfolg könne sich doch nur einstellen, wenn die eheliche Partnerschaft von einem starken Gefühl gegenseitiger Unterstützung, ja wahrer Liebe getragen werde. Während Frau Saito diese erhebenden Worte von sich gab, klang ihre Stimme leise und zart, was die Mutter ihrerseits als durchaus wohltuend empfand.

Frau Watanabe strahlte bei Frau Saitos Worten übers ganze Gesicht und machte sich daran, die mit vielen Geschichten gefüllte Schublade ihrer arbeitsreichen Aufbaujahre aufzuziehen. Die Mutter bemerkte das nachsichtige Lächeln auf Herrn Saitos Gesicht. Es war eine Glanzleistung vermittlerischer Tätigkeit, wie er, ohne Frau Watanabe zu brüskieren, die Schublade wieder zuschob.

Die Mutter dachte, wie angenehm es sein müsse, einen Ehemann zur Seite zu haben, der immer im geeigneten

Augenblick das Richtige zu sagen weiß. Einen Ehemann, der es versteht, sich gewählt auszudrücken. Seitdem sie die Saitos kannte, hatte sie schon immer das Gefühl gehabt, Frau Saito um diesen Mann beneiden zu müssen. Sein Name besaß Klang. Sein Wort reichte weit. Er war außerdem schon oft im Fernsehen aufgetreten. Er war Ehrenmitglied in mehreren Kulturkommissionen auf Präfektur- und sogar nationaler Regierungsebene. Welch ein erhebendes Gefühl, sagte sich die Mutter, mit solch einem Mann verheiratet zu sein.

Nicht ohne Bitterkeit dachte sie an ihre Ehe und an die vielen Stunden und Tage, die sie mit ihrem Mann im Streit verbracht hatte. Seine Auffassung von richtig und falsch war der ihrigen diametral entgegengesetzt. Er hatte nichts gegen Sayas Abtrünnigkeit getan und war nun sogar bereit, Ryos Verbindung mit dieser Busfahrertochter zuzustimmen. Sein unverantwortliches Verhalten bürdete alle Verantwortung für Ryos Zukunft ihren Schultern auf. Die Mutter seufzte, preßte aber schnell ihre Hand auf den Mund, um ihren Atem einzufangen. Jetzt ging es nicht darum, über das Unglück ihrer Ehe zu sinnieren, sondern dafür zu sorgen, daß Ryo zu einer besseren Frau kam als dieser Busfahrertochter.

Herr Saito brachte die Watanabes mehrmals dazu, ehrfurchtsvoll zu nicken, wenn er ihnen vor Augen führte, was es bedeutete, daß Ryos Vater ein Mann von großem Wissen und tiefer Einsicht sei. Er sei belesen in den Werken der alten chinesischen Denker, und seine Fähigkeit, das Buch der Wandlungen, das berühmte I-Ging, zu interpretieren, habe ihm Einblicke in die menschliche Natur geschenkt, die weit über das hinausgingen, was üblicherweise in akademischen Kreisen als Grenze des Wissens angesehen werde.

Die Mutter blickte bescheiden zu dem Rollbild in der

Tokonomanische hin, damit nicht der Eindruck entstünde, sie wolle sich im Glanze ihres Mannes sonnen. Es war ja gut, daß Herr Saito so viele schmeichelhafte Worte über ihn fand und auch nicht vergaß, zu erwähnen, daß jedes Jahr Tausende von Besuchern zum Schrein kamen, um sich von ihm nach dem I-Ging beraten zu lassen.

«Sogar bedeutende Führungskräfte aus Industrie und Politik suchen seinen Rat», fügte Herr Saito in seiner sonoren Stimme hinzu, «denn in ihren Augen, wie auch in den Augen Tausender anderer Menschen, ist er ein weiser Mann.»

Die Mutter kniff die Lippen leicht zusammen, sie wollte den Zwiespalt, der in ihr herrschte, nicht zu deutlich zu erkennen geben. Was nützte ihr ein weiser Ehemann, wenn er bei wichtigen Entscheidungen, die seine eigenen Kinder und die Wahl ihrer Ehepartner betrafen, so wenig Stolz aufzuweisen hatte.

Nicht ohne ein leichtes Frösteln, das ihr den Nacken hinunterlief, dachte die Mutter daran, daß Herr Saito als nächstes Thema sich wohl Saya vornehmen würde. Es kam darauf an, daß er Sayas Fehlverhalten so darzustellen wußte, daß es die Verhandlungen mit den Watanabes nicht übermäßig erschwerte. Selbstverständlich wußten die Watanabes längst aus Ryos Familienbuchauszug, was mit Saya passiert war.

Herr Saito erläuterte nun in der Tat mit seiner vertrauenerweckenden Stimme, Saya habe vor zwei Jahren einen Auslandsaufenthalt angetreten und befinde sich seitdem im Kernland der Musik, in Deutschland. Dort sei sie durch das Eheangebot eines Deutschen geehrt worden, dessen Vater aus einer alten Ärztefamilie stamme und in Fortsetzung der Familientradition in München eine Klinik leite.

«Es ist hier vielleicht angebracht», sagte Herr Saito, «bei dieser Gelegenheit einige Worte über die historische Bedeutung der deutschen Medizin für Japan hinzuzufügen.» Er machte eine Pause, die seiner Ankündigung noch mehr Gewicht geben sollte.

«Sie wissen ja bestimmt», so begann er langsam, «wie segensreich die Anatomischen Tafeln des deutschen Arztes Johann Adam Kulmus für die Entwicklung der Wund- und Knochenheilkunde im frühen achtzehnten Jahrhundert in Japan waren», sagte er und schaute den Watanabes voll ins Gesicht. «Und nehmen Sie dann im frühen neunzehnten Jahrhundert Philipp Franz von Siebold hinzu, Sohn einer viele Generationen umspannenden Arztfamilie aus der schönen alten Residenzstadt Würzburg, der als Arzt in holländischen Diensten Japan durch seinen Besuch geehrt und uns einen wertvollen Einblick in das Wirken der deutschen Medizin vermittelt hat. Und schließlich der große Erwin Bälz, der in der zweiten Hälfte des letzten Jahrhunderts, als Japan noch ein weltpolitisch, kulturpolitisch und wirtschaftspolitisch unbedeutendes Land war, nach Tokyo kam und dort an der Kaiserlichen Universität die Medizinische Fakultät aufbaute. Er ist später sogar Leibarzt des Tenno geworden. Ohne diese Giganten der deutschen Medizin, hätten die japanischen Ärzte nicht solche Fortschritte erzielen können, wie sie uns heute selbstverständlich erscheinen. Ohne den segensreichen Einfluß der deutschen Medizin wären wir alle frühzeitig gestorben.» Herr Saito schwieg. Seine Worte sollten tief in das Bewußtsein der Watanabes einsinken.

Die Mutter war erleichtert, in welch feiner Art Herr Saito das delikate Problem von Sayas Fehltritt behandelte. Gleichzeitig verspürte sie eine große Bewunderung für seine Allgemeinbildung und sein tiefgründiges historisches Verständnis.

«Deshalb», so fuhr Herr Saito volltönend fort, «hat Saya, die hochgeschätzte Schwester des jungen Herrn Ryo, durch ihre Eheschließung mit einem Angehörigen eines so wichtigen westlichen Kulturvolks Japan einen wertvollen Dienst erwiesen.»

Die Watanabes hatten aufmerksam zugehört. Herr Watanabe, der bis dahin nichts Besseres zu tun wußte, als sich Zigarette um Zigarette anzustecken, sagte: «Es ist uns bekannt, daß die Schwester des hochverehrten Herrn Ryo irgendsoeinen Gaijin geheiratet hat...»

«Nicht irgendsoeinen Gaijin», schnitt Herr Saito ihm daraufhin sofort das Wort ab, «immerhin den Sohn eines Klinikdirektors... im Kernland der Medizin... eine Tradition, der wir unsere Bewunderung und Dankbarkeit nicht versagen dürfen.»

«Aha», antwortete Herr Watanabe und nahm einen tiefen Zug aus seiner Zigarette: «Wenn ich das nächstemal eine Weltreise mache, dann weiß ich, wo ich gratis essen und übernachten kann. Der Schwiegervater der verehrten Saya hat seine Klinik in München, nicht wahr? Eine schöne Stadt, in der es sich lohnt, eine ganze Woche Ferien zu machen. Das nächste Mal, wenn ich dorthin komme, werde ich entsprechend planen.» Dann lachte er, indem er seinen Mund weit öffnete und die Unterlippe nach innen stülpte. Er lachte rauh, ohne zwischen den rasch aufeinanderfolgenden Lachstößen die Lippen zu schließen.

Frau Watanabe, die einen Augenblick aussah, als wollte sie in Tränen ausbrechen, warf ihrem Mann einen vorwurfsvollen Seitenblick zu. Dann brach auch bei ihr die Heiterkeit durch. Ihr perlte ein glucksendes Lachen von den Lippen.

Vergeblich versuchte sie, es hinter vorgehaltener Hand zu verbergen.

Herr Saito machte ein mißbilligendes Gesicht. Sein Lächeln wirkte ziemlich gezwungen und starr. Auch die Mutter fand Herrn Watanabes Verhalten hart an der Grenze der Geschmacklosigkeit. Dennoch stimmte sie in zurückhaltender Weise in das Lachen ein.

Frau Watanabe, die sich immer noch glucksend die Hand vor den Mund hielt, deutete mit einem Finger auf ihren Mann: «Das letzte Mal», rief sie mit sich überschlagender Stimme aus, «hat er auf seiner Weltreise konsequent das Mittagessen gespart und weniger Geld verbraucht, als er mitgenommen hatte. Trotzdem hatte er es hinterher voll bei der Steuer abgesetzt. Darauf war er sehr stolz.»

Herr Watanabe drückte hastig seine Zigarette aus und wehrte diese Worte mit dem ganzen Arm ab. Er erwiderte aufgeräumt: «Keine Sorge. Das nächste Mal esse ich mich ordentlich satt, wenigstens in München.» Dabei lachte er wieder stoßweise mit nach innen gezogener Unterlippe.

«Und falls du dir den Magen verdirbst, hast du gleich 'ne kostenlose ärztliche Versorgung», schubste Frau Watanabe ihn in die Rippen, «dann kann ja nichts mehr schiefgehen.»

«Nach diesem heiteren Intermezzo», schaltete sich Herr Saito wieder ein, «für das wir der Watanabe-Seite dankbar sind, möchte ich bemerken, daß nach den mir vorliegenden Informationen auch auf der Watanabe-Seite gewisse verwandtschaftliche Verbindungen nach Deutschland weisen.»

Die bei den Watanabes noch in den Gesichtsfalten hängende Fröhlichkeit verwandelte sich in Neugier. Auch die Mutter wunderte sich, welche Art verwandtschaftlicher Verbindungen nach Deutschland die Watanabes haben könnten.

«Seine Exzellenz Watanabe», sagte Herr Saito, «ist der derzeitige Direktor des japanischen Kulturinstituts in Köln, und seine Familienlinie deutet auch auf die Yamaguchi-Provinz. Wegen der Namensgleichheit ist ein gewisser Verwandtschaftsgrad nicht von der Hand zu weisen, vielleicht sogar wahrscheinlich. Wichtig im Zusammenhang mit unserem heutigen Treffen ist der Umstand, daß Seine Exzellenz als Stipendiat der japanischen Regierung vor dem Krieg in Berlin Marschmusik studierte. Wir können es als ein glückliches Omen ansehen, daß durch die geplante Verbindung von Herrn Ryo mit Fräulein Noriko zwei Familien zusammengeführt werden würden, die beide von sich in Anspruch nehmen können, besondere Beziehungen zu Deutschland zu besitzen. Mit diesem vielversprechenden Ausblick auf einen glücklichen Fortgang der hier begonnenen Kontakte möchte ich dieses heutige erste Treffen schließen – nicht allerdings, ohne unsere beiden Hauptbeteiligten zu fragen, ob sie auch noch das Wort zu ergreifen wünschen.»

Ryo räusperte sich und verbeugte sich im Sitzen vor Herrn Saito. Er führte eine ähnlich korrekte Verbeugung vor Frau Saito aus, danach vor Herrn Watanabe und Frau Watanabe. Er bedankte sich für die ihm gebotene Gelegenheit, an dem Treffen teilzunehmen, und schien nach Worten zu suchen. Die Mutter betrachtete ihn durch einen Schleier des Lächelns lauernd von der Seite. Als sie sein Zögern sah, legte sie schnell, mit einer Geste mütterlicher Besorgtheit, ihre Hand auf seinen Arm und antwortete an seiner Statt: «In Anbetracht dieser überwältigenden Freundlichkeit, die uns von Herrn und Frau Saito zugeflossen ist, fällt es schwer – nicht wahr, Ryo – die passenden Dankesworte zu finden.»

Ryos Schultern sanken herab, und er nickte mit ausdruckslosen Augen.

Danach war Noriko an der Reihe, etwas zu sagen. Sie wartete mit gesenkten Augen, bis Frau Saito sie zum zweitenmal ermunterte. «Auch ich bin sehr geehrt», zwitscherte sie dann mit sirrender Stimme, die wie das Vorbeischwirren einer Stechmücke in der Nacht klang.

14

«Du heiratest also, hab' ich gehört.» Umeko setzte die Tasse ein wenig zu hart auf der Schreibtischplatte auf, so daß der Tee über den Rand schwappte.

Ryo blickte rasch verstohlen nach rechts und links, aber niemand schien es gehört zu haben. Alle saßen an ihren Schreibtischen, über ihre Arbeit gebeugt. Ryo preßte die Lippen zusammen und schwieg.

Umeko wischte die Nässe mit einem Papiertaschentuch weg. «Gratuliere», sagte sie, «viel Glück und . . . viel Erfolg.» Sie trug die enganliegende Sommeruniform, da es noch Mitte September war. Ryo blickte zu ihr auf. Sie lächelte zurück: «Siehst allerdings nicht besonders glücklich aus. Wenn man heiratet, sollte man doch glücklich sein, oder?»

«Laß mich in Ruhe!» Ryo warf wieder einen unsicheren Blick nach rechts und links.

«Niemand hört uns», griff Umeko seinen Gedanken auf, «alle haben zu tun . . . und außerdem ist unser Ito heute nicht da. Hab' 'nen Anruf bekommen – muß dringend zu 'ner wichtigen Sitzung aller Filialleiter nach Tokyo.» Sie imitierte Itos abgehackte Sprechweise. «Findest du nicht auch, wir sollten uns freuen, daß der Ito heute weg ist?»

«Laß mich in Ruhe», sagte Ryo mit bittender Stimme, «ich hab' zu tun.» Er zog die unterste Schublade seines Schreibtischs auf, hob einen Stapel Unterlagen heraus. Er legte ihn vor sich hin und begann darin zu blättern.

«Wie du willst», sagte Umeko und ging.

Ryo blickte ihr nach, bis sie durch die Tür verschwunden war, die zu dem Raum führte, wo die Mädchen jeden Morgen Tee kochen. Er hörte Lachen durch die Tür dringen und duckte seinen Kopf. Kenzo blickte von der anderen Seite des Großraumbüros herüber und grinste.

Die nächste Stunde zog sich endlos hin. Ryo versuchte, sich auf die Unterlagen zu konzentrieren, die er durchgehen mußte. Sie enthielten Angaben über die Kunden, die er heute zu besuchen hatte. Eine vergleichsweise einfache Route, diesmal. Keine frische Pensionierung, kein Grundstücksverkauf, keine Erbteilauszahlung. Auch war es mitten im Monat. Erfahrungsgemäß zahlten die Leute um die Monatsmitte wenig Geld bei Banken ein. Ryos Auftrag für den Tag lautete deshalb, nur die Stammkunden zu besuchen und sich bei ihnen in Erinnerung zu bringen.

Andererseits war das Soll nochmals angehoben worden. Sogar Kenzo hatte gestöhnt. Selbst für ihn sei es langsam zuviel, hatte er mit einem hinterhältigen Grinsen verkündet und Ryo wissen lassen, es werde ihm in Zukunft schwererfallen, ihm auszuhelfen. Dabei war Kenzo schon zum zweitenmal beim Morgenappell von Ito gelobt worden. Kenzo hielt die in Holz gerahmte Urkunde in seiner Schreibtischschublade verborgen, zog sie aber willig für jeden heraus, der sie sehen wollte. *Kenzo Amano – In Anerkennung des selbstlosen Dienstes zum Wohle der Bank und der Nation* stand in dicken Schriftzügen darauf, und daneben der offizielle Stempel der Gowa-Bank, Hauptfiliale Kyoto, und Itos Unterschrift. Nach der zweiten offiziellen Belobigung war Kenzo von Ito sogar zum Abendessen ins Manyoken eingeladen worden.

«Teurer Laden», hatte Kenzo hinterher zu Ryo gesagt, «hab' 'n Dutzend Austern geschlürft.»

«Sonst nichts?»

«Doch, französische Suppe... Cratin oder Cretin... Fleisch... Käse... Dessert... alles mit unaussprechbaren Namen.»

Das war vor vier Wochen gewesen. Inzwischen hatte sich in der Bank herumgesprochen, daß Ito den Kenzo als Kandidat für seine eigene Nichte ausgewählt hatte. Anfangs war es nur ein Gerücht gewesen, das Kenzo aufs heftigste dementierte. Dann gab er zu, daß Ito ihn bei dem Abendessen im Manyoken gefragt habe, ob er nicht langsam heiraten wolle.

«Und was hast du daraufhin gesagt?»

«Wenn die Richtige daherkommt... oder so etwas Ähnliches.»

Natürlich hatte Kenzo sofort begriffen, allein schon vom Tonfall in Itos Stimme, daß hinter seiner Frage mehr als bloßes Interesse an dem Privatleben eines seiner Untergebenen stand. Seine Vorahnung traf zu: Ito bot ihm beim Dessert an, ein Treffen zwischen ihm und seiner Nichte zu arrangieren.

«Kitzlige Situation», hatte Kenzo gelacht, als er es Ryo erzählte, «hätte um meiner lieben Seele willen gern gewußt, ob die Nichte ein verschrumpelter Rettich ist oder eine Giftnudel. Vielleicht schielt sie auch. Kannst dir vorstellen, was für Qualen ich durchgemacht hab... mitten beim Dessert. Der Pudding hat plötzlich wie Essig geschmeckt. Aber ich hab' meine Seele riskiert. Kann dem Boß doch keine Absage erteilen.»

Kenzo hatte gut lachen. Die Hochzeit mit der Nichte war für den nächsten Frühling angesetzt. Kenzo hatte gut lachen. Derartig protegiert. Mit Itos Nichte zur Frau... Kenzo hatte ausgesorgt. Seine Karriere war gemacht. Er hatte das Photo aus der Tasche gezogen und es Ryo gezeigt.

«Natürlich keine Schönheit», hatte er gesagt und seine gelben Zähne entblößt, «aber immerhin 'ne Nichte... und 'ne studierte dazu. Bin halt n' Glückspilz. Nächstes Frühjahr, wenn sie ausstudiert hat, bekomm' ich sie frei Bett geliefert. Hahaha. Übrigens... wie ist denn das mit dir?»

Er machte seine obszöne Handbewegung und fragte: «Du wolltest doch auch heiraten. Schaffst du's, oder schaffst du's nicht?»

«Ich schaffe es.»

«Waaaaas?»

«Ich schaffe es.»

«Heiraten?»

«Ja», hatte er Kenzo ins Gesicht geschleudert, «ich werde sogar noch vor dir heiraten, wenn du's genau wissen willst.»

«Noch vor mir?» hatte Kenzo spöttisch gelacht.

«Wetten?» hatte Ryo ohne Nachdenken gesagt.

«Top.» Kenzos kleiner Finger hing schon wie ein Fischerhaken vor seinem Gesicht.

«Top», hatte er trotzig hervorgestoßen und seinen kleiner Finger in Kenzos eingehakt. «Top.»

Ryo schielte zu Kenzo hinüber, der sich an seinem Schreibtisch zu schaffen machte. Dieser Schuft, dachte er, hat mich 'reingelegt. Warum mußte ich mit ihm wetten... ausgerechnet jetzt?

Ryo versuchte, den Gedanken an diese Wette wegzuwischen, aber er kehrte ständig zu ihm zurück. Er hatte – das wurde ihm plötzlich klar – nur gewettet, weil Kenzo versucht hatte, ihn lächerlich zu machen. Sein Grinsen hatte nur zu deutlich gezeigt, wie überlegen er sich fühlte. Nach Itos Angebot. Mit Itos Nichte zur Frau war seine Karriere gemacht. Er konnte es sich leisten, zu grinsen: «Du schaffst's doch immer noch nicht.»

Ryo biß die Zähne zusammen, so daß sie knirschten. Er hatte Kenzo übertrumpfen wollen und war dabei selbst hereingefallen.

Kenzo ordnete noch immer irgendwelche Papiere auf seinem Schreibtisch und tat so, als sei er wichtiger als je zuvor. Nach seiner Heirat mit Itos Nichte würde er es sicher nicht mehr nötig haben, sich von Ryo Hostessen bezahlen zu lassen. Er würde ihm auch nicht mehr helfen, sein Soll zu erfüllen.

Ryo fühlte sich elend und verloren.

Die Mutter hatte ihn ebenfalls reingelegt. Es stimmte gar nicht, daß das Treffen mit den Watanabes unverbindlich war.

«Warum hast du mich dahingeschleppt», hatte er hinterher wütend gesagt, «alles ganz anders, als du mir erzählt hattest.»

«Wirklich», hatte die Mutter gedehnt geantwortet, «ich war selber überrascht, wie offiziell die Saitos dieses Treffen gestaltet haben. Das war nicht so geplant ... aber andererseits ... diese Watanabe-Tochter ist gar nicht so schlecht. Sie ist sogar sehr gut. Da merkt man mal wieder, über was für eine große Lebenserfahrung Herr Saito verfügt.»

«Ist mir egal.»

Die Mutter hatte ihn daraufhin mit ihren traurigen Augen angesehen. «Ja, ich verstehe deine Gefühle, aber wenn man bedenkt, daß Saya deine Chancen, eine bessere Frau zu finden, zunichte gemacht hat ... da ist diese Watanabe-Tochter doch eigentlich eine sehr gute Partie.»

«Ich mag sie nicht. Sie ist dick und hat keinen Hals ...»

«Äußerlichkeiten ... nur Äußerlichkeiten. Schau dir an,

was dahintersteckt. Vierjähriges Studium an einer immerhin recht ansehnlichen Universität und ein gesunder Familienhintergrund bis zum dritten Verwandtschaftsgrad, vier Generationen und weiter zurück. Eine gute Familie.»

«Ich mag die Eltern auch nicht.»

«Gewiß ... ich war auch nicht besonders beeindruckt, aber immerhin haben sie ein fünfstöckiges Geschäftshaus und ...», die Mutter hatte ihre Stimme gesenkt, als ob sie ein Geheimnis verrate, «... Herr Saito hat mir anvertraut, Herr Watanabe sei unter Umständen bereit, seine Geschäftstransaktionen über die Gowa-Bank abzuwickeln.»

«Trotzdem ...»

«Wir können es uns nicht leisten, die Saitos zu enttäuschen», hatte die Mutter seufzend entgegengehalten, «nachdem sie freundlicherweise ihr Haus zur Verfügung gestellt und sich große Mühe gegeben haben. Er hat sogar die Schande, die Saya über dich gebracht hat, in günstigem Licht erscheinen lassen. Dafür müssen wir ihm dankbar sein.»

Ryo blickte zu den Schaltern hin, wo die Mädchen bedienten. Umeko saß wie ihre Kolleginnen auf einem hohen Schemel. Sie lehnte sich nach vorn und sprach mit einem Kunden. Ihr hochgebundenes Haar ließ ihren langen weißen Nacken frei. Ryo fragte sich, was für ein Gefühl es sein müßte, ihren Nacken zu berühren.

Ob sie ihm noch einmal sagen würde, sie finde ihn nett?

Umekos Worte hatten sich in sein Gedächtnis eingegraben und ließen ihn nicht los.

Ich finde dich nett.

Das nächste Mal würde er ihr Haar streicheln und ihren Nacken berühren.

Busfahrertochter ... die Mutter hatte Tränen in den Augen. «So etwas kannst du mir nicht antun», hatte sie mit brechender Stimme gesagt, «vor allem, nachdem Saya . . .» Der Rest ihrer Worte war in ihrem Schluchzen untergegangen.

Ryo bekam immer ein flaues Gefühl im Magen, wenn die Mutter weinte. Früher, wenn sie Geschenke einpackte, um sie seinen Lehrern zu bringen, nistete Traurigkeit in ihren Mundwinkeln. «Alles, was eine Mutter tun kann, tue ich für dich. Wo wärst du ohne mich?» Danach wischte sie sich immer ein paar Tränen aus ihren Augen, und Ryo fühlte, wie sein Gewissen anfing, ihn wie mit Nadeln zu stechen. Das Gefühl war stärker als er selbst. Er konnte nicht anders. Er mußte ihr folgen. Er mußte das tun, was sie wollte, was sie befahl.

Collegium, Kyodai, Gowa-Bank – eigentlich gab es nichts, worauf er stolz sein konnte. Nichts hatte er aus eigener Kraft geschafft. Immer stand die Mutter dahinter.

Aber was hätte er ohne sie werden können?

«Zu spät», murmelte Ryo, «alles zu spät». Er fühlte sich elend und verloren.

Irgend jemand berührte seine Schulter. Ryo fuhr hoch. Kenzo stand neben seinem Schreibtisch. «Mußt du nicht bald mit deiner Tagesrunde beginnen?» Er redete schon so, als sei er der Boß.

«Ja», stammelte Ryo und stand auf. Kenzo blickte kühl auf die Unordnung auf seinem Schreibtisch herab.

«Ich räume noch vorher auf», sagte Ryo und begann mit fahrigen Händen die Papiere zurück in seine Schublade zu stopfen.

Die Straßen waren voller Menschen. Stellenweise mußte Ryo sich durch die Menge hindurchdrängen. Er hielt die mit den Werbegeschenken der Bank prall gefüllte Plastiktasche eng am Körper und benutzte seine Aktentasche, andere Passanten damit zur Seite zu schieben.

Kenzo redet schon wie der Ito, knurrte er vor sich hin.

Mit jedem Kundenbesuch wurde seine Tasche dünner. Wenn er niemanden zu Hause antraf, legte er das Bankgeschenk und seine Visitenkarte neben die Tür. Kenzo prahlte damit, er benutze die Gelegenheit dazu, wenn niemand zu Hause war, mit den Nachbarn ins Gespräch zu kommen. Er habe viele neue Kunden auf diese Weise gewonnen, behauptete er. Ryo hatte nie großen Erfolg dabei gehabt. Er mußte froh sein, wenn die Nachbarn ihm überhaupt zuhörten. Nur einmal war es ihm gelungen, eine neue Kundin zu werben. Nur einmal.

Kenzo hatte ihn ausgelacht: «Kundinnen anwerben – was ist denn einfacher als das? Schaffst's immer noch nicht?»

Ryo knirschte mit den Zähnen.

Um die Mittagszeit fuhr er zur Bank zurück, obwohl seine Route noch längst nicht fertig war. Er wußte, wo er Umeko finden konnte. Als er die Imbißstube an der Ecke zur Takakuragasse betrat, sah er sie. Sie saß mit Yoshiko und den anderen Mädchen zusammen. Umeko sah ihn auch und lächelte. Ryo stellte sich in die Reihe, die sich vor der Ausgabetheke gebildet hatte. Sie kam dicht an ihm vorbei, ihr Tablett in der Hand. «Doch nichts schiefgelaufen, oder?»

«Nein, nein, ich ... ich bin nur zurückgekommen, um dich zu sehen ... ich muß mit dir sprechen.»

«Aber doch nicht hier.»

«Hast du heute abend Zeit?»

«Ja.»

«Dann um neun.»

«Lieber um acht.»

«Gut. Dann um acht.»

«Wo?»

«Am Kamo bei der Shijobrücke.»

15

Ryo war schon vor acht am Fluß. Er sah den Enten zu, die mühsam gegen die Strömung flußaufwärts strebten. An einem der Pfeiler der Brücke hing ein angeschwemmter Baumstamm. Wahrscheinlich ein Opfer des letzten Taifuns. Möwen saßen auf dem nackten, zersplitterten Holz. Ryo sah die Pärchen, die die Uferpromenade entlangbummelten. Sie gingen Hand in Hand. Er schaute auf die Uhr und setzte sich auf die großen Quadersteine, mit denen die Promenade ausgelegt war. Seine Aktentasche stand neben ihm. Er sah einen Kieselstein am Boden liegen, griff ihn und warf ihn in hohem Bogen ins Wasser. Die Möwen flatterten auf und drehten einige Runden, bevor sie sich wieder mit krächzenden Schreien auf dem angeschwemmten Baumstamm niederließen.

Ryo schaute erneut auf die Uhr.

Er fragte sich, wieso Umeko ihn überhaupt nett finden konnte. Sie mußte doch wissen, daß er nicht zur Elite gehörte. In Wirklichkeit konnte er noch nicht einmal eine Zahlenkolonne fehlerfrei addieren. Umeko hatte oft genug gesehen, wie langsam er war. Schon in der Sembon-Filiale. In der Hauptfiliale hatte sie gemerkt, daß er nie sein Soll schaffte. Sie wußte, daß Kenzo ihm aushalf.

Eigentlich sollte Umeko ihn verachten, statt zu sagen, ich finde dich nett. Ob sie sich wirklich Hoffnungen gemacht hatte, er würde sie heiraten?

Das Wort Heirat war zwischen ihnen nie gefallen.

Das Wort Liebe auch nicht.

Trotzdem, irgendwie hatte er das Gefühl, in ihrer Nähe sein zu wollen. Mit ihr gab es immer etwas, worüber er reden konnte. Und sie hätte sicher nie gesagt, sie fände ihn nett, wenn sie es nicht wirklich auch so meinte.

Er versuchte sich vorzustellen, wie das Leben mit ihr sein könnte. Viele Bilder drängten sich auf. Zusammen im Café sitzen. Zusammen zum Biwa-See fahren – oder zur Küste ans Meer. Mit einem Bastkorb mit Essen vollgeladen. Auf dem Sand sitzen und auf das weite gleißende Wasser hinausschauen.

Sicher würden sie Kinder haben. Kinder, die zwischen den Beinen herumlaufen und auf die Schultern klettern. Welche Namen würden sie ihren Kindern geben? Wie würde Umeko zu ihnen sein? Und er?

Keine Zeit. Die Bank würde noch mehr von ihm verlangen, und er würde sich noch mehr anstrengen müssen aufzusteigen. Jeden Pluspunkt sammeln. Jeden Minuspunkt vermeiden.

«Wenn ich Umeko heirate», hatte er zur Mutter gesagt, «dann habe ich eine Frau, die genau weiß, wie die Bank funktioniert. Sie ist für mich eine große Hilfe. Das ist doch ein Pluspunkt.»

«Dummkopf. Es geht nicht darum zu wissen, wie man Zahlen zusammenzählt oder Karteikarten ordnet. Was du brauchst, sind Beziehungen, gute Beziehungen, und die bekommst du nicht von einer Busfahrertochter.» Er hörte die Stimme der Mutter, leise, ziehend, drohend: «Wozu habe ich mich abgemüht, dich für eine Elite-Karriere vorzubereiten?»

Ryo schaute auf dem Boden umher, ob er irgendwo noch

einen Kieselstein entdecken konnte. Er fand einen, einige Schritte weit entfernt, holte ihn und schleuderte ihn ins Wasser.

«Verdammt... verdammt», knurrte er. Saya hat sich immer mit allem durchgesetzt. Sie hörte nie auf das, was die Mutter sagte. Sie hörte einfach nicht hin. Sie hatte anscheinend nie Angst, ihr zu widersprechen. Wenn die Mutter sie anschrie, schrie sie zurück. Sie setzte sich durch. Auch in der Schule. Da war sie nie schlecht. Sie brauchte keine Hilfe. Ihre Lehrer brauchten keine Geschenke. Deswegen setzte sie sich durch, auch gegen die Mutter. Deswegen konnte sie es sich erlauben, alles zu tun, was sie wollte. Sogar einen Gaijin heiraten – nur weil sie ihn liebte.

Verdammt. Wenn sie nicht den Gaijin geheiratet hätte, dann wäre die Watanabe-Tochter nicht die einzige Wahl. Er hätte aber trotzdem nicht frei wählen können.

Pluspunkte sammeln. Minuspunkte vermeiden.

Ryo schaute dem Pärchen nach, das Hand in Hand vorbeiging. Die Schuhe des Mannes waren schmutzig, und seine Freundin ging barfuß in Sandalen. Aber wie sie sich aneinander lehnten und sich lachend ansahen, gab Ryo einen Stich.

«Wer zur Elite gehört und glanzpolierte Schuhe trägt, darf keine Busfahrertochter zur Frau nehmen. Was würde Herr Saito sagen? Was würde Kenzo sagen? Was würde Ito sagen?» In seinem Kopf dröhnte die Stimme der Mutter.

«Da bin ich», sagte Umeko, «Entschuldigung – ein bißchen spät. Ich hoffe, du hast nicht zu lange gewartet.»

Ryo taumelte hoch. Umeko stand vor ihm in einem leichten, hellblauen Kleid, die Haare lang heruntergelassen und ein wenig durcheinander, so als ob sie gerannt wäre.

«Nein... nein», stammelte Ryo. Er blickte verlegen auf

seine Aktentasche, die noch auf dem Boden lag. «Du hast dich umgezogen», sagte er scheu.

«Ja.»

«Schönes Kleid.»

Umeko lächelte und sah ihn fragend an: «Warum heiratest du sie?»

Daß sie so unvermittelt davon anfangen würde, damit hatte Ryo nicht gerechnet. Unsicher, der letzten Helligkeit des Tages ausgeliefert, versuchte er, ihrem Blick auszuweichen, aber Umeko hielt ihn mit ihren Augen fest.

«Komm, wir gehen den Fluß entlang», sagte Ryo stokkend und wand sich unter ihrem Blick.

Sie ging neben ihm her. Schweigend, auf Abstand bedacht. Ryo wechselte seine Aktentasche in die andere Hand, als ob das den Abstand verringern würde. Er hob seinen Arm leicht an und hätte ihn beinahe um ihre Schultern gelegt. Dann aber ließ er ihn wieder sinken. «Entschuldigung», murmelte er.

«Nichts zu entschuldigen.» Eine Floskel, so höflich und unbeteiligt wie tagsüber in der Bank.

«Woher weißt du überhaupt», fragte er schließlich und versuchte ruhig zu sprechen, «daß ich heiraten soll?»

Umeko blieb stehen. «Heiraten soll?» echote sie gedehnt in die fallende Dunkelheit hinein, «du sagst, heiraten soll ... nicht, heiraten will?»

Ryo schwieg.

«Noriko heißt sie also», fuhr Umeko mit seltsam tonloser Stimme fort, die wie aus der Ferne zu ihm drang, «eine Watanabe ... aus dem Watanabe-Laden in der Fuyachogasse. Ich frage mich nur, wie du auf die gekommen bist.»

«Das geht dich nichts an», sagte Ryo schroff, «das ist meine Sache.»

«Verzeih mir», sagte Umeko leise, «ich wollte dich nicht verletzen. Ich dachte nur... ich dachte, du würdest dich anders entscheiden.»

Entlang dem Ufer leuchteten die Laternen. Jede mit einem Schriftzeichen. Sie bewegten sich im Abendwind. An einigen hingen dünne Klöppel aus Bambus. Wenn sie aneinanderschlugen, entstand ein zarter Windgesang.

«Ich kann nicht... ich kann nicht... ich kann nicht», brach es schließlich aus Ryo hervor. Er umfaßte den Griff seiner Aktentasche so fest, daß seine Fingergelenke schmerzten.

«Warum kannst du nicht?» fragte Umeko.

«Wenn es nach mir ginge...», Ryo stockte mitten im Satz. Er konnte nicht sagen, was er eigentlich jetzt hätte sagen müssen – daß er nie für sich selbst entschieden hatte, daß er immer der Mutter alle Entscheidungen überlassen hatte, daß sie sein Leben gesteuert hatte, von klein auf. Eigentlich hatte er auch keinen Grund gehabt, dagegen zu sein. Elite-Schule, Elite-Universität, Elite-Karriere... jede Stufe, die er erreichte, wurde von außen mit Bewunderung belohnt. Dennoch, tief im Innern spürte er, wie schwach er eigentlich war, wie abhängig von der Mutter in seinem Denken und Handeln. Er hatte sich ihr ausgeliefert und besaß nicht die Kraft, sich von ihr frei zu machen. Jetzt war es zu spät.

«Du mußt das verstehen», sagte Ryo bittend, «ich kann nichts dagegen tun... meine Mutter...»

«Sie will, daß du die Watanabe-Tochter heiratest?»

Ryo nickte stumm. Er war froh, daß sein Gesicht im Schatten lag.

«Weil ich für deine Mutter nicht gut genug bin?»

«So was darfst du nicht sagen.»

«Stimmt es etwa nicht?»

Ryo schwieg.

Minuten vergingen ohne ein weiteres Wort. Ryo spürte das Gewicht der Aktentasche, die an seinem Arm zog. Er blieb plötzlich stehen und setzte die Aktentasche ab. Umeko, die ein paar Schritte weitergegangen war, schaute sich fragend um. Dann kam sie zu ihm zurück. Ryo fühlte, wie sie sich an ihn lehnte, zuerst ganz leicht, dann dichter und fester. Er legte seinen Arm um sie und zog sie heran.

«Ich ...», murmelte er stockend.

«Ich liebe dich doch auch», hörte er ihre geflüsterten Worte. Dann wieder Stille. Leute gingen in der Dunkelheit vorbei. Pärchen, Hand in Hand. «Aber ich werde dir nicht im Wege stehen.» Umekos Stimme klang dunkel und seltsam fern.

Ryo biß die Zähne zusammen. «Woher weißt du's überhaupt?» fragte er schließlich.

Umeko antwortete mit einem kurzen, kehligen Lachen und löste sich aus seinem Arm. «Woher ich das weiß ... das mit der Watanabe-Tochter und dir? Brauchst nur in die Fuyachogasse zu gehen, wo der Watanabe-Laden ist. Alle wissen das längst, denn die Watanabes erzählen es allen, die es hören wollen ... Eheangebot für unsere Tochter Noriko ... von einem großartigen, hochstehenden vielversprechenden Gowa-Mann ...»

«Schweig!» schrie Ryo sie an.

«Entschuldigung», gab Umeko zurück. Wieder dieser unbeteiligte Ton wie tagsüber in der Bank.

«Ich hätte dich nicht anschreien sollen», lenkte Ryo ein, «ich mache alles falsch.»

«Vielleicht.»

«Dabei denke ich oft an dich und ... und eigentlich ...

«Ich hab' auch viel über dich nachgedacht.» Umekos Stimme klang wieder warm und zart. Sie bot keinen Widerstand, als Ryo sie wieder an sich zog. Sie ließ ihn gewähren, als er ihr Gesicht in beide Hände nahm und sie auf die Stirn küßte. Erst als er sie noch fester an sich ziehen wollte, schüttelte sie den Kopf und schob ihn weg. «Jedes Wort wäre zu schade . . . oder zu wenig wahr.»

Ryo verfiel in Schweigen. Sie hatte recht. Er konnte das nicht sagen, was er wirklich sagen wollte. Er durfte es nicht sagen.

Er spürte, wie die Minuten dahinflossen wie das Wasser im Fluß. Er schaute auf die Wasseroberfläche, die jetzt in der Nacht wie die Lava aussah, die in trägen Strömen aus der Flanke eines aufgerissenen Berges austritt. Die roten Laternen vom anderen Ufer sahen wie Flammen aus, die daraus hochzüngelten.

Tastend, fast wie um einen Halt bittend, suchte Ryo noch einmal Umekos Hand. Sie ließ ihn gewähren, lehnte sich sogar wieder an ihn, warm und weich, glitt dann aber von ihm weg. Sie trat einige Schritte zurück, als ob sie Abstand brauche. Sie betrachtete Ryo lange und schweigend. Dann drehte sie sich plötzlich um und rannte den gleichen Weg zurück, den sie zusammen gekommen waren. Nur ihre Schritte hallten auf dem Kopfsteinpflaster, und ihr Kleid leuchtete noch einige Zeit im Schein der Laternen.

16

Es war November geworden, und die Hochzeitsvorbereitungen gingen zügig voran. Die Mutter telephonierte stundenlang und ging in ihrer Aufgabe vollständig auf. Zwei Tage lang hatte sie einen berufsmäßigen Kalligraphen ins große Zimmer gesetzt, wo er die mehr als dreihundert Namen und Adressen der Einzuladenden in Perfektion auf kostbares Reispapier pinselte. Zwischendurch fuhr sie mit dem Taxi in die Stadt und wählte in Geschäften und Kaufhäusern Geschenke aus, von denen sie sich Muster nach Hause bringen ließ. Sie nahm ihre Aufgabe sehr ernst, die passenden Angebinde zu finden, die sie am Ende der Festlichkeiten allen Hochzeitsgästen als Dank für ihre Teilnahme überreichen wollte. Sie breitete die Muster überall im Haus aus und schwankte lange hin und her, wofür sie sich entscheiden sollte. Sie hatte sich unten im Seidenweberviertel einen neuen anthrazitschwarzen Kimono mit einem eingewebten Band von tausend ockerfarbenen Fächern bestellt und dazu einen hellgrauen Obi mit Goldfaden. Solch einen Obi hatte sie sich schon lange gewünscht. Im Wohnzimmer lagen Zeitschriften aufgeschlagen, in denen *Frisuren für die reife Frau bei festlichen Gelegenheiten* abgebildet waren.

Der Guji trat in die helle Novembersonne hinaus und ließ die Pracht des Herbstes in sich eindringen. Eine Folge trockener Tage und kühler, klarer Nächte hatte das Laub der Ahorn-

und Kirschbäume in ein Feuerwerk von Farben verwandelt. Es war die Zeit des Jahres, die er am meisten liebte. Er konnte dann stundenlang schauend dastehen und sich in dieses Wunder der Natur versenken. Die dunkelgrünen Kiefern wirkten fast schwarz neben dem leuchtenden Rot und Gelb der Laubbäume, aber im Gegenlicht umgaben sich die Nadelbüschel der Kiefern mit einem schmalen, blauen Lichtsaum, der ihre Spitzen abrundete.

Wenn der Guji seine Augen schloß und seinen Blick auf Ryos Zukunft richtete, sah er das Leben, das Ryo und Noriko miteinander, nebeneinander verbringen würden. Er sah zwei Wellen, die sich nie gegenseitig durchdrangen und verschmolzen. Es waren kleine, flache Wellen wie Millionen andere Wellen auch, die durch Raum und Zeit wanderten, geformt von dem Bewußtsein wechselseitiger Nützlichkeit. Und über ihrem Leben spannte sich ein Himmel ohne Sterne.

«Warum mußt du denn unbedingt noch in diesem Jahr heiraten?» hatte er Ryo gefragt, «du kannst zurücktreten, und du weißt, daß du dabei meine Unterstützung hast.»

«Ich kann nicht», hatte Ryo stockend geantwortet, «ich kann nicht.» Etwas Dunkles hatte in seinen Augen gelegen und seinen Blick unstet gemacht.

«Du verbirgst etwas», hatte er ihn besorgt angesehen, «etwas, was sinnlos und wertlos ist.»

«Das ist meine Sache.» Ryo war abrupt aufgestanden und wollte schon hinausgehen.

«Bleib», hatte er leise gebeten, «bleib. Du kannst dein Leben nicht wiederholen. Ich möchte dich davor schützen, daß du aus Unsicherheit einem falschen Entschluß folgst.»

Aber Ryo war nicht geblieben. Er hatte nur mit unruhigen Augen zu Boden geblickt und war dann doch wortlos hinausgegangen.

Der Guji gestand sich sein eigenes Versagen ein. Ryo hatte sich dem Willen der Mutter gebeugt. Ein weiterer Schritt in einer langen Folge von Schritten, unumkehrbar. Es war zu spät. Die Entscheidung war gefallen.

Wie ein Vogel, der in der Sonne seine Flügel ausbreitet, um Wärme aufzunehmen, ließ der Guji die Sonnenstrahlen auf sich fallen. Er spürte, wie die Ruhe langsam in ihn zurückkehrte, die unter dem Ansturm der Gedanken zerrissen war.

Es war der Strom der Zeit und Ryo nur ein kleines Rad im großen Getriebe. Er drehte sich wie Millionen andere um die gleiche Achse – immer schneller und immer höher. Aufstieg, Aufstieg, Aufstieg. Alle waren mitgerissen, auch wenn es ihnen schon längst schwindlig wurde und sie spürten, wie ihre Lebenskraft schwand. Verschlissen von dem unersättlichen Hunger der Wirtschaft. Selbst jene, die merkten, wie hoch der Preis war, befiel Ratlosigkeit. Sie starrten wie gebannt auf die enger werdenden Bahnen, in das ihr Leben gezwängt wurde.

Andererseits, wer sich einfügte, sich von dem Getriebe drehen ließ, dem waren die Sorgen um das tägliche Leben genommen. Gehälter stiegen Jahr um Jahr. Bonuszahlungen wurden immer steiler. Für alles war gesorgt – firmeneigene Wohnungen und Häuser, firmeneigene Kaufzentralen, firmeneigene Tennis- und Golfplätze, firmeneigene Ferienorte, firmeneigene Ärzte und Krankenhäuser, firmeneigene Beerdigung.

Der Guji reckte sich und atmete tief die würzige Waldluft ein. Es war der Strom der Zeit, der alles rastlos nach vorn und oben streben ließ. Vielleicht verständlich, sagte er sich, nach dem verlorenen Krieg und den schrecklichen Zerstörungen. Vielleicht verständlich nach der Erniedrigung der Niederlage. Vielleicht verständlich für ein Volk, das seit jeher auf engstem Raum zusammenlebt und eigentlich nie etwas anderes gekannt hat als harte Konkurrenz. Ein Volk, das seine eigenen Formen entwickelt hat, sich im täglichen Kampf ums Überleben durchzusetzen.

Ein stilles Lächeln huschte über das Gesicht des Guji. Er sah plötzlich Ryo in einem anderen Licht – nicht mehr als seinen Sohn, um den er sich wie selbstverständlich Sorgen machte und für den er nur das Beste wollte, sondern als kleine Welle im großen Fluß der Zeit. Er fügte sich übergangslos ein und verschwand fast in dem Muster der anderen Wellen. Alle erschienen seltsam gleich, obwohl doch jede von einem eigenen, unverkennbaren Schicksal getragen wurde.

Und seine Frau? Sie war der Wind, der die Wellen formte. Sie war ein Hauch im Chor der japanischen Mütter, die gemeinsam die Wellen vorwärtstrieben.

Nur ein Hauch.

Leute kamen und gingen über den kiesbedeckten Vorplatz. Einige blieben stehen, als sie den Guji sahen, und verbeugten sich leicht. Er wechselte ein paar Worte mit ihnen, scherzhafte Worte, wie es seine Art war, und sie sagten, wie leuchtend in diesem Jahr die Herbstfarben erblüht seien. Wenn die sonnigen Tage und kühlen, trockenen Nächte noch länger andauerten, würden sich die Farben noch vertiefen. Das Scharlachrot der Ahornbäume würde noch strahlender werden, und das Orangerot der Kirschen würde sich in reines Gold verwandeln.

Ishida hatte nach monatelangem Schweigen angerufen und gefragt, ob er wieder kommen könne. Seine Stimme hatte am Telephon zögernd geklungen, nicht so bestimmt wie sonst. Er schien noch immer besorgt zu sein über das, was er in seiner kürzlich veröffentlichten Autobiographie geschrieben hatte. «Deswegen und weil ich außerdem krank war, bin ich solange nicht mehr zu Ihnen gekommen, aber der Anruf Ihrer verehrten Gattin erlaubt es mir, wenigstens einen winzigen Teil meiner Schuld zurückzuzahlen.»

«Welcher Anruf?»

«Der Anruf Ihrer Gattin. Sie hat mich doch in Ihrem Namen gebeten, Ihrem Sohn Ryo zuliebe ein Konto in der Gowa-Bank zu eröffnen.»

Der Guji blickte in den feuerroten Ahornbaum hinein, der auf der gegenüberliegenden Seite des Vorplatzes stand und von der Sonne im Gegenlicht durchstrahlt wurde. Er schaute so lange, bis seine Augen fast schmerzten. Die Lichtflecken tanzten, und, als er die Augen schloß, tanzten sie weiter. Sie wandelten sich von Rot über Purpur zu blassem Weiß.

«Ich gehe zum Schrein hinauf», sagte er zu dem Jungpriester, «wenn Ishida kommt, bringen Sie ihn nach oben.»

In dem stillen Geviert, das den Altarbau umschloß und in dem zwischen den Sakaki-Büschen Farne ihre schon langsam zu Gelb wechselnden Wedel ausbreiteten, fand der Guji seine Ruhe wieder.

Früher war er an solchen farberfüllten Herbsttagen gern in den Wald gegangen, der den Schrein und den Hügel umschloß. Er liebte das Rascheln des trockenen Laubs bei jedem Schritt. Er ging barfuß in Sandalen, um die Nähe zur Erde zu spüren. Er tauchte in das dichte Unterholz ein, dessen Zweige an seinem weißen Priestergewand zerrten. An Stellen, wo Sonnenstrahlen wie messerscharfe Linien durch das Laubwerk brachen, blieb er oft stehen und schaute ihrer langsamen Wanderung zu, oder er legte sich flach auf den trockenen Laubboden und blickte in die

Baumkronen hinauf. Dann spürte er, wie sich die Erde drehte und wie die kosmische Zeit voranschritt. Er fühlte sich eins mit der Natur und den Kräften, die aus dem Weltall Erde strömen.

Die Zeit trug in ihrem scheinbar gleichmäßigen Voranschreiten jenes geheimnisvolle, vielfach verwobene Wellenmuster, von dem das I-Ging sprach. Der Guji sah die ständig zyklisch sich erneuernden Bewegungen, die schöpfende, zerstörende, wandelnde Wirkung der Zeit und ihre nie erlahmende Kraft.

Er fühlte eine tiefe Dankbarkeit in sich, daß er in die Geheimnisse der Zeit hatte eindringen können. Er konnte ihr Wirken auf die Menschen sehen und vorausberechnen. Er verlor nie das Gefühl des Staunens, warum das möglich war. Er hatte sich oft gefragt, wo die Grenze des Wissens liege. Eigentlich sollte das, wovon das I-Ging handelt, jenseits des Erfaßbaren sein. Er wußte nicht, wo die Grenze lag. Er wußte nur, daß er die Grenze noch nicht erreicht hatte. Das einzige, was ihm geschah, wenn er versuchte, immer tiefer und weiter in das Unbekannte vorzustoßen, war, daß die Konturen verschwommener wurden. Wie die Punkte der Sterne und ganzer Galaxien am Rande des Universums. Auch sie verschwinden in der Ungewißheit der Zeit.

Vor dem Gefühl der Ehrfurcht, das dieses Wissen ihm gab, verblaßten alle Sorgen und Probleme. Nur reine einfache Freude blieb. So einfach wie die Freude, die er empfand, wenn er aus dem Wald einen Beutel voll Eßkastanien und Gingkofrüchte mitbrachte, die er dann abends auf offenem Feuer röstete.

Saya, als sie klein war, stand mit leuchtenden Augen neben dem Feuer und wartete, daß die Schalen der Kastanien und der Gingkonüsse mit lautem Knacken platzten. Dann hob er das Metallsieb, auf denen sie lagen, aus der Glut, und Saya trippelte von einem Bein aufs andere, ungeduldig, bis sie sie anfassen, schälen und essen konnte. In Deutschland, hatte sie gesagt, wachsen selten Eßkastanien, und auf den Gingkobäumen, die es in Parks und Anlagen gibt, werden keine Früchte reif. Es sei einfach zu kalt dafür und die Sonne das ganze Jahr über schwach.

Schritte knirschten auf dem Kies. Ishida ging etwas schleppend und stützte sich auf einem Stock ab. «Meine erste Warnung», sagte er, «daß ich mit meinen Fünfundachtzig etwas langsamer treten soll.» Die Agilität und Drahtigkeit, die ihn sonst immer charakterisiert hatten, hatten sich seit einem Sturz, bei dem er sich ein Bein gebrochen hatte, etwas abgeschwächt. Nur seine Augen hatten ihre Schläue nicht eingebüßt.

«Sie waren lange nicht da», sagte der Guji und bot ihm einen Platz neben sich auf den hölzernen Altarstufen an.

Ishida verbeugte sich vor dem Altar. Dann setzte er sich hin, seinen Gehstock wie einen Mast zwischen den Knien. Er schaute zu den feurigen Bäumen hinauf. «Jedesmal, wenn ich zu Ihnen kam, war mein Kopf voll von Fragen», sagte er nach langer Pause, «ich habe nie richtig wahrgenommen, wie friedvoll und schön es hier ist... und wie oft bin ich schon zu Ihnen gekommen.»

«Über zwanzig Jahre lang», ergänzte der Guji.

«Ja, über zwanzig Jahre lang... Erinnern Sie sich noch an das erste Mal? Es war ein Jahr nach Kriegsende. Wir haben hier an der gleichen Stelle gesessen. Damals wußte ich nicht weiter. Ich fühlte mich schon so alt, obwohl ich erst gerade über sechzig war. Ich wußte nicht, was aus mir werden würde. Und die Firma, ich wußte nicht, ob es sich überhaupt lohnen würde, sie wieder aufzubauen. Ich dachte, ich sei am

Ende. Da haben Sie mir gesagt, nein, mein Leben fange jetzt erst richtig an. Ich dachte, Sie seien ein komischer Kauz und wollten mich alten Mann nur einfach trösten.»

«Das habe ich damals Ihren Augen angesehen», sagte der Guji lächelnd, «Ihre Augen waren voller Zweifel, so voll wie die Luft rund um uns vom Singen der Zikaden.»

«Ja, Sie haben recht», unterbrach ihn Ishida, «es war damals ein sehr heißer Sommertag, und die Zikaden waren überall. Ich habe Ihnen kein Wort geglaubt. Wieso sollte ich auch? Was Sie sagten, klang wie aus einer anderen Welt. So, als ob Sie von der harten Realität, die es draußen gab, nichts wüßten. Soll ich wieder aufbauen oder nicht? Komisch, so eine Frage, gerade hier. Eigentlich habe ich mit Ihnen nur geredet, weil Sie auf mich den Eindruck machten, ich könnte Ihnen mein Herz ausschütten. Mehr nicht. Aber wir sind hier auf den Altarstufen sitzengeblieben ...»

«Weil ein Gewitter kam», sagte der Guji, «und das Rauschen des Regens löschte die Stimmen der Zikaden aus.»

«Ja, so war's, es hat geregnet, und Sie haben mich in Ihren Bann gezogen. Wissen Sie noch, wie?»

«Nein.»

«Sie haben mir auf den Kopf zugesagt, was für ein schäbiger Mensch ich bin, wie ich mein bisheriges Leben gelebt hatte, was mich antrieb und was mich zurückhielt. Warum ich nie in meinem Leben Freunde hatte. All das haben Sie mir gesagt, auf diesen Altarstufen, ohne Vorwurf in der Stimme, ganz ruhig, aber sehr bestimmt. Und als ich Ihnen eine Fangfrage stellte, ich weiß nicht mehr, welche, da haben Sie mich mit Ihren klaren, durchdringenden Augen angesehen und mir, wieder ohne Vorwurf in der Stimme, gesagt, daß meine Frage nicht ehrlich gemeint sei. Da wußte ich, wie tief Sie in die Seele hineinblicken konnten.»

Ishida war aufgestanden und ging mit seinen leicht schleppenden Schritten zwischen den Sakaki-Büschen hin und her. Sein Stock bohrte sich bei jedem Schritt in den lockeren Boden.

Der Guji blieb auf den Altarstufen sitzen und verschränkte, wie er es oft und gern tat, die Hände im Nacken. Er blickte mit weit nach hinten geneigtem Kopf in das Balkenwerk, welches das Dach des Altarbaus trug. Dort, wo nie Sonne und Regen hinkamen, schimmerte das Zedernholz noch in seiner ursprünglichen rotbraunen Farbe.

«Ich muß Ihnen etwas gestehen», sagte Ishida von der anderen Seite des Gevierts her, das den Altarbau umschloß, «ich weiß nicht, ob Sie es schon längst wissen, aber ich sage es trotzdem. Damals, vor jetzt mehr als zwanzig Jahren, haben Sie mir hier an dieser Stelle den Beweis Ihrer für einen Außenstehenden unfaßbaren Fähigkeiten gegeben. Gleichzeitig haben Sie mir prophezeit, ich könne, obwohl ich schon über sechzig war, noch etwas Großes leisten. Ich habe Ihnen damals gesagt, ich wüßte nicht, wie. Sie haben mir geantwortet, daß ich nichts anderes zu tun brauchte, als vor jeder großen Entscheidung zu Ihnen zu kommen und zu fragen. In dem Augenblick habe ich mich entschieden, Ihre Güte und Fähigkeit für meinen geschäftlichen Gewinn auszunützen.» Ishida kam zur Altarstufe zurück und stellte sich vor den Guji.

«Ich weiß», sagte der Guji, «ich weiß, daß Sie nicht gekommen sind, um die Zikaden zu hören oder die Farben der Herbstblätter anzusehen. Sie waren ehrgeizig. Sie wollten vorwärtskommen. Sie wollten etwas leisten, auf das Sie stolz sein könnten.»

«Aber ich bin nicht stolz. Zwanzig Jahre lang haben Sie mich Schritt für Schritt geleitet und mir gesagt, was ich tun sollte.»

«Nein», erwiderte der Guji, «zwanzig Jahre lang haben Sie dem vertraut, völlig vertraut, was ich aus meinem Wissen des I-Ging für Sie herauslesen konnte. Ihr Vertrauen war das Geheimnis Ihres Erfolgs.»

Ishida setzte sich wieder neben den Guji und stützte die Stirn auf seinen Stock. «Sie machen es mir noch schwerer, als ich gedacht habe. Sie wissen doch wohl, daß ich eine Autobiographie geschrieben habe.»

«Ich habe davon gehört.»

«Haben Sie sie gelesen?»

«Nein.»

Ishida preßte die Lippen zusammen und schwieg. Schließlich sagte er mit rauher Stimme: «Dann wissen Sie also nicht, daß ich in meiner Autobiographie all den Erfolg, all den Welterfolg, um den mich Millionen beneiden, mir selbst zugeschrieben habe. Meiner Fähigkeit, intuitiv die richtigen Geschäftsentscheidungen zu treffen. Meiner Fähigkeit, in meiner Firma die richtigen Leute in die richtigen Positionen zu bringen. An einer Stelle behaupte ich sogar von mir selbst, daß mir die Gabe gegeben sei, die Wellen der Zeit zu erahnen – seltsame Worte für einen Geschäftsmann, gestohlene Worte, wie Sie sicher unschwer erraten. Ich habe mir Ihre Worte an die Brust gehängt, wie all die vielen, aber im Grunde doch lächerlichen Orden, die inzwischen auf mich gehäuft wurden. Ich schäme mich.»

Danach schwieg er wieder und blieb in seiner nach vorn gebeugten Haltung auf der Altarstufe sitzen, die Stirn wieder auf den Knauf seines Gehstocks gestützt.

Der Guji blickte ihn von der Seite an. «Was hätten Sie sonst schreiben können?»

«Die Wahrheit.»

Der Guji schüttelte den Kopf. «Die Wahrheit? Dann hätte

man Sie ausgelacht. Ich verstehe doch nichts von Marktanalyse, Geschäftsstrategie, von Finanzen und Personalpolitik. Ich kann keine Milliardenfirma aufbauen, praktisch aus dem Nichts. Sie mußten alle Möglichkeiten genau durchdenken und in Fragen kleiden. Ich konnte Ihnen nur sagen, welche von zwei oder mehr Möglichkeiten die beste Aussicht auf Erfolg besitzen würde.»

«Aber das ist doch genau das, was das Geheimnis meines Erfolgs war.»

«Lassen Sie es ein Geheimnis bleiben.»

Ishida erhob sich wieder und begann mit schleppenden Schritten einen neuen Rundgang durch das Geviert. «Aber ich fühle mich doch schuldig. Deswegen war ich während der letzten fünf Monate nicht mehr zu Ihnen gekommen. Nicht wegen meines gebrochenen Beins. Nein, es war dieses ziehende, quälende Schuldgefühl, das mir dauernd im Nakken saß. Deswegen war ich so erleichtert, als Ihre verehrte Gattin anrief und mich in Ihrem Namen bat, etwas für Ihren Sohn Ryo zu tun. Zwanzig Jahre lang haben Sie mich nie, nie um eine Gefälligkeit gebeten. Jetzt, da ich endlich gemerkt habe, was für ein schäbiger Kerl ich bin, geben Sie mir die Möglichkeit, Ihrem Sohn zu helfen und dadurch einen kleinen Teil meiner Schuld abzutragen. Ist das nicht eine Ironie?»

«Ja», nickte der Guji und schaute zu den scharlachroten Ahornbäumen hinüber, deren Äste wie Flammen gegen den tiefblauen Himmel standen.

17

Die Mutter wußte, die Entscheidung war richtig gewesen. Ihr Mann hatte ohnehin keine allzugroße Bereitschaft gezeigt, die Trauung selbst zu vollziehen, oben im Schrein auf dem Hügel. Statt sich noch länger mit ihm herumzustreiten, hatte sie, gemeinsam mit den Saitos und nach Rücksprache mit den Watanabes, den Heianschrein gewählt. Kein anderer Ort bot einen so eindrucksvollen Rahmen.

Außerdem – das wußte die Mutter von früheren Gelegenheiten, wenn sie selber als Gast an Hochzeiten teilgenommen hatte – besaß die Priesterschaft des Heianschreins große Erfahrung mit der Abwicklung von Hochzeiten und das notwendige Feingefühl dafür. Alles war, soweit sie beurteilen konnte, immer reibungslos gelaufen. Deshalb war sie für eine Hochzeit im Heianschrein eingetreten, obwohl es, wie die Watanabes plump bemerkten, eine sehr teuere Wahl war.

Als Gegenargument hatte die Mutter darauf verwiesen, daß man für eine Hochzeit im Dezember den ganzen weitläufigen Heianschrein für sich würde haben können, da der Dezember nach der Tradition eigentlich kein guter Heiratsmonat ist. Es ist dann schon zu spät im Jahr. Im Dezember sollte man die Wege reinigen, auf denen das neue Jahr einziehen wird. Falls das alte Jahr mit Glück gesegnet war, soll man dafür dankbar sein und nicht im letzten Monat noch frische Forderungen an das Glück stellen. Aber Ryo hatte auf einem Termin vor Jahresende bestanden.

Die Dezembersonne betonte den Kontrast zwischen der kupfergrünen Patina des Schreindachs und des chinesischen Rots seiner mächtigen Säulen. Das Gebäude hob sich in angenehmer Weise gegen das Tiefgrün der Kiefern ab. In Anbetracht des zu erwartenden schönen Anblicks hatte die Mutter von Anfang an vorgeschlagen, zu Fuß einen kleinen Umweg über den Vorplatz zu machen und unter den Kiefern hindurchzugehen. Alle fanden das eine gute Idee, außer Frau Watanabe. Sie war dagegen. Sie wollte den kürzesten Weg nehmen. Es bedurfte Herrn Saitos einfühlsamer Ermahnung, daß es doch unguten Eindruck machte, wenn die Brautmutter nicht an dem gemeinsamen Gang teilnehmen würde. Am Ende hatte sich Frau Watanabe dem Mehrheitsbeschluß unterworfen. Das Laufen fiel ihr jedoch nicht leicht, obwohl der Weg nur über ebenes Gelände führte. Sie watschelte dahin, und ihr Gesicht war angespannt. Mit ihren Augen griff sie schon nach den im Hochzeitspavillon bereitstehenden Stühlen, lange bevor sie angekommen war.

Es war eine erhabene Trauung. Die niedrigstehende Wintersonne drang weit in den Raum hinein und ließ die feine Holzmaserung der Stützbalken hervortreten. Alles war aufs beste vorbereitet. Eine angenehm klingende Stimme kündete den Beginn der Trauung an und erteilte genaue Anweisungen, wie sich alle zu verhalten hätten. Niemand brauchte sich Sorgen zu machen, einen Fehler zu begehen, der die Würde des Anlasses verletzen könnte. Der Zeitpunkt jeder Verbeugung und deren Grad wurde rechtzeitig angesagt, so daß sich alle darauf einstellen und gemeinsam der Forderung nachkommen konnten.

Noriko trug einen von einer renommierten Verleihanstalt ausgeliehenen Brautkimono. Dagegen war nichts einzuwenden, denn ein eigener Kimono dieser Art mit allen

Accessoires stellt eine so unsinnig teure Ausgabe dar, daß heutzutage sogar in den allerbesten Familien im geliehenen Brautkimono geheiratet wird. Der Kimono, den Noriko trug, entstammte einer mittleren Preislage. Vielleicht hatte jedoch Herr Watanabe seine Geschäftsbeziehungen spielen lassen und einen besonders günstigen Rabatt herausgeholt. Schließlich war er, wenn auch nur nebenbei und wenig traditionsbezogen, im Bekleidungsgeschäft tätig. Da konnte es gut sein, daß das Kimonoverleihhaus ihm weit entgegenkam.

Allerdings hatten die Watanabes ihren Sinn für Sparsamkeit stark übertrieben. Nicht bei Norikos Brautkimono – das berührte die Mutter nicht –, sondern bei der anteiligen Übernahme der allgemeinen Kosten der Hochzeitsfeier, von denen eigentlich die Hälfte hätte auf die Watanabe-Seite entfallen müssen. Die Mutter schüttelte den sauren Gedanken ab, denn er war der Heiligkeit des Ortes und der Bedeutung des Augenblicks nicht angemessen.

Wirklich eine erhabene Trauung. Der Priester, der sie vollzog, trug schon weißes Haar. Sicher hatte er im Verlauf seines langen Lebens schon Tausende von Trauungen vollzogen. Man sah es seinen Bewegungen an, daß er das Ritual bis zu einem Grad der Vollkommenheit beherrschte, der alles Gekünstelte vergessen ließ. Nichts wäre peinlicher gewesen als ein unerfahrener Priester, der den geheiligten Sakaki-Zweig wie einen Besen schwenkt. Bei dem weißhaarigen Priester stimmte alles. Der Mutter entging es nicht, wie genau er die vorgeschriebenen Pausen einhielt, den Sakaki-Zweig genau im richtigen Augenblick zur Seite legte und den Gebetstext ohne Hast entrollte. Er stand mit geneigtem Kopf da und hielt den Gebetstext mit ausgestreckten Armen. Ein würdiger Anblick, den die Mutter nur verstohlen in sich aufnehmen konnte, weil auch sie den Kopf geneigt halten mußte.

Unauffällig wandte sie sich zur Seite und sah ihren Mann an. Er war während der ganzen Verhandlungszeit keine Hilfe gewesen. Im Gegenteil. Er hatte sich gegen diese Ehe ausgesprochen und mehrmals seinen Unwillen darüber zum Ausdruck gebracht, daß Ryo unbedingt noch in diesem Jahr heiraten wollte. Er bezeichnete die bevorstehende Verbindung mit der Watanabe-Tochter als eine Notlösung, mit der niemand glücklich sein könne – in erster Linie Ryo nicht. Dennoch hatte sich die Mutter durchgesetzt und ihr Ziel, gute Ehebedingungen auszuhandeln, mit Energie und Tatkraft weiterverfolgt. Die Gefahr, daß Ryo die Busfahrertochter heiraten würde, war einfach zu groß gewesen.

Außerdem hatten sich die Saitos inzwischen schon so sehr in ihre Vermittlerrolle eingelebt, daß jeder Abbruch der Verhandlungen Herrn Saito tief verletzt hätte. Er würde sicher nach dem Grund des Abbruchs gefragt haben, und die Mutter wäre in die sehr peinliche Situation geraten, ihm sagen zu müssen, daß ihr Mann dagegen sei. Sie konnte sich vorstellen, wie Herr Saito und seine Frau dann einen schnellen Blick gewechselt hätten, mit dem alles gesagt war, was sie dachten.

Herr Saito hatte immerhin mehr als einmal angedeutet, die Sache mit Saya erleichtere ihm seine Aufgabe nicht, aber in Anbetracht der gegebenen Umstände sei er mit dem Fortschritt der Verhandlungen recht zufrieden.

Die Mutter war stolz, daß sie es geschafft hatte. Sie blickte zu Ryo hin, der vor dem Altar stand. In seinem Frack machte er eine gute Figur. Obwohl er mit gesenktem Kopf dastand, konnte man sehen, wie groß er war. Noriko wirkte neben ihm ziemlich kurz, obwohl sie, wie die Mutter beim Gang über den Vorplatz bemerkt hatte, zum Brautkimono überhohe Schuhe trug.

Wie gut, dachte die Mutter, daß nun die nervenaufreibenden Verhandlungen vorbei waren, wenn auch nicht zu ihrer völligen Zufriedenheit. Die würdige Trauung im Heianschrein entschädigte sie für die anstregenden Wochen und Monate, die hinter ihr lagen. In einem Punkt mußte sie Ryo allerdings recht geben: Norikos Hals war wirklich sehr kurz. Eigentlich kaum vorhanden, denn ihr Kopf schien unmittelbar auf den Schultern zu sitzen.

Die Watanabes hatten sich als schwierige Partner erwiesen. Das hatte sich bald herausgestellt. Herr Watanabe brachte zu allen Besprechungen sein stoßweises Lachen mit und setzte es zum eigenen Vorteil ein. Frau Watanabe schnitt der Mutter immer häufiger das Wort ab und entwickelte eine besondere Art, ihre Gemeinheiten mit einem prallen Lächeln zu spicken.

Überhaupt schienen die Watanabes die Eheverhandlungen in erster Linie unter kommerziellen Gesichtspunkten zu betrachten. Es war ihnen offenbar nicht verborgen geblieben, daß Ryo auf schnelle Hochzeit drängte, und sie spielten ihre Trümpfe schamlos aus. Wenn die Mutter vornehm andeutete, man möge doch bei allem nicht vergessen, daß Noriko durch die angestrebte Heirat mit Ryo in gesellschaftlich höhere Kreise aufsteige, taten die Watanabes so, als sei ihr fünfstöckiges Geschäftshaus mehr wert als Ryos gute Herkunft. Dann sah sich die Mutter gezwungen, auf die aus dem Grundbuchauszug ersichtliche hohe Hypothekenlast hinzuweisen, die ihrer Meinung nach als Minuspunkt anzusehen sei. Da lachte Herr Watanabe in seiner impertinenten Art und meinte, seine Verschuldung sei geringer als in der Branche sonst üblich.

Schließlich ging es ums Geld. Die Mutter war gern bereit, ein angemessenes Brautgeld zu entrichten, aber die Vorstellungen der Watanabes waren exorbitant. Immerhin war Noriko mit fünfundzwanzig nicht mehr die Jüngste, und außer ihrem vierjährigen Studium hatte sie nicht viel zu bieten. Frau Watanabe widersprach in ihrer unfeinen Art und verwies mehrmals auf Norikos Kochschule und den Nähkurs, den sie außerdem besucht habe. Ferner prahlte sie mit dem Führerschein, durch den Noriko zu einem modernen jungen Mädchen geworden sei.

Die Mutter erinnerte sich noch allzugut, wie offen Frau Watanabe an jenem heißen Tag im Sommer, als sie Noriko für den Ikebana-Unterricht anmelden wollte, von ihren Sorgen wegen Norikos schlechten Heiratschancen gesprochen hatte. Auch das wortlose Erstaunen und die tiefe Dankbarkeit, die sich auf Frau Watanabes Gesicht gezeigt hatte, als die Mutter Ryos Interesse an einer Verbindung mit Noriko ankündigte, waren ihr in lebhafter Erinnerung geblieben

Von all dem hatte Frau Watanabe später nichts mehr wissen wollen. Sie ging sogar so weit, Noriko als eine kostbare Blume darzustellen, die Ryo nur nach Bezahlung eines erheblichen Brautgelds pflücken dürfe.

Ohne verletzende Worte zu benutzen, sah sich die Mutter gezwungen, die Watanabes darauf aufmerksam zu machen, daß sich ihre Wurzeln schon nach vier Generationen in der steinigen Erde der Okayama Präfektur und Yamaguchi Provinz verloren, während Ryo auf einen lückenlos belegten Stammbaum zurückschauen könne, der mehr als dreißig Generationen in die Vergangenheit reichte und mit Samuraiblut getränkt war.

«Mehr als siebenhundert Jahre», hatte die Mutter gesagt

und bescheiden zu Boden geblickt, «das ist immerhin etwas, über das man mit einem gewissen Stolz sprechen kann.»

Da die Watanabes noch immer kein Anzeichen von Ehrfurcht erkennen ließen, hatte die Mutter in wohlgesetzten Worten darauf hingewiesen, wie groß und mächtig und reich die Hayatos waren, deren Besitz in Himari lag und die dort jahrhundertelang eine führende Rolle gespielt hatten.

Herr Watanabe ließ daraufhin sein stoßweises Lachen hören. «Mag sein, daß der Hayato-Besitz einmal bedeutend war», sagte er ungerührt, «aber soweit wir haben in Erfahrung bringen können, ist davon so wenig übriggeblieben, daß es noch nicht einmal ausreichen würde, einen Spatz am Leben zu erhalten.»

Er zog an seiner Zigarette und blies so dichten Rauch über den Tisch, daß Herr Saito ihn mit der Hand vor dem Gesicht wegwischen mußte und Frau Saito hüstelnd nach ihrem Taschentuch griff.

«So ist es», lächelte auch Frau Watanabe, und Geld als Lebensziel war ihr ins Gesicht geschrieben, «die Hayatos sind längst zu armen Schluckern geworden, während Noriko aus einer Familie kommt, die ein fünfstöckiges Geschäftshaus ihr eigen nennt.»

Die Mutter seufzte. Sie wußte, daß solche Erinnerungen der Würde des Augenblicks nicht angemessen waren, denn vorn, am Traualtar, schwenkte der Priester wieder den Sakaki-Zweig. Es war falsch, die Heiligkeit der Trauung durch saure Gedanken zu beflecken. Aber der Anblick der Watanabes, die auf der anderen Seite des Mittelgangs auf ihren Stühlen saßen, ließ sie nicht zur Ruhe kommen. Frau Watanabes Stimme drängte sich wieder nach vorn. «Die Hayatos sind längst zu armen Schluckern geworden, während unser fünfstöckiges Geschäftshaus ...»

Wie gut, daß Herr Saito sich an dieser Stelle mit seiner vertrauenerweckenden sonoren Stimme eingeschaltet und die Verhandlung wieder in ruhigere Bahnen gelenkt hatte. Er stellte sich auf die Seite der Vernunft und gab den Watanabes zu bedenken, daß Tradition einen geistigen Wert habe, den man nicht in Geld messen könne.

«Siebenhundert Jahre Tradition... siebenhundert Jahre Reinheit des Samuraigeistes», hatte er gesagt, «so etwas geht ins Blut über. Die Abstammung des jungen Herrn Ryo ist über alle Zweifel erhaben.»

Selbst diese gehaltvollen Worte machten auf die Watanabes keinen Eindruck. Im Gegenteil. Frau Watanabe wechselte mit ihrem Mann einen kurzen Blick, der erkennen ließ, daß sie ihre Verhandlungsstrategie gut im voraus eingeübt hatten. Mit der gleichen Lässigkeit, die er schon mehrmals an den Tag gelegt hatte, zog Herr Watanabe an seiner Zigarette und blies den Rauch genüßlich aus.

«Da wir gerade über die Frage der Reinheit des Blutes sprechen», sagte er, «mag es vielleicht angebracht sein, darauf hinzuweisen, daß sich da neuerdings auch ein Schuß Unreinheit hineingemischt hat.» Er lehnte sich behäbig zurück und lachte einmal kurz und stoßweise.

«Das ist ein wichtiger Punkt, der unsere Disposition betrifft», griff Frau Watanabe die Andeutung ihres Mannes auf. «Wir fragen uns, warum Herrn Ryos verehrte Schwester Saya an einen Gaijin weggegeben werden mußte.»

«So ist es», nickte Herr Watanabe, «warum mußte sie an einen Gaijin weggegeben werden, wenn das Blut so rein war?»

Obwohl die Mutter wußte, daß die Watanabes diese Frage bestimmt auf den Verhandlungstisch bringen würden, war sie entsetzt über die Wahl der Worte. Herr Saito kam ihr in diesem kritischen Moment nicht zur Hilfe. Er tauschte nur mit seiner Frau einen vielsagenden Blick und schwieg.

In ihrer Hilflosigkeit wünschte die Mutter sich, ihr Mann wäre wenigstens dieses eine Mal zu den Verhandlungen mitgekommen und hätte diese gemeine Unterstellung zurückgewiesen. Aber wahrscheinlich würde er Frau Watanabes Worte noch nicht einmal als gemein empfunden haben, denn schließlich hatte er selbst schon mehrmals gesagt, mit der Reinheit des japanischen Blutes sei es nicht so weit her, wie die meisten Leute denken. Das japanische Blut enthalte genetische Einflüsse aus Korea, Nordchina und der Mongolei, aus Südchina, Indochina und den südpazifischen Inseln – alles vermischt mit dem Erbe der Ainu, die schon lange vor den anderen Einwanderungsgruppen den japanischen Inselarchipel besiedelt hätten.

Da platzte Frau Watanabe erneut heraus, Saya sei doch nach allen Informationen, die sie erhalten habe, geistig und körperlich intakt gewesen. Außerdem habe sie eine teure Ausbildung genossen. Trotzdem sei sie an einen Gaijin weggegeben worden. Warum?

Herr Watanabe fügte in einem aufreizend geschäftsmäßigen Ton hinzu, man wolle doch offen miteinander reden. Er trank mit größter Ruhe einen Schluck Tee und zeigte damit, wie überlegen er sich fühlte. «Gerade weil die ehrenwerte Tochter Saya nach Informationen, die unserer Seite zugegangen sind, eine geistig und körperlich ganz intakte Tochter war, muß doch die Frage erlaubt sein, was für einen tieferen Grund es gegeben haben mochte, sie nicht mit einem Japaner zu verheiraten.»

«Ich bin Herrn Watanabe für sein offenes Wort dankbar», erlöste Herrn Saitos sonore Stimme die Mutter aus ihrer Qual, «und ich möchte dem ein genauso offenes Wort entgegenstellen. Niemand hier am Tisch hegt Zweifel an der Makellosigkeit von Ryos Stammbaum. Also entfällt jeder Grund zur Sorge, was diese Frage betrifft. Die verehrte Tochter Saya ist aus eigener, freier Entscheidung in eine internationale Ehe eingetreten. Darüber kann man denken, wie man will, aber die Eltern trifft keine Schuld. Was aber, wie ich vermute, die Watanabe-Seite eigentlich interessiert, ist, zu erfahren, ob der Gaijin für Saya ein höheres Brautgeld gezahlt hat, als ein Japaner je würde zahlen können.»

Frau Watanabe begleitete Herrn Saitos letzte Worte mit einem heftigen Nicken: «Genau das. Das möchten wir wissen. Sonst gibt man seine Tochter doch nicht an einen Gaijin weg.»

Herr Watanabe ließ sein Lachen stoßweise austreten und sagte, seine Frau sei ausnehmend dumm. So deutlich hätte sie es nicht zu sagen brauchen.

Herr Saito meinte, er sei als Ehevermittler dazu verpflichtet, das Gewicht aller Argumente gegeneinander aufzuwiegen. Zur Mutter gewandt fügte er hinzu, Sayas Fehlverhalten sei bedauerlich und folgenschwer. Das müsse bei der Festsetzung des Brautgelds für Noriko berücksichtigt werden.

Daß Herr Saito dies in Gegenwart der Watanabes gesagt hatte, gab der Mutter einen Stich. Sie vermochte es kaum zu glauben, aber Herr Saito schien wirklich Interesse daran gehabt zu haben, das Brautgeld hochzuschrauben, nur damit seine zehnprozentige Kommission ebenfalls stieg.

Die Mutter blickte zu den Saitos hin, die die Ehrenplätze unmittelbar hinter Ryo und Noriko einnahmen. Frau Saito trug einen ausgesuchten Kimono, auf dessen anthrazitschwarzem mattseidenen Grund ein kobaltblaues Wellenband zu sehen war. Die Sonne berührte gerade den Saum, und das Wellenband strahlte, als sei es aus Edelsteinen komponiert. Die silbernen Fäden, mit denen es eingefaßt war, leuchteten hell. Die Mutter mußte sich neidlos eingestehen, daß ihr eigener Kimono, zwar auch aus handgewebter Seide und mit einem eingewebten Fächermuster versehen, in der Farbkombination doch nicht den letzten Grad der Feinheit erreichte, den Frau Saitos Kimono aufwies. Sie überlegte, bei wem sie wohl ihr Kimonomuster hatte entwerfen lassen und welche Seidenweberei ihr einen solchen Seidenstoff gewebt haben könnte, der im Sonnenlicht derart von innen heraus leuchtete. Wahrscheinlich, sagte sie sich, hat Herr Saito nach allen Seiten sehr gute Beziehungen.

Aus dem vorderen Teil des Saals erklangen Trommeln und Flöten, die das nahende Ende der Trauungszeremonie ankündigten. Die Mutter sah ein behagliches Lächeln auf den Gesichtern der beiden Watanabes. Sie haben gut lachen, dachte sie, einen besseren Schwiegersohn als Ryo hätten sie sich nicht wünschen können.

Ein langgezogener, an die Stimme des Windes erinnernder Flötenton begleitete die letzten rituellen Handreichungen des Priesters. Die Trommel markierte den Schlag der Zeit. Es war ein erhebender Augenblick, als das Schlußwort des Gebets erklang.

Der späte Hochzeitstermin im Dezember erlaubte es, daß die Trauungszeremonie in aller Ruhe auslaufen konnte. Auch die Hochzeitsgäste ließen sich Zeit. Es dauerte eine Weile, bis ihre Ergriffenheit abklang und Stühlerücken und Füßescharren die Stille unterbrachen. Herr Saito ging neben Ryo, Frau Saito neben Noriko den Mittelgang entlang in die milde Dezembersonne hinaus, und alle anderen folgten.

18

Draußen schaute die Mutter sich um. Sie wollte wissen, wer alles zur Trauung gekommen war. Von der Watanabe-Verwandtschaft aus der Okayama Präfektur und der Yamaguchi-Provinz kannte sie freilich niemanden. Trotzdem fiel es ihr nicht schwer, sie unter der Menge ausfindig zu machen. Sie standen in einer Gruppe beisammen und redeten überlaut. Die Kimonos der Frauen konnten eine gewisse provinzielle Vorliebe für zu grelle Farben und überladene Muster nicht verleugnen. Die Männer trugen gestreifte Hosen, deren Beine sich entweder zu lang oder zu kurz ausnahmen, und die Rockschöße ihrer geliehenen Fräcke sahen aus, als hätten sie während der Trauungszeremonie darauf gesessen. Sie rauchten und blickten mit unverfrorener Neugier nach allen Richtungen, während ihre Frauen die Köpfe zusammensteckten.

Frau Watanabe hielt sich etwas abseits und verlagerte ihr Körpergewicht von einem Bein aufs andere. Fußschmerzen waren ihr ins Gesicht geschrieben. Offensichtlich hatte sie sich für die Hochzeit neue Schuhe gekauft, die wohl noch sehr drückten.

Ryo ließ sich von Herrn Watanabe seine neuen Verwandten vorstellen. Er ging großspurig und breitbeinig zwischen ihnen hin und her, sie alle um Kopfeslänge überragend. Die Mutter war stolz auf ihn. Er wirkte wie ein Prinz unter Trollen aus dem Hinterland.

«Was für ein schöner Tag!» Mit diesem Ausruf riß die älteste Watanabe-Tochter die Mutter aus ihren Gedanken, «wer hätte das gedacht, als ich vor drei Jahren bei Ihnen Blumenstecken lernte, daß wir einmal verwandtschaftlich verbunden sein würden.»

«Ja, wer hätte das gedacht», erwiderte die Mutter herablassend, «das Leben ist voller Überraschungen.»

«So ist es, voller Überraschungen. Mein Mann kann heute leider nicht an diesem Fest teilnehmen.»

«Ich wollte Sie gerade fragen, wie es Ihrem verehrten Gatten geht.» Die Mutter dachte daran, mit welcher Andacht die Watanabes während der Eheverhandlungen von der erfolgreichen Karriere ihres ältesten Schwiegersohns im Kakubeni-Handelshaus geredet hatten. Fast hatte es so geklungen, als sei Ryos Karriere in der Gowa-Bank nichts im Vergleich mit dem strahlenden Aufstieg des Mannes ihrer ältesten Tochter im Kakubeni-Handelshaus.

«Leider ist er erneut befördert worden», sagte die Watanabe-Tochter und schlug die Augen nieder, «deshalb, obwohl er sich so darauf gefreut hatte, kann er heute nicht unter uns sein und Norikos Freudentag mitfeiern.»

«Befördert?» fragte die Mutter und verbarg ihre wahren Gefühle hinter einem höflichen Lächeln, «erneut befördert, sagen Sie, das ist ja wunderbar.»

«Ach, ich weiß nicht. Jede Beförderung bringt so viel Unruhe. Vor allem die letzte ... wir hatten gar nicht damit gerechnet.»

Die Mutter konnte nicht an sich halten zu fragen: «Was ist denn die neue Aufgabe des sehr verehrten Herrn Gemahls?»

«Er ist auf eine Auslandsstelle versetzt worden, ganz plötzlich letzte Woche, und vorgestern ist er schon abgereist.»

«Gratuliere», sagte die Mutter, «es ist doch sehr ehrenvoll, ins Ausland geschickt zu werden. Wohin, wenn ich fragen darf?»

«Nach Bombay.»

Ach so, wäre es der Mutter beinahe herausgerutscht. Sie hatte schon befürchtet, der Mann sei nach New York oder London, oder Paris geschickt worden. Das sind Auslandspositionen, über die man wirklich reden kann. Bombay ist Dritte Welt. Wer will schon in die Dritte Welt geschickt werden?

«Ich werde in ein paar Monaten mit unserem Baby folgen», fuhr die Watanabe-Tochter mit schlecht versteckten Stolz fort, «nachdem mein Mann sich eingelebt hat. Natürlich muß die Firma für uns auch ein anständiges Haus finden.»

«Man hört, es gibt soviel Elend und Armut in Bombay und in Indien überhaupt», sagte die Mutter, «ich wünsche Ihnen viel Glück.»

«Die Mitarbeiter des Kakubeni-Handelshauses wohnen selbstverständlich nur in der besten Gegend», gab die Watanabe-Tochter nicht ohne Schärfe zurück, «und ich werde in Bombay mindestens fünf Hausangestellte haben.» Sie hob den Kopf und zog die Luft hörbar durch die Nase ein.

«Wie schön für Sie.» Die Mutter gab ihrer Stimme einen abschließenden Klang, denn sie konnte nicht gut fragen, wie es der Mann denn geschafft hatte, im Kakubeni-Handelshaus so hoch aufzusteigen, daß er schon für eine Auslandsposition ausgewählt wurde. Schließlich hatte er, soweit sie sich erinnerte, nur eine mittelmäßige Universität besucht, beileibe nicht die Kyodai, und seine Eltern betrieben eine kleine Chemische Reinigung an der Ecke Sembon-Demizu. Ihm fehlten daher die guten Beziehungen, die man sonst für eine rasche Beförderung braucht. Dennoch hatte er es geschafft – wenn auch nur in die Dritte Welt.

Die Mutter schaute sich ungeduldig um, ob ihr Mann irgendwo zu sehen war. Er hatte, was bei ihm sehr selten vorkam, ärgerlich reagiert, als er erfuhr, daß sie hinter seinem Rücken Ishida angerufen hatte. Welche gute Mutter tut nicht alles für ihren Sohn. Offenbar war ihre Initiative von Erfolg gekrönt gewesen. Zumindest hatte sie gehört, Ishida sei schon mit der Gowa-Bank in Verbindung getreten. Sie hatte deshalb Grund, mit sich zufrieden zu sein. Gleichgültig, welche Summe er bei der Gowa-Bank deponierte, Ryo würde die Früchte ihrer Bemühungen ernten. Jedenfalls waren zweifelsfrei eine Belobigung und ein fetter Bonus für ihn drin. Kenzo, sein derzeitig schärfster Konkurrent, würde auf den Platz verwiesen werden, der ihm gebührte – das bißchen Sohn eines Friseurehepaars.

Die Mutter erblickte Kenzo unter den Gästen. Wieder machte er seine Faxen vor einer Gruppe von Mädchen, die offensichtlich Norikos Freundinnen waren, und wurde dafür von ihnen mit lautem Gekicher belohnt. Eine steckte ihm sogar eine Blume ins Knopfloch seines Fracks. Würdelos, dachte die Mutter. Sie grüßte einige ihrer eigenen Verwandten, die aus Himari angereist waren. «Ich danke euch, daß ihr gekommen seid», sagte sie und verbeugte sich tief.

Voller Bitterkeit dachte sie daran, wie wenig Hilfe ihr Mann die ganzen Jahre über gewesen war. Hätte sie nicht zufällig vor drei Jahren, während sie bei Kenzos Mutter unter der Dauerwellenhaube saß, das Photo in der Illustrierten gesehen, sie hätte nie erfahren, wer dieser Ishida war, der schon seit zwanzig Jahren regelmäßig zum Schrein kam. Daß er sich in einer schwarzen Limousine chauffieren ließ, besagte nicht allzuviel. So gesehen war er nicht der einzige.

Worüber die Mutter sich erboste und was sie ihrem Mann nicht vergessen würde, war, daß er ihr nie gesagt hatte, daß dies jener Ishida war, dessen Firma fast ein Viertel des gesamten Handelsvolumens mit den USA deckte. Erst das Photo von der Verleihung des Chrysanthemen-Ordens in der Illustrierten hatte ihr die Augen geöffnet. Wenn man jemanden kennt, der vom Tenno mit dem Chrysanthemen-Orden ausgezeichnet wird, hatte sie ihrem Mann gesagt, so eine Beziehung muß man doch pflegen und nutzen. Besonders nachdem Ryo herausgefunden und zu Hause erzählt hatte, daß Ishidas Konzern noch nie eine größere Transaktion über die Gowa-Bank abgewickelt hatte. Ein Glück, daß sie die Inititative ergriffen und Ishida ohne zu zögern angerufen hatte.

Herr Saito trat heran und legte seinen Arm um ihre Schulter. Für einen Augenblick wußte die Mutter nicht, wie sie sich verhalten sollte, denn auf eine solch intime Geste war sie nicht vorbereitet. Sie hörte seine sonore Stimme, mit der er ihr ins Ohr flüsterte, er wisse, was für eine gute Mutter sie sei und wieviel sie für Ryo getan habe. Das waren die richtigen Worte im richtigen Augenblick. Sie fühlte, wie sich ihre Kehle vor Freude zuschnürte.

«Ja», sagte Herr Saito, «Mütter wie Sie sind es, die hinter den jungen Elite-Japanern stehen. Die hingebungsvolle Liebe solcher Mütter ist es, die der Wirtschaft unseres Landes zu ihrem phänomenalen Aufschwung verholfen hat. Wir nennen uns Zeugen einer großen Zeit, wenn wir die steigende Bedeutung Japans in der Welt betrachten. Dabei vergessen wir nur allzu leicht, was für große persönliche Opfer hinter diesem Erfolg stehen – notwendige Opfer. Selten gedenkt man dabei der Mütter. Aber ich vergesse sie nicht, wenn ich an die Größe unseres Landes denke.»

Die Mutter kämpfte mit Tränen der Rührung. Fast hätte sie dem Druck von Herrn Saitos Arm nachgegeben und ihren Kopf an seine Schulter gelehnt, aber Frau Saito trat in diesem Augenblick hinzu und gratulierte ihr zu der gelungenen Trauung. «Der Heianschrein bietet den schönsten Rahmen, den man sich für ein so einmaliges Ereignis wünschen kann», sagte Frau Saito mit ihrer leisen, vornehm klingenden Stimme. Die Mutter beeilte sich, auch ihr gegenüber ihre Dankbarkeit für die so erfolgreich geführten Eheverhandlungen zum Ausdruck zu bringen. Und sie sagte, wie sehr sie Frau Saitos anthrazitschwarzen Kimono bewundert habe, vor allem vorhin, als sein kobaltblauer Wellensaum von der schräg einfallenden Sonne berührt wurde und aufleuchtete. «Wie aus echten Saphiren und hunderttausend Perlen gewebt», schloß sie.

«Was für ein poetisches Bild», sagte Frau Saito und verbeugte sich leicht, «eine Ehre, so ein Lob für meinen bescheidenen Kimono aus dem Mund einer Ikebana-Meisterin zu hören. Übrigens, ich habe schon überall nach Saya Ausschau gehalten. Sagten Sie nicht, sie sei eigens für die Hochzeit aus Deutschland zurückgekommen? Aber ich sehe sie nicht.» Frau Saito ließ ihren Blick über den weiten Platz schweifen, auf dem sich in lockeren Gruppen die Gäste versammelt hatten. «... ich habe sie bisher nirgendwo entdeckt.»

Die Mutter war auf diese Frage vorbereitet und antwortete mit leichter Stimme: «Ja, sie ist vorgestern zurückgekommen, aber ein kleines Unwohlsein heute morgen ... wahrscheinlich eine Folge der anstrengenden Flugreise und der großen Zeitumstellung ... deshalb konnte sie zu ihrem Bedauern nicht an der Trauung teilnehmen.»

«Aber in zwei bis drei Tagen überwindet man doch

unschwer die Zeitumstellung», warf Herr Saito ein, «zumindest geht es mir so, und ich bin nicht mehr der Jüngste.»

«Dachte ich auch», log die Mutter, «aber ein gewisses Unwohlsein ...»

«Wir werden doch sicher das Vergnügen haben, Saya nachher beim Empfang zu sehen?» fragte Frau Saito.

«Leider nicht», erwiderte die Mutter, «sie fühlt sich immer noch zuwenig wohl.»

«Das ist aber bedauerlich. Hoffentlich nichts Ernsthaftes.»

«Nein, nein», beeilte sich die Mutter zu versichern, «es ist nichts Ernsthaftes. Wir alle bedauern ihr Unwohlsein, vor allem Ryo, für den Sayas Rückkehr eine große Überraschung war.» In dem Bewußtsein, etwas Unwahres gesagt zu haben, lachte die Mutter geziert. Die Saitos besaßen genügend Feingefühl, in das Lachen einzustimmen. Das erlaubte es der Mutter, ihre Fassung wiederzugewinnen.

Herr Saito kam ihr zu Hilfe, indem er auf die milde Dezembersonne und den tiefblauen Himmel hinwies. «Was für ein herrlicher Tag», sagte er, «eigentlich ideal zum Heiraten.»

Frau Saito berührte ihren Mann zart am Arm. «Wir sollten höflichkeitshalber auch mit den Watanabes ein paar Worte wechseln», sagte sie.

Die Mutter sah, wie die Saitos beim Weggehen miteinander tuschelten. Bestimmt reden sie jetzt über Saya, dachte sie, und darüber, daß da doch etwas nicht in Ordnung sei.

Dabei war Saya so strahlend und fröhlich zurückgekommen, fröhlicher sogar, als die Mutter sie in Erinnerung hatte. Nichts schien verändert. Es war, als ob in der Zwischenzeit nichts passiert wäre, als wäre sie noch die gleiche Saya, wie sie vor zweieinhalb Jahren weggeflogen war. Nur wenn sie anfing, von ihrem Peer zu reden, spürte die Mutter den

Würgegriff des Schmerzes, der ihren ganzen Körper erstarren ließ. Aber Saya schien dafür unempfindlich zu sein. Sie redete von ihrem Gaijin-Mann, als gehöre er ganz selbstverständlich zur Familie.

Kein Wunder, daß Ryo daran Anstoß nahm.

Er hätte sich trotzdem beherrschen sollen.

Schließlich war Saya seinetwegen zurückgekommen, um bei seiner Hochzeit dabeizusein.

Sie hatte sogar schon am ersten Tag den alten Weggott im Wald besucht. Die Mutter war verblüfft, daß Saya so etwas noch für wichtig hielt – nach zweieinhalb Jahren Ausland. Sie war eigentlich darauf vorbereitet, daß sie nach ihrer Heirat mit einem Gaijin-Mann innerlich nicht mehr japanisch empfinden konnte. Aber die Art, wie Saya sich zu der verwitterten Steinfigur hinuntergebeugt und mit ihren Händen das gefallene Herbstlaub weggenommen hatte, Blatt für Blatt, und die Sanftheit, mit der sie den Farnwedel, grün und noch sonnenhungrig, zur Seite bog, ohne ihn zu knicken – das war alles genau wie früher.

«Schau mal, er trägt immer noch mein altes Lätzchen», hatte Saya mit Staunen und Freude gesagt.

Der Photograph rief mit lauter Stimme über den Platz und forderte alle auf, sich zum Hochzeitsphoto zu versammeln. Er lief mit weit ausgebreiteten Armen umher und trieb höflich alle Gäste zusammen, auch jene, welche auf dem weiten Platz Gruppen gebildet hatten und nicht gleich auf seinen Ruf reagierten. Er lenkte sie wie eine Schar Enten in die Richtung, wo eine Staffel Schemel und verschieden hohe Holzbänke auf dem Kies angeordnet waren. Seine klobige Kamera stand wartend auf einem Dreifuß.

Ryo und Noriko nahmen in der ersten Reihe auf den

Schemeln in der Mitte Platz, flankiert von den Saitos und den jeweiligen Eltern. Etwas Verwirrung entstand, weil Herr Watanabe nicht sicher zu sein schien, ob Norikos Bruder oder ihre Großmutter auf den Platz in der ersten Reihe ganz rechts außen gehörte. Die Peinlichkeit dieser Situation wurde glücklicherweise durch die allgemeine Bewegung überdeckt, in der die ganze Gesellschaft sich noch befand. Natürlich hatte in der Rangfolge des Verwandtschaftsgrads die Großmutter ihren Platz in der ersten Reihe, der Bruder hatte sich in der zweiten hinter Noriko aufzustellen. Die Mutter fand es unbegreiflich, daß die Watanabes in einer so einfachen Formfrage Unsicherheit erkennen ließen. Frau Watanabe hatte bei ihrer Körperfülle Schwierigkeiten, ihre Füße dicht aneinanderzustellen. Sie wurde deshalb vom Photographen mehrmals ermahnt, ihre Knie zusammenzupressen und ihre Füße parallel zueinander in engem Kontakt zu halten. Dabei verrutschte ihr allerdings der Saum des Kimonos, und der Photograph mußte sich zu ihr hinbemühen und ihn wieder über ihre Knie ziehen.

Überhaupt gingen fast alle zeitraubenden Korrekturen zu Lasten der Watanabe-Seite, was kein günstiges Licht auf die Brautfamilie warf. Norikos Großmutter hatte keine Ahnung, daß es für eine Frau ungehörig ist, die Hände nicht im Schoß zu falten. Sie stützte entgegen jeder Etikette ihre Hände auf beiden Oberschenkeln ab. Der Photograph gab sich in dankenswerter Weise Mühe, diesen Haltungsfehler dezent zu korrigieren, aber da die Großmutter schwerhörig war, entging dies den anderen Anwesenden nicht. Peinlich, daß die Großmutter, selbst nachdem der Photograph ihr vorgeführt hatte, wie man die Hände richtig im Schoß faltet, es wieder verkehrt machte und die rechte Hand auf die linke Hand legte, statt umgekehrt.

Die einzige Korrektur, die Ryos Seite betraf, war demgegenüber harmlos. Als alles schon fertig zu sein schien und der Photograph noch einen letzten prüfenden Blick auf die gesamte Gruppe warf, fand er, daß in der hintersten Reihe Kenzo neben Ryos hochgewachsenem Onkel väterlicherseits etwas zu klein erschien. Dieser Mangel an kompositorischer Ausgeglichenheit mußte durch eine komplette Umgruppierung der hintersten Reihe ausgeglichen werden, was sich schwieriger als erwartet herausstellte. Eine der Stehbänke kippte um. Dies rief zuerst Verwirrung, dann Heiterkeit hervor, die dem Ernst der Stunde nicht entsprach.

Endlich war es nun soweit, daß das Hochzeitsphoto aufgenommen werden konnte, nachdem der Photograph Norikos Kopfhaltung noch ein wenig korrigiert hatte. Sie blickte zu sehr zu Boden, wahrscheinlich, so dachte die Mutter, weil sie sich für die Watanabe-Seite schämte. Alle Anwesenden waren sich der Würde des Augenblicks bewußt. Der Photograph nickte zufrieden, als er sein erstes Bild geschossen hatte. «Gut», sagte er und bat um Geduld für die zweite Aufnahme. Zum Zweck des Filmwechsels verschwand er erneut unter dem schwarzen Tuch, das den rückwärtigen Teil seiner Kamera bedeckte.

Obwohl die Mutter versuchte, sich auf die Kamera zu konzentrieren, ging ihr unentwegt Saya durch den Kopf. Wie schön wäre es gewesen, wenn sie jetzt hinter ihr stünde. Dort war ihr Platz. Dann wäre das Bild vollständig, und alle hätten sagen können: Welch eine glückliche Familie.

Saya hätte nicht von ihrem Gaijin-Mann reden sollen, nicht in diesem Ton. Sie brauchte vor Ryo nicht noch einmal zu betonen, daß sie diesen Peer liebte und daß sie keine Reue empfand. Hätte sie statt dieses Gaijins einen Elite-Japaner geheiratet, könnte sie jetzt mit ihrem Mann stolz in der zweiten Reihe stehen – in der Mitte des Gruppenbilds.

Und dann hätte auch Ryo was Besseres als diese Watanabe-Tochter bekommen, und der Anblick der dörflich riechenden Großmutter, die noch nicht einmal weiß, wie man als Frau die Hände im Schoß faltet, wäre allen erspart geblieben.

19

Die Sitzordnung für die nahezu dreihundert Gäste im Saal zu arrangieren, war ein Kunstwerk der Balance gewesen. Die Mutter hatte tagelang mit den Saitos und allein über dem großen Blatt Papier gebrütet, auf dem alle Tische eingezeichnet waren. Sie hatte die Namen und Titel derer, die zugesagt hatten, auf kleine Papierstreifen gemalt, die sie über das Blatt von Tisch zu Tisch schob, bis sie für alle die richtige Plazierung und die richtigen Tischnachbarn gefunden hatte. Einige der Tische waren für die Watanabe-Seite reserviert. Um sie brauchte die Mutter sich nicht zu kümmern. Sie achtete nur darauf, daß die wirklich wichtigen Ehrengäste auf Ryos Seite nicht zu dicht an einem der Tische saßen, die mit Gästen der Watanabe-Seite besetzt waren. So viele Faktoren waren zu berücksichtigen, viele Empfindlichkeiten, die nur dann einen harmonischen, erinnerungswürdigen Ablauf garantierten, wenn sie sorgsam gegeneinander ausgewogen waren.

Für sich und ihren Mann hatte sie, wie bei solchen Gelegenheiten üblich, den letzten Tisch hinten reserviert, rechts vom Mittelgang, und für die Watanabe-Familie den entsprechenden Tisch auf der anderen Seite des Gangs.

Die Mutter blieb noch ein wenig länger stehen als die meisten Gäste. Sie wollte sich vergewissern, ob alle, die von Ryos Seite zugesagt hatten, auch wirklich gekommen waren. Sie konnte zufrieden sein. Alle Plätze schienen besetzt.

Nur Sayas Stuhl neben ihrem Mann war peinlich leer. Sie winkte einen der livrierten Kellner herbei, er solle ihn wegnehmen.

«Nein», sagte ihr Mann und legte seine Hand auf die Lehne des leeren Stuhls, «dieser Stuhl bleibt hier.» Er gab sich keine Mühe zu flüstern, wie es in dieser delikaten Situation eigentlich angebracht gewesen wäre.

In Hörweite der Watanabes wollte die Mutter keinen Streit mit ihrem Mann anfangen, aber sie konnte nicht umhin, ihm zuzuzischeln, daß ihr sein Verhalten völlig unverständlich sei. «Wir kommen doch nur noch mehr ins Gerede.»

Sie fand es ohnehin unangebracht, daß ihr Mann, statt sich in einen Frack zu werfen, wie alle anderen Männer es getan hatten, in einem bodenlangen dunkelbraunen Hakama erschienen war, darüber ein bronzefarbener Überwurf.

Der Kellner wußte nicht, was er tun sollte. Er hatte beide Hände auf die Lehne gelegt, bereit, den Stuhl wegzutragen.

«Dieser Stuhl bleibt hier», sagte der Guji zu ihm mit ruhiger, lauter Stimme. Der Kellner verbeugte sich und ging rückwärts fort.

«Das hast du davon», zischte die Mutter ihm ärgerlich zu, «die Watanabes schauen auch schon herüber und wundern sich, was bei uns los ist.»

Um den Schaden geringzuhalten, wandte sich die Mutter lächelnd den Watanabes zu und sagte über den Mittelgang hinweg ein paar freundliche Worte über Frau Watanabes Diamantring. Innerlich kochte sie vor Wut. Daß Saya überhaupt zu Ryos Hochzeit zurückgekommen war, war an sich schon ein Fehler gewesen. Schlimm genug, daß sie den Gaijin geheiratet hatte. Sie wäre besser ein paar Jahre lang unsichtbar geblieben. Aber nein, sie mußte mal wieder ihren Kopf durchsetzen und unbedingt zur Hochzeit erscheinen.

Jetzt hatte sie ihre Quittung bekommen. Kein Wunder, daß Ryo so reagiert hatte. Wenn Saya nur ein wenig klüger gewesen wäre. Alles hätte vermieden werden können – auch die Blamage.

Der Vater hatte sogar darauf bestanden, Sayas Namen auf das Programm zu setzen. Nur weil sie in ihrem letzten Brief angekündigt hatte, sie würde auf Ryos Hochzeit gern ein paar Worte sagen. Er hatte sich sogar zu der Behauptung verstiegen, man könne stolz auf Saya sein... es sei doch beachtlich, daß sie eigens für Ryos Hochzeit aus Europa komme... man solle sie deshalb in den Vordergrund rükken, statt sie bei der Feier schamhaft verstecken zu wollen.

Die Mutter machte sich Vorwürfe, sich gegen ihren Mann nicht durchgesetzt zu haben. Jetzt war es zu spät. Sayas Name stand dick im gedruckten Programm, und ihre Abwesenheit mußte allen Gästen in die Augen springen. Dabei wäre es so einfach gewesen, diese Peinlichkeit zu vermeiden. Sie fühlte, wie trocken ihre Kehle war. Obwohl ihr bewußt war, daß es noch nicht an der Zeit für Getränke sei, griff sie nach dem Glas, das vor ihr auf dem Tisch stand, und trank einen Schluck Eiswasser. Zu den Watanabes gewandt entschuldigte sie sich, daß sie von ihrem Wasserglas hatte nippen müssen. «Die Luft im Saal ist ziemlich trocken», sagte sie und schwenkte ihren Fächer.

«Das finde ich auch», stimmte Herr Watanabe mit seinem stoßweisen Lachen zu, ließ aber ostentativ sein Wasserglas unberührt. Die Mutter knirschte mit den Zähnen über diese erneute Erniedrigung, behielt aber ihr Lächeln bei.

Die ersten Takte von Mendelssohns Hochzeitsmarsch aus dem *Sommernachtstraum* erklangen in den Lautsprechern an der Decke des Saals, und das Brautpaar zog durch die Doppelflügeltür ein, Ryo an Herrn Saitos Seite und Noriko neben Frau Saito. Mit feierlichen Schritten, dem Takt der Musik angepaßt und vom Klatschen der Gäste begleitet, gingen sie über den mit einem roten Teppich ausgelegten Mittelgang nach vorn bis zu dem Ehrentisch auf dem erhöhten Podium. Ein zwölfteiliger, mit Blattgold überzogener Wandschirm, der auf dem Podium stand, bildete einen würdigen Hintergrund. Helle Scheinwerfer bestrahlten seine goldene Fläche und brachten das vornehme Rautenmuster voll zur Geltung.

Die Mutter fand, daß Ryo in seinem prallschwarzen Frack mit weißem Querbinder gut aussah, so gut, wie sie es sich gewünscht hatte – groß, kräftig und selbstsicher. Noriko, deren Gesicht unter dem dicken weißen Puder und der ausladenden, reichlich bestickten Hochzeitsperücke maskenhaft wirkte, stand neben ihn, die Augen artig zu Boden gesenkt.

Nach den letzten Takten des Hochzeitsmarsches folgte ein lauter Fanfarenstoß, und der Conférencier, den die Mutter engagiert hatte, trat durch eine Seitentür auf die Bühne. Sein schneeweißer Smoking leuchtete in dem grellen Scheinwerferlicht auf, während er mit wenigen raschen Schritten zum Mikrophon eilte. Die Mutter vernahm das Raunen, das durch den Saal lief. Niemand hatte damit gerechnet, daß ein so prominenter, vom Fernsehen her bekannter Conférencier bei Ryos Hochzeit die Honneurs machen würde. Sie atmete auf. Die Überraschung war gelungen. Es tat ihr wohl.

Der Conférencier fand einen raschen Einstieg, indem er, ohne der Feierlichkeit des Anlasses Abbruch zu tun, einige scherzhafte Einführungsworte sagte. Sie lockerten die Stimmung auf. Anschließend stellte er Herrn und Frau Saito als das Ehepaar vor, dessen Rat und Tat dem frischgebackenen Brautpaar den Weg in die Ehe geebnet habe. Er bat Herrn Saito, sich zum Mikrophon zu bemühen.

Der Mutter klang Herrn Saitos sonore Stimme schon im Ohr, noch ehe er das erste Wort sprach. Sie fieberte geradezu seiner Stimme entgegen und schämte sich nicht, daß ihr ein leises Frösteln die Arme hinauflief. Herr Saito tippte prüfend auf die Mikrophonkuppe und räusperte sich leicht. Dann sprach er mit Wärme von Ryo und zählte eine lange Liste seiner Vorzüge auf. Daß er aus sehr gutem Hause komme, daß er einen Vater habe, der, wie jeder wisse, ein hochangesehener Shintopriester sei, ob seiner Weisheit und Güte weit über die Grenzen Kyotos hinaus geschätzt und verehrt, daß seine Mutter eine anerkannte Meisterin im Blumenstecken sei und viele Schülerinnen ästhetische Schönheit gelehrt habe. Die Mutter sei, sagte er, erfahren in der Vermittlung traditioneller Werte und stelle in selbstloser Aufopferung ihr Wissen allen denen zur Verfügung, die in dieser schnellebigen Welt noch Sinn für das in Jahrhunderten Gewachsene und Erprobte haben. Aus alter Samuraifamilie stammend, mit Adelsblut in den Adern, sei sie für diese verantwortungsvolle Aufgabe wie geschaffen.

Die Mutter hielt während Herrn Saitos Worten ihren Kopf gebeugt und verharrte noch einige Sekunden in dieser Haltung, die ihrer Dankbarkeit Ausdruck verleihen sollte.

Wenn ein Sohn von solch großartigen Eltern stammte, sagte Herr Saito danach, sei es nicht verwunderlich, daß auch er einen beachtlichen Lebenslauf vorzuweisen habe. Er zählte alle Stationen in Ryos Leben auf, vom Kindergarten bis zur Universität, und sagte, daß er nun schon seit vier Jahren in der Gowa-Bank zu einem Mitglied der Elite heranreife. Die Mutter bewunderte Herrn Saitos souveränen Umgang mit dem Wort. Er erwies der im Saal anwesenden Frau des Präsidenten der Gowa-Bank eine politisch außerordentlich geschickte Reverenz, indem er sich ihr zuwandte und mit seiner wohlklingenden Stimme sagte, Ryos Zukunft liege nun in ihren zarten Händen.

Als guter Ehevermittler, der allen Seiten gleichermaßen verpflichtet sei, sprach Herr Saito auch in lobenden Tönen von den Watanabes und ihrem fünfstöckigen Geschäftshaus. Die Mutter sah die Notwendigkeit ein, wenn auch noch viele Erinnerungsfäden wie Spinnweben an ihr klebten, von denen sie sich nicht so ohne weiteres befreien konnte. Als nämlich die prinzipielle Einigung über den Eheschluß zwischen Ryo und Noriko erzielt worden war und es an der Zeit gewesen wäre, die Einzelheiten auszuhandeln, den Ort und die Preislage der Trauung und der anschließenden Feier festzulegen, hatten sich die Watanabes von einer ziemlich schäbigen Seite gezeigt. Auf hinhaltende Weise sprachen sie sich gegen eine Feier im Miyako-Hotel aus, obwohl sie zugeben mußten, daß sie die Hochzeit ihrer älteren Tochter mit dem Kakubeni-Mann dort gefeiert hatten. Warum also nicht Norikos Hochzeit mit Ryo? Oder war es vielleicht nur, weil Noriko die letzte Tochter war, die sie noch an den Mann bringen mußten? Sie waren offenbar der Auffassung, ihr Bedarf an Selbstreklame sei schon gedeckt und für Noriko deshalb eine so teure Feier nicht mehr vonnöten.

Um ihre Knausrigkeit zu bemänteln, hatten die Watanabes von ihrem Budget gesprochen, dessen Rahmen, wie sie sich ausdrückten, eine Feier im Miyako-Hotel erheblich überschreite. Herr Watanabe hatte sogar die Stirn zu behaupten: «Es gibt auch preiswertere Säle in Kyoto, wo man anständig feiern kann.» Aber da war er bei der Mutter an die falsche Adresse geraten.

Glücklicherweise hatten die Saitos der Mutter in diesem

Punkt eindeutig recht gegeben. Herr Saito ermahnte die Watanabes in unmißverständlichen, wenn auch feinfühligen Worten, daß sie es dem Ansehen ihres Geschäfts schuldeten, alles zu vermeiden, was ihnen von Außenstehenden als finanzielle Schwäche ausgelegt werden könnte. «Sie wollen doch nicht etwa riskieren, daß sich die Leute beim Anblick Ihres fünfstöckigen Geschäftshauses sagen, so stabil ist das Fundament doch nicht.»

Das waren wohlgesetzte Worte zur richtigen Zeit. Offensichtlich bemühte sich Herr Saito durch sein entschlossenes Auftreten gegenüber den Watanabes um einen Ausgleich für seine bedauerliche Weichheit in der Festsetzung des Brautgelds. Damals hatte er den Watanabes einen ungebührlichen Vorteil zugesprochen. Alles nur wegen der Sache mit Saya.

Trotzdem hatten die Watanabes die Frechheit gehabt, noch weiter von ihrem Budget zu reden, als sei das etwas, was ihnen vom Finanzamt vorgeschrieben sei. Als sie sich nach langem Hin und Her bereiterklärten, der Feier im Miyako-Hotel zuzustimmen, aber nur bei einem Viertel Kostenbeteiligung ihrerseits, fing Herrn Saitos sonst gelassen wirkendes Gesicht an, vor Zorn rot anzulaufen. Mit einer Stimme, in der die Kälte von zehn Wintern zusammenstieß, wies er die Watanabes darauf hin, daß gemäß japanischem Grundgesetz Mann und Frau gleich seien und deshalb bei einer Hochzeit jede Seite die Hälfte der Kosten zu tragen habe.

Die Mutter fragte sich im nachhinein, ob es nicht doch besser gewesen wäre, an diesem Punkt ihren Fächer zusammenzufalten und damit den Abbruch der Eheverhandlungen zu bekunden. Sie hatte an Herrn Saitos Gesicht ablesen können, daß er ähnlich dachte. Das Brautgeld war zwar schon bezahlt, und als Strafe für den Abbruch wäre ein

Betrag in gleicher Höhe fällig geworden. Dennoch hätte die Mutter das Opfer gebracht. Sie hatte Ryo während der Verhandlungspause zur Seite genommen und ihn vor die Wahl gestellt.

«Soll mir recht sein», hatte er mit einem Lächeln geantwortet, das ihr in Anbetracht der Situation äußerst unangebracht erschienen war, «dann werd' ich eben Umeko heiraten.» Durch diese freche Antwort hatte Ryo sie gezwungen, die Eheverhandlungen mit den Watanabes weiterzuführen.

Inzwischen sprach Herr Saito vom Podium herab, wie innig Ryo und Noriko sich liebten. Nach Herkunft, Veranlagung und Erziehung paßten sie ideal zusammen. Sie seien das Musterbeispiel eines modernen Ehepaars. Ohne sich in Einzelheiten zu verlieren, beschrieb er, wie die beiden sich an einem sommerlich warmen Sonntagnachmittag in seinem bescheidenen Haus kennengelernt und spontan Zuneigung zueinander empfunden hätten.

Während er weiter über die Rolle der Frau im Leben des Mannes und über die Bedeutung der Liebe in der ehelichen Gemeinschaft redete, schaute die Mutter sich unauffällig um. Größte Genugtuung bereitete es ihr, daß die Frau des Bankpräsidenten persönlich gekommen war. Die Mutter hatte ihr den besten Sitzplatz am zweiten Tisch in der ersten Reihe eingeräumt, von wo aus sie das Geschehen auf dem Podium verfolgen konnte, ohne den Hals ungebührlich recken zu müssen. Trotz der Entfernung quer durch den ganzen Saal konnte die Mutter sie gut sehen. Sie wandte ihr das Profil zu, ein edles Profil, wie die Mutter feststellte. Wichtiger aber war ihr, daß ein zufriedener Zug ihren Mund umspielte.

Gar nicht einfach, sagte sich die Mutter, etwas zu tun, was Ryo aus der Masse der fast zwanzigtausend Angestellten der

Gowa-Bank hervorhob, und so erfolgreich, daß sogar die Frau des Bankpräsidenten zu seiner Hochzeitsfeier kam. Die Handtasche aus teuerstem Schlangenleder, die sie für sie gekauft hatte, war nicht das einzige gewesen. Entscheidend war, daß die Mutter die fünfhundert Kilometer lange Reise mit dem Hikari nach Tokyo nicht gescheut hatte, um ihr die Handtasche persönlich zu überbringen und ihr bei dieser Gelegenheit auch die Einladung zu Ryos Hochzeitsfeier zu überreichen. Sie hatte selbstverständlich eine Rückfahrkarte erster Klasse mit Platzreservierung dazugelegt, geschmackvoll in weißes Reispapier eingeschlagen und mit einem Gold- und Silberband umschlungen.

Während sie zum Tisch hinblickte, an dem die Präsidentenfrau mit erhobenem Kopf Saitos Ansprache zuhörte, fühlte die Mutter, daß ihr Einfallsreichtum und ihr persönlicher Einsatz den Ausschlag gegeben hatten. Das war nicht einfach, sagte sie sich, denn wie viele andere junge Leute mag es in der Gowa-Bank geben, deren Mütter auch schon versucht haben, die Aufmerksamkeit der Bankspitze auf ihren Sohn zu lenken. Wie viele Väter haben wohl ihre besten Beziehungen spielen lassen, um dem Aufstieg ihrer Söhne förderlich zu sein!

Die Mutter schaute ihren Mann von der Seite an. Seine Lieblosigkeit gegenüber Ryo war wirklich erschreckend. Wenn sie nicht Ishida angerufen hätte – er hätte es nie getan. Alles hatte sie ein Leben lang gegen seinen Willen oder sogar hinter seinem Rücken bewerkstelligen müssen.

«Freust du dich denn nicht?» zischte sie ihm zu.

«Mich freuen? Worüber?»

«Daß die Frau des Bankpräsidenten gekommen ist. Das ist doch ein gutes Omen für Ryos Zukunft.»

Ihr Mann schwieg und blickte in den Saal, als sei er ein

leerer Raum, der nichts enthielt, was ihn anging. Der Anblick von Sayas Stuhl am Tisch reizte die Mutter. Sie hätte doch darauf bestehen sollen, daß der Kellner ihn entfernte. Oder, besser noch, sie hätte rechtzeitig daran denken müssen, die Hoteldirektion anzurufen und telephonisch die nötige Anweisung zu geben.

Herr Saito war inzwischen in seiner Ansprache bei der Gowa-Bank angelangt, der Ryo sich, wie er sagte, mit Herz und Seele verschrieben habe. Er wies auf das rasche Wachstum der Gowa-Bank hin, die unter der Leitung ihres Gründers und Präsidenten auf dem besten Wege sei, zu einer der Großbanken der Welt zu werden. Erst kürzlich habe ein führendes amerikanisches Finanzmagazin ihrem Präsidenten eine Titelstory gewidmet. Er zog aus einer Tasche, die zu seinen Füßen stand, eine Zeitschrift hervor, klappte eine Doppelseite auf und hielt sie hoch, so daß überall hin das Photo des Präsidenten sichtbar war.

Da es ein amerikanisches Magazin war, lächelte der Präsident über die ganze Doppelseite. Er war vertraut mit dem internationalen Stil, der – im Gegensatz zu japanischen Sitten und Gebräuchen – Lächeln auf offiziellen Photographien nicht nur als akzeptabel, sondern sogar für wünschenswert, eigentlich selbstverständlich erachtet. Der Präsident sei außerdem, wie Herr Saito betonte, ein praktizierender Christ, und das habe sich nach Aussage des amerikanischen Finanzmagazins auf den raschen Aufstieg der Gowa-Bank in der internationalen Finanzwelt durchaus positiv ausgewirkt.

Nach diesen Worten, die mit größter Anteilnahme im ganzen Saal aufgenommen wurden, verkündete Herr Saito öffentlich, daß die Frau des Bankpräsidenten Ryo die unbeschreiblich große Ehre habe zukommen lassen, persönlich zu seiner Hochzeitsfeier zu erscheinen. Er verbeugte sich in

Richtung des Tisches, an dem die Präsidentenfrau saß, und klatschte in die Hände. Auf dieses Signal hin brach der ganze Saal in Beifall aus, der so lange anhielt, bis die Frau des Präsidenten sich kurz von ihrem Platz zu halber Größe erhob und nach allen Seiten hin verbeugte.

Hat er gut gemacht, wollte die Mutter zu ihrem Mann sagen, aber der saß stumm da in seinem braunen Hakama mit dem bronzefarbenen Überwurf, und auf seinem Gesicht war selbst jetzt noch kein Anzeichen der Freude zu bemerken. Dabei war doch inzwischen sonnenklar, daß man sich keinen besseren Heiratsvermittler als Herrn Saito hätte wünschen können. Die übliche zehnprozentige Kommission, die er vom Brautgeld für seine Bemühungen erhalten hatte, war in der Tat keine unnütze Investition gewesen. Es hatte sich gelohnt. Herr Saito verstand es, die Gefühle aller Anwesenden anzusprechen und Ryo und Noriko als zeitgemäßes Ehepaar vorzustellen, dessen Zukunft voller Licht und Hoffnung war.

Vorn am Ehrentisch saßen Ryo und Noriko und verhielten sich exakt den Anweisungen gemäß, welche die Mutter ihnen vorher gegeben hatte. Die große Hochzeitsperücke ließ Norikos Gesicht kleiner erscheinen, als es in Wirklichkeit war. Die weiße Puderschicht auf ihrem Gesicht verhinderte, daß man seinen Ausdruck leicht hätte abschätzen können. Als Herr Saito an seinen Platz neben Ryo zurückkehrte, verbeugte sie sich so tief, daß ihre Stirn fast die Tischplatte berührte, während Herr Saito mit einem Ausdruck von Herzlichkeit Ryos Hand schüttelte und ihm auf die Schulter klopfte.

Nun übernahm wieder der Conférencier das Mikrophon und kündigte an, er habe jetzt die ehrenvolle, aber auch schwierige Aufgabe, die einzelnen Redner vorzustellen, die sich bereit erklärt hatten, dem jungvermählten Paar zuliebe einige Worte an alle zu richten. Er flocht, wie die Mutter zustimmend vermerkte, einige lockere Bemerkungen ein, die zur Anheiterung der Gäste beitrugen. Da er einen weißen Smoking trug und als humorige Fernsehpersönlichkeit bekannt war, konnte er sich Freiheiten erlauben, die sonst der Würde der Feier abträglich gewesen wären.

Als er den ersten Redner aufrief, fand cr schnell zu seinem ernsten Ton zurück. Ohne Spickzettel wußte er sämtliche Titel und Ämter aufzuzählen, auch seine Orden und übrigen Auszeichnungen. Er erläuterte kurz die Bedeutung der Orden und Auszeichnungen. Das half dem Applaus, der sich erhob, als der erste Redner mit nach vorn gebeugtem Nacken zum Podium schritt. Er war ein älterer Herr, einen Frack tragend und mit schwarzer Querbinde. Er verwendete, wie auch die anderen Redner, die nach ihm sprachen, einen Großteil seiner Redezeit dazu, sich zu räuspern und die Luft hörbar durch die Zähne einzuziehen. Er beteuerte die eigene Bedeutungslosigkeit und brachte sein Erstaunen darüber zum Ausdruck, daß ihm, gerade ihm, die Ehre zuteil geworden sei, von diesem hohen Podium aus zu den verehrten Gästen und dem frischvermählten Paar zu sprechen.

Leider brauchten deswegen alle Redner viel länger als vorgesehen und verzögerten so den Beginn des Festessens. Dies führte dazu, daß einige der Gäste sich mit ihren Augen an ihren noch leeren Tellern festzusaugen begannen. Die Watanabes hatten sogar schon die kunstvoll in die Weingläser gesetzten Servietten herausgenommen und entfaltet, was ihren Mangel an Selbstbeherrschung nur unterstrich.

Unter den acht Festrednern traten sieben für Ryos Seite auf. Unter ihnen auch Filialleiter Ito, der sich zwischen höflichem Räuspern und dem Beginn seiner Ansprache erst einmal tief vor der Präsidentenfrau verneigte. In seiner Ansprache ging er ausführlich darauf ein, mit welch großer Anteilnahme er die Entwicklung des jungen Herrn Ryo verfolgt habe. Es sei ihm deshalb eine besondere Freude, zu dem heutigen Ehrentag seinen Glückwunsch aussprechen zu dürfen. Danach verbeugte er sich erneut in Richtung Präsidentenfrau und nickte Ryo freundlich zu.

Besonders eindrucksvoll verlief der Auftritt von Hochwürden Rimboulet, dem Leiter des Collegium Sainte-Virtue. Alle Hälse verrenkten sich, als er sich erhob und in seinem bodenlangen Gewand zum Podium schritt. Eine imposante Gestalt mit großer Nase, stechenden Augen, wallendem Haar und grauem Bart. Der Conférencier erlaubte sich einen kleinen Scherz, indem er hinter vorgehaltener Hand ins Mikrophon flüsterte, daß er leider kein Französisch spreche und deshalb nicht in der Lage sei, als Dolmetscher zu fungieren.

Deshalb war das Erstaunen groß, als Hochwürden seine Ansprache in einem äußerst gepflegten Japanisch begann. Er redete nicht nur mit dem Mund, sondern auch mit den Händen, was in Verbindung mit seinen japanischen Worten außerordentlich exotisch wirkte. Als er geendet hatte, erntete er fast stürmischen Applaus, und manche im Saal drehten sich beim Klatschen anerkennend nach der Mutter um. Der Auftritt eines Gaijin als Redner der Feier gab der Internationalität und Weltoffenheit eine besondere Note. Die Mutter bedankte sich, indem sie sich zu allen, die ihr applaudierten, im Sitzen verbeugte.

Die Watanabes hatten, allerdings unangemeldet, einen Amerikaner mitgebracht und für ihn an einem der Tische ganz vorn, wo die Ehrengäste und Festredner saßen, einen

Sitzplatz einfügen lassen. Damit brachten sie die von der Mutter sorgfältig ausgeklügelte Sitzordnung durcheinander. Der Amerikaner sei ein guter Freund der Familie, hatte Frau Watanabe laut angekündigt, aber die Art, wie sie und ihr Mann sich mit ihm zu verständigen versuchten – mehr durch Zeichensprache als mit Bruchstücken englischer Worte –, ließ den Verdacht aufkommen, es handle sich bei jenem Fremden um einen amerikanischen Touristen, den sie irgendwo zufällig aufgegabelt hatten. Er ficl auch kleidungsmäßig aus dem Rahmen. Er trug keinen Frack, noch nicht einmal einen dunklen Anzug, sondern ein buntes Flanellhemd und karierte Hosen. Die Mutter vermutete, die Watanabes hätten diesen Amerikaner nur eingeladen, um auch mit einem Gaijin aufwarten zu können. Ihre Position war ohnehin ziemlich schwach.

Nachdem die sieben Festredner für Ryo das Wort ergriffen hatten, sollte als letzter der einzige präsentable Redner auftreten, den die Watanabe-Seite hatte benennen können. Laut Programm sollte es der Präsident des Alljapanischen Verbandes der Strumpf- und Strumpfhosenhersteller und -Vertreiber sein, ein gewisser Herr Inouye. Die Mutter hatte schon während der ganzen Zeit vergeblich versucht, diesen Herrn Inouye vorn an einem der Tische mit den Ehrengästen auszumachen. Als Präsident eines Industrie- und Handelsverbands mußte es sich um einen Herrn von mindestens sechzig oder siebzig handeln. Aber ihr Auge traf auf niemanden, der dieser Klassifizierung entsprochen hätte.

In der Tat, nach Ankündigung durch den Conférencier, trat ein kaum dreißigjähriger Mann ans Mikrophon und verkündete, sein Präsident Inouye sei durch anderweitige Verpflichtungen in Tokyo festgehalten und habe ihn als Vertreter geschickt, der seine Grußadresse vorlesen sollte.

Danach zog er einen Zettel aus der Rocktasche und begann, mit geschäftsmäßig monotoner Stimme vom Blatt abzulesen.

Dieser Auftritt verriet, daß dem Geschäft der Watanabes von Seiten des Strumpf- und Strumpfhosenverbandes längst nicht jene Bedeutung zugemessen wurde, welche die Watanabes bei den Eheverhandlungen vorzugeben versucht hatten. Außerdem klang die Grußadresse so, als sei sie schon auf Dutzenden von Hochzeiten verlesen worden. Ryo und Noriko wurden noch nicht einmal namentlich erwähnt. Statt dessen war nur von einem neuvermählten Paar die Rede. Die Mutter konnte ihre Entrüstung kaum verbergen.

Selbst wenn man in Rechnung stellte, daß Tokyo längst nicht einen so verfeinerten Lebensstil aufwies wie Kyoto, hätte man von dem Präsidenten eines Industrie- und Handelsverbandes erwarten dürfen, seine Grußadresse etwas differenzierter, spezifischer abgefaßt zu haben. Der Mutter drängte sich der Gedanke auf, daß Leute, die mit Strümpfen und Strumpfhosen zu tun haben, allgemein wenig Sinn für Kultur besitzen. Sie blickte abschätzig über den Mittelgang zu den Watanabes hin, die das Verlesen der Grußadresse mit Kopfnicken begleiteten und sich nicht schämten, am Ende als erste zu klatschen. Nur aus Rücksichtnahme gegenüber den anderen Gästen klatschte die Mutter höflich mit, obwohl sie sich keine besondere Mühe gab, ihre wahren Gefühle aus ihrem Mienenspiel zu bannen.

20

Laut Programm hätte eigentlich Herr Saito jetzt sein Glas heben und seinen Kampai-Ruf folgen lassen sollen, denn der Beginn des Festessens durfte nicht mehr länger hinausgeschoben werden. Vorher aber mußte noch der Frau des Bankpräsidenten der Blumenstrauß überreicht werden. Auf Herrn Saitos Rat sollte Ryo dies mit europäischer Eleganz tun. Alles war perfekt geplant und einstudiert, denn das Überreichen eines Blumenstraußes mit anschließendem Handkuß war im Repertoire der japanischen Umgangsformen unbekannt. Ryo hatte mehrmals mit Frau Saito geübt, während Herr Saito, der so etwas auf seinen Weltreisen schon einige Male persönlich miterlebt hatte, als Schiedsrichter danebenstand.

Der Conférencier kündigte über das Mikrophon an, Ryo werde jetzt der Frau des Bankpräsidenten auf sehr internationale Manier seine Reverenz erweisen. Ryo verschwand für ein paar Augenblicke hinter dem goldenen Faltschirm und tauchte dann mit einem Strauß langstieliger roter Rosen im Arm wieder auf. Er stieg vom Podium herab und ging mit festen Schritten auf die Präsidentenfrau zu. Währenddessen hatte sie sich schon von ihrem Platz erhoben und schaute ihm etwas verlegen entgegen. Ryo führte eine tiefe, eckige Verbeugung aus und legte den Blumenstrauß in ihre Arme. Gleichzeitig versuchte er, ihre Hand zu ergreifen und sie zum Kuß an seinen Mund zu führen. Es war nicht ganz klar, ob die Präsidentenfrau in ihrer Überraschung falsch reagierte oder ob Ryo zu heftig an ihrer Hand zog.

Jedenfalls verlief der Handkuß nicht so, wie Ryo ihn geübt hatte. Er konnte zwar die Hand der Präsidentenfrau an seine Lippen führen und einen lauten Kuß darauf pressen, der im ganzen Saal zu vernehmen war, aber in der dabei entstehenden Verwirrung vermochte die Präsidentenfrau nicht alle Rosen, die sie im Arm trug, festzuhalten. Einige fielen zu Boden. Ryo sah es nicht, denn er war von der Zeremonie seines Handkusses zu sehr in Anspruch genommen. Er verbeugte sich wieder so eckig wie beim erstenmal und kehrte stolz erhobenen Kopfes zu seinem Platz zurück.

In diesem Augenblick sprang Watanabes Amerikaner von seinem Stuhl auf und sammelte die zu Boden gefallenen roten Rosen ein. Er übergab sie der Präsidentenfrau, die den ihr verbliebenen Teil des Rosenstraußes wie ein Baby im Arm hielt. Er verbeugte sich weitaus geschmeidiger als Ryo und lächelte der Präsidentenfrau sogar ins Gesicht.

Während der Saal ihm Beifall spendete, saß die Mutter regungslos auf ihrem Platz und schoß wütende Blicke in Richtung des Watanabe-Tischs, von dem besonders lautes Klatschen herüberklang. Die Mutter fand es unerhört, daß dieser ungebetene Amerikaner sich in Ryos Angelegenheiten eingemischt hatte. Er hatte ihm, was besonders hinterhältig war, einen Teil vom Applaus gestohlen.

Glücklicherweise tat die Präsidentenfrau dann etwas, was Ryos mißlungenen Auftritt ins Gegenteil verkehrte. Sie trat ans Mikrophon und bedankte sich von dort aus bei Ryo für die ihr überreichten Rosen. «Ein so schönes Geschenk», sagte sie, «verdient eine kleine Erwiderung.» Ihr schneller Zungenschlag wies sie als gebürtige Tokyoterin aus. Sie sagte, ihr Mann habe ihr aufgetragen, hier und heute bekanntzugeben, daß er Ryo mit Wirkung zum ersten April des kommenden Jahres zu seinem Privatsekretär ernannt habe. Danach schwieg sie und blickte in den Saal, über den sich eine atemlose Stille gelegt hatte. Ihre Ankündigung war so überraschend gekommen, daß es offenbar einiger Zeit bedurfte, bis sie in das Bewußtsein der Anwesenden eingesickert war.

«Ja, so ist das», sagte die Präsidentenfrau in ihrer raschen, perlenden Tokyoter Sprechweise, «eine Auszeichnung, die der Bräutigam des heutigen Tages sich ehrlich verdient hat. Er hat nämlich durch seinen persönlichen Einsatz die Verbindung hergestellt zwischen der Gowa-Bank und einem neuen, sehr bedeutenden Kunden ...»

Sie legte eine wirkungsvolle Pause ein, während der ein Raunen durch den Saal lief. «... einen sehr bedeutenden Kunden, ... ich kann aus verständlichen Gründen den Namen nicht nennen, aber immerhin so weit andeuten, daß es sich um einen der größten japanischen Konzerne handelte, mit dem die Gowa-Bank bisher noch keine Geschäftsbeziehungen unterhielt. Durch den selbstlosen Einsatz des Bräutigams ist diese Beziehung jetzt hergestellt und hat sogar schon zu einer großen internationalen Transaktion geführt, was der Gowa-Bank ihre weltweite Expansion wesentlich erleichtert. Als Anerkennung hat mein Mann ... wie gesagt ... auch ich schließe mich der Gratulation an.»

Sie verbeugte sich, was für eine Frau ihres Ranges höchst ungewöhnlich war, in Richtung Ryo und klatschte mit einem auffordernden Seitenblick in den Saal in ihre Hände.

Der Applaus brach los, wie es ihn in solcher Sturmgewalt bisher noch nicht gegeben hatte. An den Tischen, wo Ryos Bankkollegen und frühere Studienkameraden saßen, sprangen manche auf und spendeten stehend Beifall. Sie trampelten mit den Füßen, um noch mehr Lärm zu machen, und riefen laut «Bravo!».

Ito erhob sich von seinem Platz an einem der vorderen Tische und ging in raschen Schritten zu Ryo hin. Er ergriff seine Hand und schüttelte sie heftig. Er legte sogar seinen Arm um seine Schultern, als einer von Ryos Bankkollegen mit einer Blitzlichtkamera angerannt kam und die Szene einfing.

Die Mutter saß wie versteinert da. Sie war geradezu überwältigt von dieser Neuigkeit. Es gelang ihr nicht, ihre Gedanken in geordnete Bahnen zu lenken. Privatsekretär des Präsidenten . . . unfaßbar. Mit einem gewaltigen Sprung war Ryo zur Spitze vorgestoßen.

«Jetzt gehört Ryo schon der wirklichen Elite an», sagte sie zu ihrem Mann und zupfte ihn am Ärmel, «unter zwanzigtausend Angestellten . . . unser Ryo . . . unser Ryo ist auserkoren.»

Aber der Vater saß mit unbewegtem Gesicht da und blickte noch nicht einmal auf.

«Siehst du», drängte die Mutter in ihn, «wie gut, daß ich Ishida angerufen hatte. Er hat sein Versprechen gehalten. Dafür müssen wir ihm dankbar sein.»

«Wir?» fragte der Vater.

«Du könntest dich wirklich ein bißchen stolz zeigen», zischelte sie, «schließlich geht es um Ryo und seinen Aufstieg. Oder gönnst du ihm seinen Aufstieg nicht?»

Über das Gesicht des Vaters hatte sich Trauer gebreitet, tiefe Trauer. Während überall rundum noch stürmisch geklatscht wurde, sagte er: «Du verstehst immer noch nicht, was du angerichtet hast.»

«Was soll ich denn angerichtet haben? Ich habe Ishida angerufen und ihn gebeten, etwas für Ryo zu tun. Ja, das habe ich getan. Aber nur, weil du es abgelehnt hast, Ishida zu fragen. Du bist ja nie bereit, deine Beziehungen für Ryos Fortkommen zu nutzen.»

«Weil es ihm nicht wirklich hilft. Wenn Ryo nichts aus eigener Kraft erreicht, sondern alles nur, weil du ihn schiebst und schubst, dann wird er nur noch unsicherer. Ryo muß das Gefühl haben, etwas wert zu sein. Er muß etwas haben, worauf er selbst stolz sein kann. Das hast du nie verstanden und siehst es auch jetzt nicht ein.»

«Privatsekretär», zischelte die Mutter ihrem Mann zu, «hast du das immer noch nicht mitgekriegt? Ryo ist der Privatsekretär des Präsidenten. Er hat das Recht, stolz zu sein.«

«Im Gegenteil. Je höher er ohne wirkliches eigenes Zutun steigt, desto brüchiger wird sein Selbstwertgefühl. Er hat schon längst begonnen, sich selbst so sehr zu verachten, daß ihm nichts mehr heilig ist.»

«Heilig ... wovon redest du?»

«Von Ryos innerer Verfassung. Was er gestern abend Saya angetan hat, zeigt, wie tief er schon gesunken ist.»

«Unsinn.»

Die Mutter wandte sich ab, denn viele klatschten auch ihr Beifall zu. Sie bedankte sich nach allen Seiten mit einem Lächeln und vielen kleinen Verbeugungen. Sie stieß verstohlen ihren Mann an, auf daß er es ihr gleichtue.

Der Conférencier erschien abermals auf dem Podium und mahnte, der Augenblick sei da, auf das Wohl des neuvermählten Paars und neuernannten Privatsekretärs anzustoßen. Während dieser Worte stürzten die Kellner, die sich in einer Reihe entlang den beiden Seiten des Saals aufgestellt hatten, nach vorn. Plötzlich hatten sie alle eine Magnumflasche Champagner in der Hand und begannen zwischen den

Tischen hin und her zu huschen. Sekunden später knallten die ersten Pfropfen.

Inzwischen war Herr Saito ans Mikrophon getreten. Er schaute prüfend von Tisch zu Tisch, um zu sehen, wie weit die Kellner ihre Arbeit schon getan hatten. Dann gab er mit der linken Hand allen Gästen das Zeichen, sich von ihren Plätzen zu erheben. Als das Scharren der Stühle abgeklungen war, hob er langsam, wie im Zeitlupentempo, sein volles Glas hoch und schrie dann plötzlich, mit seiner gewaltigen, sonoren Stimme: «Auf das Wohl des neuvermählten Paares und neuernannten Privatsekretärs – Kampai! Kampai! Kampai!»

Die Vibration, die in den Ohren schmerzte, löste in der Mutter die Spannung. Sie nahm einen tiefen Schluck aus ihrem Champagnerglas und fühlte, wie ein Glücksgefühl von noch nie gekannter Wärme sie ergriff. Es floß wie Glut durch ihren Körper.

Während nun rundum das Essen aufgetragen wurde, versuchte die Mutter angestrengt, Klarheit in ihre Gedanken zu bringen. Sie mußte sich selbst leise einige Male vorsagen, daß Ryo tatsächlich zum Privatsekretär ernannt worden war. Ein schöneres Hochzeitsgeschenk hätte er sich nicht wünschen können. Jetzt würde er drei Jahre lang die rechte Hand des Bankpräsidenten sein, jeden Tag direkten Zugang zu ihm haben, jede Nacht neben dem Telephon schlafen, das jederzeit klingeln kann. Er würde jederzeit Zutritt zu der privaten Residenz des Präsidenten haben, wo, wie man hörte, drei Renoir, ein Matisse und zwei Picassos hingen – alle erwiesenermaßen echt. Er würde den Präsidenten auf Schritt und Tritt begleiten und seiner Frau behilflich sein, wann immer sie seine Hilfe brauchte. Er würde in der

Direktionsetage der Gowa-Bank bei allen Verhandlungen und Entscheidungen auf höchster Ebene dabeisein. Er würde den Präsidenten auf seinen Reisen durch Japan und die ganze Welt begleiten. Er würde Dutzende, sogar Hunderte wichtiger Leute aus Wirtschaft, Finanzen und Politik kennenlernen. Er würde nur noch in den feinsten Restaurants speisen und Bars besuchen, zu denen lediglich eingeschriebene Mitglieder Zutritt haben.

Jetzt brauchte Ryo mindestens fünf, besser aber sieben oder acht neue Anzüge, überlegte die Mutter. Sie fragte sich, wo sie den erforderlichen Stoff kaufen sollte. Das letzte Mal hatte sie das Tuch für seinen Anzug im Daimaru gekauft, aber es war zweifelhaft, ob die Qualität, die ein Kaufhaus bieten kann, für die gehobenen Ansprüche ausreichte, die Ryo nun stellen mußte. Es gab sicher irgendwo Firmen, die auf den Import bester englischer Wolle spezialisiert waren. Die Mutter nahm sich vor, sie auflisten zu lassen. Wahrscheinlich trug der Präsident Anzüge aus schottischer Wolle, die, wie man weiß, sogar noch eine Stufe über der englischen Wolle liegt. Ryo sollte sich vorerst bescheiden mit englischer Wolle begnügen, damit nicht der Eindruck entstünde, er habe kein Gefühl für die Sensibilitäten seines Chefs.

Außerdem brauchte Ryo mindestens zwanzig neue Hemden. Vor einiger Zeit hatte er eine bestimmte Marke erwähnt, die von den Spitzenleuten der Bank getragen werde. Natürlich eine ausländische Marke und durch irgendein eingewebtes Signum gekennzeichnet. Die Mutter versuchte sich zu erinnern, was für ein Signum das war. Irgendein ausländisches Tier. Ihr Mann hatte eine sarkastische Bemerkung darüber gemacht... jetzt fiel es ihr ein. Ein Krokodil. «Kein Wunder, daß Bankleute Krokodilhemden tragen», hatte ihr Mann gesagt, «denn sie haben scharfe Zähne und einen unersättlichen Appetit.» Die Mutter hatte diese Bemerkung ausgesprochen unpassend gefunden, wo Ryo sich doch so große Mühe gab, in der Bank aufzusteigen.

Der Kellner brachte den nächsten Gang und fragte besorgt, weil die Mutter den ersten nicht angerührt hatte, ob es ihr nicht schmecke. «Haben die gnädige Frau einen besonderen Wunsch, den unsere Küche befriedigen kann?» fragte er, indem er sich herabbeugte, so daß er in ihr Ohr flüstern konnte.

«Nein, nein», sagte die Mutter zerstreut, «alles ist in bester Ordnung.»

Wahrscheinlich würde Ryo den Präsidenten auch zum Golfplatz begleiten müssen. Wie gut, daß er schon Golferfahrungen hatte machen können. Immerhin war er bei seiner ersten Stellung in der Sembon-Filiale der treue Golfbegleiter des Herrn Omiya gewesen. Jedes Wochenende hatte er sich abrufbereit gehalten und oft, wenn Omiya Bankkunden ausführte, die Golftaschen für alle getragen. Er führte auch immer die richtige Zigarettenmarke in der Tasche mit und obendrein Kopfwehtabletten und Magensäurepulver. Wenn Omiya erschöpft war, hatte Ryo ihn massiert.

Der Conférencier kündigte an, daß Noriko sich für einige Zeit zurückziehen werde, um in einem neuen festlichen Kleid zurückzukehren. Alle Blicke wandten sich ihr zu. Frau Saito führte sie behutsam vom Podium herab und durch den Mittelgang zur hinteren Flügeltür. Noriko hielt den Kopf gesenkt und machte so kleine Schritte, daß sie nur im Schneckentempo vorankam. Wahrscheinlich, so dachte die Mutter, war das von der Watanabe-Seite von vornherein geplant, um allen Gästen die Gelegenheit zu geben, Norikos geliehenen Hochzeitskimono eingehend studieren zu können. Aber überladen blieb überladen.

Noriko bemühte sich, ihre Füße in der richtigen Art voreinander zu setzen, so daß sich jene elegante Gehweise erzielen ließ, bei der der Oberkörper in einer geraden Linie vorwärtsschwebt, während der Unterkörper bis zur Hüfte eine Wellenlinie beschreibt. Aber statt diese elegante Gehweise zu erreichen, drehte Noriko ihre Fußspitzen bei jedem Schritt nach innen. Dadurch verfiel ihr Gang in ein Watscheln, das durch das Hin- und Herschwanken ihrer aufgetürmten Perücke nur noch verstärkt wurde. Da sie sich außerdem bemühte, den Kopf gesenkt zu halten, entstand der peinliche Eindruck, ihr Kopf sitze unmittelbar auf den Schultern.

Der Mutter, die von ihrem Platz aus den Mittelgang in seiner vollen Länge überblicken konnte, blieb nichts erspart. Sie sah, wie Frau Saito sich bemühte, Norikos watschelnden Gang dadurch zu mindern, daß sie entgegen jeder Etikette deren Ellbogen mit der zweiten Hand ergriff.

Plötzlich sah die Mutter Noriko mit ganz anderen Augen.

«Das ist doch zum Wahnsinnigwerden», entfuhr es ihr, und sie legte schnell die Hand auf den Mund, um die ihr achtlos entwischten Worte zurückzuholen.

Das ist doch zum Wahnsinnigwerden, wiederholte sie für sich, solch eine klotzige, plumpe, watschelnde Gestalt neben meinem schönen Ryo, der sich von jetzt an als Sekretär des Präsidenten nur noch in den besten Kreisen der Gesellschaft bewegen wird, in maßgeschneiderten Anzügen und mit französischen Krawatten.

Ryo hätte diese Watanabe-Tochter doch gar nicht zu

heiraten brauchen – jetzt, wo er zum Privatsekretär des Bankpräsidenten ernannt worden war. Als Privatsekretär hätte er eine bessere Frau bekommen.

Eine mit längerem Hals.

Eine, die weiß, wie man die Füße voreinandersetzt, wenn man im Kimono dahinschreitet.

Eine, die Eltern hat, mit denen man sich sehen lassen kann. Nicht solche Strumpf- und Strumpfhosenverkäufer, die glauben, sie könnten große Töne spucken, nur weil sie in einem fünfstöckigen Geschäftshaus hockten.

Privatsekretär des Präsidenten und unverheiratet – was für eine vertane Chance! Der Präsident hätte sich persönlich seiner annehmen und ihm eine Frau besorgen müssen. Und er hätte ihm bestimmt eine Frau besorgt, die aus besten Kreisen stammte, vielleicht die Tochter eines Großindustriellen oder eines Bankiers. Mit dem Präsidenten der Gowa-Bank als Ehestifter hätte Ryo für sein Leben ausgesorgt. Was für eine vertane Chance, sagte sich die Mutter und hielt ihre Tränen zurück. Der Gowa-Präsident hätte sich bestimmt geehrt gefühlt, einen jungen Mann wie Ryo ins Ehenest zu setzen.

Die Mutter hörte die halb angeheiterten Stimmen der Watanabes von der anderen Seite des Mittelgangs. Ohne hinzusehen, wußte sie, daß Herr Watanabe bei seinem stoßweisen Lachen sicher wieder seinen Mund unziemlich weit aufriß und die Unterlippe nach innen zog, so daß sich die untere Reihe seiner falschen Zähne durchzeichnete.

Was für eine vertane Chance, sagte sich die Mutter, hätte ich vor drei Wochen nur geahnt, daß Ryo zum Privatsekretär ernannt werden würde . . . Sie fühlte, wie sich der Saal um sie drehte.

Ich hätte die Eheverhandlungen mit diesen Watanabes

einfach abbrechen sollen, sagte sie sich, auch gegen Ryos Widerstand. Ich hätte nicht auf ihn hören sollen.

«Hätte ich es noch vor drei Stunden gewußt», flüsterte sie mit heiserer Stimme, «daß Ryo zum Privatsekretär ernannt werden würde ... ich hätte die Hochzeit platzen lassen. Aber Ryo wollte ja unbedingt. Er wollte unbedingt noch in diesem Jahr heiraten.»

Die Mutter fragte sich, warum sie ihm denn seinen Willen gelassen hatte. Ryo war doch sonst so einfach zu lenken gewesen. Warum hatte sie diesmal nachgegeben? Vielleicht hätte sie doch auf ihren Mann hören sollen. Er war dagegen, daß Ryo diese Watanabe-Tochter heiratete. Er hatte gesagt, Ryo solle überhaupt mit dem Heiraten noch warten. Aber Ryo wollte doch. Er würde sonst diese Busfahrertochter geheiratet haben. Diese Drohung stand wie eine dunkle Wand vor ihr und hatte alles ins Rollen gebracht.

Die Flügeltüren schlossen sich hinter Noriko und Frau Saito. An allen Tischen ging man zum Dessert über. Es wurde überall gedämpft gesprochen und halblaut gelacht.

Langsam wandte die Mutter sich wieder ihrem Mann zu. Sie war in versöhnlicher Stimmung und bereit, ihm zu sagen, daß er vielleicht doch recht gehabt hatte ... daß sie im Grunde ja auch der Meinung gewesen sei, Ryo solle nicht so übereilt heiraten.

Aber der Stuhl ihres Mannes war leer, und seine Serviette lag sauber gefaltet neben seinem Teller.

Die Mutter schaute umher.

Sie wartete.

Sie wartete noch immer.

Der Kellner fragte, ob ihr das Dessert nicht geschmeckt habe.

«Doch, doch ...», antwortete sie wie abwesend.

Sie starrte auf die beiden leeren Stühle. Die beiden leeren Stühle starrten zurück.

Wo bleibt er denn nur solang? Die Mutter spürte Ungeduld in sich hochquellen. Oder ob er zu Saya gegangen ist, nach Hause zu Saya? Sie schaute zur Seitentür hin, durch die ihr Mann, ohne daß sie es bemerkt hatte, hinausgegangen sein mußte.

Saya hätte nicht von ihrem Gaijin-Mann reden sollen, nicht in diesem Ton. Sie hätte vor Ryo nicht noch einmal zu betonen brauchen, wie sehr sie diesen Peer liebte. Sie hätte nicht zu sagen brauchen, daß sie keine Reue empfand. Sie hätte nicht zu sagen brauchen, wie glücklich sie sei und daß sie Ryo genausoviel Glück wünsche.

«Du dreckige Gaijin-Hure», hatte Ryo sie angeraunzt. Das war doch eine überdeutliche Warnung gewesen. Saya hätte das spüren müssen. Sie hätte dort bleiben sollen, wo sie war, anstatt auf Ryo zuzugehen und ihren Arm um ihn zu legen. «Das meinst du doch nicht im Ernst», hatte sie lächelnd zu ihm hochgeblickt.

«Dreckige Gaijin-Hure du», hatte Ryo noch einmal gesagt, und dann hatte er zugeschlagen. Dreimal mit der Faust. Dreimal mit aller Wucht in Sayas Gesicht. Das dritte Mal noch, als sie schon zu Boden taumelte.

«Warum hat er das nur getan?» murmelte die Mutter vor sich hin. Natürlich trug Saya einen Teil der Schuld. Sie hätte nicht so aufreizend über ihren Gaijin-Mann zu reden brauchen. Sie hätte vorsichtiger mit den Worten umgehen und auf das achten sollen, was Ryo ins Gesicht geschrieben stand. Natürlich meinte er das im Ernst, das mit der dreckigen Gaijin-Hure, obwohl seine Wortwahl sicher etwas zu stark war. Aber immerhin war es doch Ryo, der am unmittelbarsten unter Sayas Fehltritt litt. Seine Chance, eine Frau aus erstklassiger Familie zu bekommen, hatte sie zunichte gemacht. Saya hätte, nachdem Ryo das mit der dreckigen Gaijin-Hure gesagt hatte, sich entschuldigen müssen. Sie hätte ihn mit niedergeschlagenen Augen bitten müssen, ihr ihren Fehltritt zu verzeihen – statt zu sagen, «das meinst du doch nicht im Ernst».

Aber Ryo hätte auch nicht zuzuschlagen brauchen – vor allem nicht so fest und dreimal in Sayas Gesicht. Soviel Blut! Ryo hätte sich wirklich ein bißchen besser beherrschen können. Schließlich war Saya nur seinetwegen zurückgekommen, um bei seiner Hochzeit dabeizusein.

Die Mutter griff sich an die Stirn. Ihr Vorrat an Zorn, der sich in ihr so lange gegen die Watanabes aufgestaut hatte, war erschöpft. Langsam begann ihr Zorn sich gegen Ryo zu richten.

«Das ist doch Wahnsinn», murmelte sie vor sich hin. Als Privatsekretär des Präsidenten würde Ryo jetzt Dutzende, wahrscheinlich sogar Hunderte hochstehender Gaijin treffen und mit ihnen geschäftlich zu tun bekommen. Es würde doch von allergrößtem Vorteil für ihn sein, wenn er ihnen gegenüber die Bemerkung fallen lassen könnte, daß er eine Schwester habe, die mit einem Gaijin verheiratet sei und in Europa lebe. Dann würden die Gaijin sicher ihre Einstellung zu ihm ändern und ihn als ihresgleichen akzeptieren.

Privatsekretär des Präsidenten …

Warum hat Ryo nur darauf bestanden, noch unbedingt in diesem Jahr zu heiraten?

21

Ryo fing den Blick der Mutter auf, quer durch den Saal. Obwohl sie so weit weg von ihm saß, konnte er den verhärmten Zug um ihren Mund erkennen. Kann sie denn nie zufrieden sein, dachte er, sie hat doch alles erreicht, was sie erreichen wollte. Er hielt dem Kellner, der mit der Champagnerflasche vorbeikam, sein Glas hin und ließ es sich nachfüllen. Er blickte wieder zur Mutter hin, hob sein Glas und prostete ihr auf die Entfernung zu. Er hob sein Glas noch einmal hoch, diesmal noch höher. Obwohl sie in seine Richtung starrte, schien die Mutter ihn nicht zu bemerken. Sie saß regungslos an ihrem Tisch. In ihren Mundwinkeln nistete Ärger, und Falten standen auf ihrer Stirn. Ryo führte sein Glas zum Mund und trank es in einem einzigen Zug leer. Er spürte, wie die Kohlensäure prickelnd seine Kehle hinunterlief.

Sie hat doch alles erreicht, was sie erreichen wollte.

Ryo sah die Kellner wie Gnome huschen, von Tisch zu Tisch, schwarze Frackgestalten mit runden Buckeln und weißen Servietten über einen Ärmel gelegt. Sie trugen grüne Champagnerflaschen, aus deren Hälsen weißer Dampf quoll. Eine neue Welle von Gnomen drang aus den seitlichen Türen mit silbernen Kaffeekannen.

An allen Tischen wurde nun lauter gesprochen und lauter gelacht. Ryo spürte, wie die Aufmerksamkeit der Gäste im Saal noch weiter von ihm wegglitt. Das war ihm recht. Er brauchte nicht mehr seinen Rücken steif zu halten und dauernd jenen zuzunicken, die ihm von unten händewinkend oder durch Zurufe zur Beförderung zum Privatsekretär beglückwünschen wollten.

Ryo stützte seinen Ellbogen auf den Tisch und schwenkte sein Glas hin und her. Er wartete, bis einer der Gnome ihn sah, eiligst mit einer Champagnerflasche zu ihm kam und sein Glas füllte. Ohne seinen Ellbogen vom Tisch zu nehmen, trank Ryo es leer. Wieder in einem Zug.

Verdammt... Privatsekretär des Präsidenten... Ryo versuchte, seine Gedanken zu ordnen. Die neue Aufgabe, die auf ihn zukam, machte ihn unsicher, jagte ihm Angst ein. Was würde er als Privatsekretär tun müssen? Er hatte nie hingehört, wenn andere darüber tuschelten und davon schwärmten, was für eine Ehre es sei, Privatsekretär des Präsidenten zu werden. So, wie er sich kannte, brauchte er sich keine Hoffnungen zu machen. Nur die Besten hatten eine Chance.

Ohne Warnung war die Ernennung zum Privatsekretär gekommen wie eine Schlange, die aus dem Gras hochschnellt und zubeißt. Ryo spürte, wie seine Hände und seine Achseln feucht wurden vor Angst.

Er sah den Mittelgang, den roten Teppichläufer entlang, über den Noriko zur Ausgangstür gewatschelt war. Dick, ohne Hals.

Äußerlichkeiten, hörte Ryo die Stimme der Mutter, du darfst dich nicht von Äußerlichkeiten beeindrucken lassen... Noriko wird eine gute Frau für dich sein... sie wird für dich sorgen... du kannst dich mit ihr sehen lassen... du kannst den Kopf hochtragen, denn sie braucht sich nicht vor den Frauen deiner Kollegen zu verstecken... du brauchst dich ihretwegen nicht zu schämen... sie hat ja studiert...

vier Jahre lang studiert, immerhin an einer nicht ganz unbekannten Universität... damit kannst du dich sehen lassen. Du kannst auch immer auf das fünfstöckige Geschäftshaus verweisen, das hinter ihr steht. Pluspunkte, die dir helfen, dein Endziel zu erreichen.

Was für ein Endziel, dachte Ryo und schaute in sein leeres Glas, was ist das Endziel?

Nach drei Jahren als Privatsekretär des Präsidenten würde er bestimmt Abteilungsleiter oder Ressortleiter werden und von dort aus vielleicht Filialleiter... vielleicht würde er auf einen Auslandsposten versetzt werden. London? Paris? New York oder San Francisco? Immer mit Noriko. Die war jetzt seine Frau, und er würde den Rest seines Lebens mit ihr verbringen müssen.

Ryo fühlte sich von der Mutter hereingelegt. Er stierte den Mittelgang entlang und wünschte sich, Noriko würde nie mehr wiederkommen.

Während der letzten Wochen hatte er manchmal von Umeko geträumt und davon, daß sie neben ihm lag, in einem stillen Zimmer, unter einer gemeinsamen Decke, ganz dicht und warm und duftend und anschmiegsam. Er hatte seine Hand über ihren Körper gleiten lassen, langsam und tastend. Er hatte keine Angst gespürt. Nur ihre Nähe. Angst war etwas Fernes, an das er sich nicht zu erinnern brauchte.

Ich hätte nicht mit Kenzo wetten sollen. Ryo wischte sich über seine feuchte Stirn. Ich hätte nicht mit ihm wetten sollen. Verdammt. Ich hab' mich selber reingelegt.

Der Kellner kam und goß von neuem Ryos Glas voll. Ryo setzte das Glas an den Mund und trank einen Schluck. Der Kellner beugte sich vor und füllte wieder nach.

Ich hätte nicht mit Kenzo wetten sollen. Dann hätte ich

diese Noriko nicht zu heiraten brauchen, dachte Ryo und preßte seine Zähne so fest aufeinander, daß sie knirschten. Aber wenn nicht die Watanabe-Tochter, wen sonst?

Irgendeine andere. Die Mutter hätte bestimmt eine andere für ihn gefunden, ähnlich der Watanabe-Tochter.

Keinesfalls Umeko.

Ryo blickte in den Saal.

«Privatsekretär... Privatsekretär...» Er murmelte seinen neuen Titel vor sich hin. Jetzt bin ich weiter gesprungen, als je einer in der Filiale es für möglich gehalten hätte. Jetzt bin ich höher als Kenzo, mächtiger als Ito.

Höher als Kenzo... mächtiger als Ito...

Sein noch halbvolles Champagnerglas fiel um. Auf der Tischdecke bildete sich Schaum, der schnell vom Damast aufgesogen wurde.

Ryo blickte zur Mutter hin. Wütend. Verzweifelt. Ängstlich. Es stimmte doch: Ohne sie wäre er ein Nichts... er wäre nicht ins Collegium hineingekommen... er hätte nicht den Sprung in die Kyodai geschafft... und auch nicht den Eintritt in die Gowa-Bank. Er wäre nicht zum Privatsekretär erhoben worden.

Sie hat alles gesteuert, alles durchgedrückt, alles erreicht.

«Was bin ich denn», flüsterte Ryo vor sich hin, «ein Nichts, das sie nach ihrem Willen geformt hat?»

Zu spät.

Er sah wieder zur Mutter hin, die immer noch unverwandt an ihrem Tisch saß, allein, mit einem verhärmten Ausdruck um den Mund. Ein Kellner kam zu ihr und beugte sich zu ihr hinab. Ihr Gesicht nahm in Sekundenschnelle einen Ausdruck höflicher Gespanntheit an.

Der Conférencier sah sich vom Podium aus im Saal um, in dem die Stimmung immer heiterer geworden war. Er steckte sich eine Rose in das Revers seines weißen Smokings und griff wieder zum Mikrophon.

«Uff», sagte er und tat so, als müsse er sich den Schweiß von der Stirn wischen, «was für ein Tag... was für eine Freude... was für eine Ehre... noch nie, wirklich noch nie habe ich vor so einem erlauchten Publikum erscheinen dürfen.»

Eine Runde Applaus belohnte seine Bescheidenheit.

«Aber jetzt sind sicher alle im Saal gespannt zu erfahren, was für Dummheiten unser frischgebackener Privatsekretär gemacht hat, als er noch am Fuße der Leiter des Erfolgs stand.» Er beugte sich zum Mikrophon herab und tuschelte mit geheimnistuerischer Stimme hinein: «... vor allem, solange die werte, gerade verheiratete junge Frau des Herrn Privatsekretärs noch nicht zu uns zurückgekehrt ist. Da können wir vielleicht ein paar pikante Einzelheiten erfahren...»

Ryo saß mit müden Augen auf seinem Ehrenplatz. Hinter ihm der breite goldene Wandschirm, in dem sich das Licht der Deckenleuchter brach. Er merkte, daß der ganze Saal zu ihm hinsah, und versuchte zu lächeln. Aber das Lächeln gelang ihm nicht gut genug.

Der Conférencier klatschte in die Hände und gab damit das Signal zum unterhaltsamen Teil der Festlichkeit.

Tanz, Gesang, Farcen, Faxen... in rascher Folge trat eine Reihe Ryos früherer Kameraden auf, vom Kindergarten bis zur Universität. Aus der Ecke, wo Norikos Freundinnen saßen, kam helles Kichern, als ein junger Mann, der Gitarre spielte, sein Instrument mit einer sinnlichen Handbewegung streichelte und bekannte, daß er und Ryo, als sie Schüler im

Collegium Sainte-Virtue waren, immer über die Mauer gestiegen seien, um die Mädchen in der nahen Mädchenschule zu erschrecken.

«Hochwürden», sagte der Conférencier zu Pater Rimboulet gewandt, «was sagen Sie dazu?»

«Eine gesunde Sünde», gab der bärtige Pater schlagfertig zurück.

Da mußte sogar Ryo lachen.

«Psst», hauchte der Conférencier ins Mikrophon, «jetzt kommt die werte Braut, die die Früchte dieser gesunden Sünden ernten wird.»

Die Lichter im Saal erloschen. Nur der Mittelgang blieb von den Scheinwerfern erhellt. Aus den Lautsprechern erklang eine Mozartsonate, und die Flügeltüren am Ende des Saals flogen auf. Noriko erschien in einem bodenlangen weißen Brautkleid, ganz im westlichen Stil, mit einem langen weißen Schleier und Stulpenhandschuhen, die ihr bis über die Ellbogen reichten. Sie hielt ein kleines Blumenbouquet fest mit einer Hand umklammert. Zu den Mozarttakten trippelte sie, von Frau Saito gestützt, den Mittelgang entlang auf das Podium zu.

«Reizend ... reizend ...», rief der Conférencier mit geübter Stimme, «welch eine Schönheit weilt in unserer Mitte. Darf ich mir erlauben ...» Mit einer überschwenglichen Geste half er Noriko die Stufen zum Podium hinauf und geleitete sie zu ihrem Stuhl.

Ryo saß mit müden Augen da und rührte sich nicht.

Der Conférencier kündigte an, jetzt seien Norikos Freundinnen an der Reihe.

Wieder Tanz, Gesang, Lachen, Kichern ...

Ein Mädchen, ganz in Schwarz gekleidet, als Norikos beste Freundin vorgestellt, erzählte von ihrer Wette mit

Noriko, wer von ihnen wohl den besseren Ehemann bekäme.

«Ich hab' schon einen, seit einem Jahr», zwitscherte sie, «er ist so viel größer als ich.» Sie deutete es mit Zeigefinger und Daumen an. Der ganze Saal lachte. «Er ist ein kräftiger Karpfen und arbeitet übrigens auch für eine große Bank ... Aber heute muß ich gestehen: Noriko – das hast du gut gemacht. Du hast dir einen goldenen Karpfen geangelt!»

Wieder brach unbändiger Applaus los, der sich noch steigerte, als die Freundin ins Mikrophon rief: «Noriko, du hast unsere Wette gewonnen.»

«Ich hab' auch gewettet», meldete sich aus dem hinteren Teil des Saals eine Stimme, laut und lallend. Ryo schreckte hoch. Kenzo schien ziemlich betrunken zu sein. Er kam schwankend mit raschen Schritten den Mittelgang entlang und wischte sich beim Laufen mit dem Handrücken über den Mund. An den Stufen zum Podium stolperte er.

«Sachte, sachte», beugte sich der Conférencier zu ihm herab und fing ihn auf. Er geleitete ihn zum Mikrophon.

«Ich hab' auch gewettet, und zwar mit Ryo», lallte Kenzo.

«Um was denn?» fragte der Conférencier.

«Ja, wir hab'n doch immer gewettet und ich ... nur ich hab' immer gewonnen. Ich hab' gewonnen, weil ich ... weil ich immer mehr reingebracht hab', und er mußte bezahlen. Aber diesmal ... ja, diesmal hat Ryo gewonnen ...» Er verschluckte sich und rülpste. «Zum erstenmal. Wer hätte das gedacht. Wer hätte das gedacht, Ryo heiratet noch in diesem Jahr? Top, heiraten ... noch in diesem Jahr ... das schaffst du doch niemals, hab' ich gesagt. Top, ich schaffe das, hat er geantwortet. Und wirklich ... er hat's geschafft.»

Von den Tischen, an denen Ryos Kameraden und Bankkollegen saßen, kam lautes Johlen. Norikos Freundinnen kreischten in schrillen Tönen.

«Hier . . .», Kenzo begann, in seinen Hosentaschen nach etwas zu suchen. Schließlich zog er einen kleinen, zusammengeknäuelten Zettel heraus. Er strich ihn glatt und näherte seinen Mund wieder dem Mikrophon. «Hier . . . dein Preis . . . gratuliere . . . ehrlich gewonnen . . . ehrlich verdient.» Er schwenkte den Zettel hoch über seinem Kopf. Danach taumelte er auf Ryo zu und reichte den Zettel über den Tisch.

«Danke», sagte Ryo, nahm den Zettel hastig aus seiner Hand und steckte ihn weg.

«Was war denn der Preis?» fragte der Conférencier.

Kenzo lachte. «Kann nicht sagen . . . Geheimnis . . . Männergeheimnis . . . aber ehrlich verdient und jederzeit einlösbar . . . nach telephonischer Voranmeldung.»

Ryo hob verkrampft sein leeres Glas hoch und prostete Kenzo zu.

Die Mutter verfolgte, was sich auf dem Podium abspielte, mit halb offenstehendem Mund. Als Kenzo zu seinem Platz zurückkehren wollte, hielt sie ihn am Handgelenk fest.

«Was war der Preis?» fragte sie ihn leise, aber unerbittlich.

«Kann ich nicht sagen», wich Kenzo aus, «so was zwischen Mann und Mann.» Er versuchte, sich von dem Griff der Mutter zu lösen, aber ihre Finger umklammerten sein Handgelenk nur noch fester.

«Was war der Preis?» Sie zwang ihn auf den Stuhl neben sich.

«Kann ich nicht sagen.»

Je stärker Kenzo versuchte, sich freizuwinden, desto tiefer schnitten sich ihre Fingernägel in seine Haut ein.

«Was steht auf dem Zettel, den du Ryo gegeben hast?»

«'Ne Telephonnummer, nichts als 'ne Telephonnummer.»

«Telephonnummer von wem?»

«Na ja, von dem Preis, um den wir gewettet hatten.» Kenzo wand sich wie ein gefangener Aal.

«Was ist das für ein Preis, der eine Telephonnummer hat?» Die Worte der Mutter klangen wie Stahl, während ihr Mund lächelte.

Einige Gäste an anderen Tischen schienen schon aufmerksam zu werden. Sie schauten neugierig herüber.

«Was für ein Preis?» wiederholte die Mutter flüsternd.

«Nur so», Kenzo kratzte sich mit seiner freien Hand verlegen hinterm Ohr, «ist 'n Männergeheimnis.»

Die Mutter krallte ihre Fingernägel tiefer in sein Handgelenk.

«Na ja», gab Kenzo daraufhin widerstrebend zu, «bisher hab' ich ja immer gewonnen, und Ryo hat mir meine Hostessen bezahlt. Diesmal hat er gewonnen, und ich hab' ihm gesagt, du kannst dir zum Abschied vom Junggesellenleben die allerteuerste Hosteß aussuchen, die es gibt.»

«Und?» Ihre Augen bohrten sich in Kenzo hinein.

«Na ja, die allerteuerste ... eine in Kobe ... eine Gaijin-Hosteß, ganz blond und mit 'nem großen Busen. Ich hab' sie mir selber angeguckt und gefragt, wieviel sie für 'ne Nacht nimmt. Sündhaft viel. Hab' so hoch gewettet, weil ich's nie für möglich gehalten hab', daß er noch in diesem Jahr heiraten würde ... aber jetzt hat er's doch geschafft, hat 'ne Frau gekriegt, und ich hab' verloren ... aber ich steh' zu meinem Wort ...»

Die Mutter lockerte ihren Griff um Kenzos Handgelenk. Ihre Hand glitt kraftlos ab und lag für kurze Zeit wie leblos auf dem Tischtuch.

Dann stand die Mutter auf, langsam, wie von Blei niedergehalten. Sie klammerte sich an die Tischkante, um ihr Gleichgewicht zu halten. Ihre Augen waren starr auf Ryo gerichtet, der stumm, mit gesenktem Kopf auf dem Podium am Hochzeitstisch saß.

Also das war es ... das war es, dachte sie, eine Wette ... eine Wette um eine Gaijin-Hosteß. Für eine Nacht.

Die Mutter krallte sich an der Tischkante fest, so wie sie sich vorher an Kenzos Handgelenk festgekrallt hatte. Dann stieß sie sich ab und trat in den Mittelgang hinaus. Anfangs schwankte sie noch ein wenig, weil sich alles vor ihren Augen drehte, aber dann fing sie sich. Sie ging mit steifen Schritten den roten Teppichläufer entlang auf das Podium zu.

Warum, dachte sie, warum hast du mir das angetan? Warum tust du dir selber so etwas an?

Ryo hat längst begonnen, sich so tief zu verachten, hörte sie in der Erinnerung die Stimme ihres Mannes, so tief zu verachten, daß ihm nichts mehr heilig ist. Ryo wird etwas tun, was für uns unvorstellbar ist.

Unvorstellbar.

Eine Gaijin-Hosteß für eine Nacht?

Und trotzdem hat er Saya geschlagen, nur weil sie einen Gaijin liebt und ihn geheiratet hat.

Warum?

Ryo war doch immer ein so guter Sohn gewesen, und ich habe alles für ihn getan, was eine gute Mutter tun kann.

Formen und Farben verschwammen vor ihren Augen. Die Lichter der Kronleuchter, die von der Decke strahlten, zerstoben zu tausend Pfeilen. Sie schmerzten in ihren Augen wie Spritzer heißen Öls. Das einzige, was sich klar vor ihr abzeichnete, war Ryo. Sie bohrte ihren Blick in ihn hinein, während sie sich Schritt um Schritt näher an das Podium herankämpfte.

Von rechts und links kam Klatschen. Zuerst zaghaft, denn in dem Nachhall von Kenzos Auftritt hatten nur wenige bemerkt, daß die Mutter aufgestanden war. Aber dann wurde das Klatschen lauter und reichlicher, nachdem auch die Gäste an den seitlichen Tischen aufmerksam geworden waren.

Der Applaus drang wie ein fernes Rauschen in die Mutter ein und schob sie voran. Ihr Blick war noch immer starr auf Ryo gerichtet, aber aus den Augenwinkeln entging es ihr nicht, wieviele erwartungsvolle Gesichter ihr zugewandt waren. Sie sah, daß selbst die Frau des Präsidenten klatschte. Da straffte sie endgültig ihren Nacken und zwang sich zu einem Lächeln. Das Lächeln war zwar noch maskenhaft, aber ihre Verbeugung vor der Präsidentenfrau gelang ihr schon grazil.

Der Conférencier trat ihr vom Podium aus entgegen und reichte ihr eine helfende Hand. Er geleitete sie die Stufen hinauf. «Bitte», sagte er leise und lenkte ihre Schritte dorthin, wo das Mikrophon stand.

Die Mutter blickte in den Saal hinab, aus dem ihr noch immer Applaus entgegenschallte. Sie erwiderte ihn mit einem Lächeln und einer leichten Verbeugung nach rechts und links. «Ich . . . ich . . .», begann sie stockend. Sie hörte ihre Stimme aus den Lautsprechern zurückschallen. «Ich . . . ich . . . kann kaum ausdrücken . . . was mich in diesem Augenblick bewegt.»

Wiederauflebendes, ermutigendes Klatschen verriet, daß die Gäste ihre zögernde Sprechweise als Beweis vornehmer

Zurückhaltung werteten. Die Mutter polierte ihr Lächeln und verbeugte sich erneut. Dann sagte sie mit einer Sanftheit in der Stimme, die sie selbst überraschte, wie überwältigt sie sei von der Ehre... dem Vertrauen... dem Glück, das ihrem Sohn so unerwartet entgegengeweht sei. Je länger sie sprach, desto flüssiger kamen ihre Worte. Ihre Worte legten Zeugnis darüber ab, daß sie einen unbeirrbaren Sinn für Stil und Form besaß.

Danach, ohne einen Blick auf Ryo zu verschwenden, kehrte die Mutter wieder nach unten in den Saal zurück und mischte sich unter die Hochzeitsgäste. Längst hatte sie ihr Gesicht und ihre Stimme wieder vollkommen unter Kontrolle. Sie ging von Tisch zu Tisch und verbeugte sich mit fein abgestufter Höflichkeit je nach Rang und Stellung der Gäste. Sie wechselte mit allen freundliche Worte, scherzte und lächelte zart. Sie gab freimütig die Komplimente zurück, die ihr reichlich zuteil wurden.

Danach stellte sie sich an die Ausgangstür des Saals und achtete darauf, daß allen Gästen die vorher zurechtgestellten Tragetaschen in die Hand gedrückt würden. Niemand durfte vergessen werden. Die Taschen, dreihundert an der Zahl und auf zwei langen Tischen aufgereiht, waren aus silber- und goldfarbenem Papier. Jede enthielt ein signiertes Teeservice, in weiche Baumwolltücher eingeschlagen und in ein handgefertigtes Kästchen aus kostbarem Kiri-Holz verpackt.

Die Mutter hatte die Teeservice eigens für diesen Tag von einem namhaften Kyotoer Porzellanmeister anfertigen und signieren lassen. Sie wollte sicherstellen, daß niemand unter den Gästen hinterher würde sagen können, Ryos Hochzeit wäre keine erinnernswerte Feier gewesen.